"흐음, 기바 고기란 말이지.
그런 걸 먹는 인간이 있다니, 놀라운데!
기바 고기는 누린내 나고 질겨서
도저히 먹을 만한 게 못 된다고 들었는데?"

그 목소리가 여자처럼 톤이 높고 가늘었다.
얼굴도 쓸데없이 예쁘장해서
치마를 입히면 여자아이로 착각할 것이 뻔하다
는 생각이 들었다.

이세계요리의길 **9**

아직 앳된――예상보다 훨씬
어린 소년의 목소리였다.
그러나 사납고 험상궂은 표정은 결코 예사롭지 않았다.

칼끝으로, 미쳐 날뛰는 습격자의 모자를 쳐내자 그 얼굴이 드러났다.
그 순간 선명하고 강렬한 붉은색이 눈에 들어왔다.
습격자는 라라 루 못지않은 진홍빛 머리칼을 가지고 있었다.

"저항, 하지 마십시오. 당신, 도적입니까?"

그 순간 바닥에 웅크리고 있던
녀석이 왼쪽 어깨를 누른 채
거칠게 몸을 일으켰다.

**"까불지 마!
날 도적 취급할 셈이냐?!"**

"나, 내일, 아
제노스, 떠납니디

".....

비나 루는 말이 없는 슈미랄을 다시 바라보았다.
슈미랄도 조용히 비나 루를 바라보았다

이세계요리의길

Cooking with wild game.

VOLUME 9

EDA 지음

코치모 일러스트
이정민 옮김

SNOVEL

커버 그림, 본문 일러스트 | **코치모**

MENU

제1장 ★★★ 새로운 만남

1

그 녀석이 우리 가게에 찾아온 것은 루의 촌락에서 수확의 연회가 열린 이튿날, 파란 달 28일이었다.

역참 마을에서 장사를 한 지 31일째 되는 날, 요컨대 기념할 만한 제4기 계약의 첫날이었다.

제1기, 즉 장사를 처음 시작했을 당시의 열흘간은 시행착오와 암중모색의 나날이었다. 첫날에는 어찌나 겁을 먹었던지 『기바 버거』를 겨우 10인분밖에 준비하지 않았다.

그 첫 열흘 동안 예상을 훨씬 뛰어넘는 동전을 벌어들인 덕분에 종업원을 네 명으로 늘리고, 포장마차는 두 대로 확장했다. 마지막 날에는 총 170인분의 음식을 팔았다. 구매층의 약 80퍼센트는 남쪽과 동쪽 백성이었지만, 그래도 무척 만족스러운 결과였다고 생각한다.

그러나 제2기 때는 더 혹독한 파란의 연속이었다.

도중에 슨가에서 가장 회의를 치르고, 얼마 후 그것이 발단이 되어 자츠 슨과 테이 슨이 한바탕 소동을 일으켰다. 그로 인해 성 사람들에 대한 불신감과 마을 사람들과의 불화와 알력이라는 장사 외의 부분에서 엄청난 수고를 떠맡아, 결국 칼부림이 벌어지는 사태까지 발전했다.

그런 가운데 조심스럽게 개시한 제3기 영업은 다행히 예상보다 평온하게 할 수 있었다.

엉뚱한 인연으로 토토스를 가족으로 맞이하는가 하면, 《남쪽의 대수정》에 이어 《현옹정》에도 음식을 납품하게 되는 등 긍정적인 변화도 두드러지고, 불안정하게 흔들린 서쪽 백성과의 관계도 일단 균형을 유지하고 있다.

포장마차의 매출도 소동 전과 같은 수준으로 돌아왔으며 서쪽 백성에게 돌을 얻어맞는 일도 없었다. 두려움과 멸시와는 또 다른 지극히 엄격한 의심의 눈초리를 받게 되었지만, 나는 오히려 그것을 바람직한 변화로 받아들인다. 숲가의 백성이 도대체 어떤 존재인지 궁금해 하는 것부터가 서로를 이해하는 첫걸음이라 생각하기 때문이다.

그리하여 맞이한 제4기 영업의 기념할 만한 첫날.

그 녀석이 우리 앞에 모습을 드러냈다.

"어! 기바 포장마차? 있잖아, 이거 진짜 기바 고기 요리야?"

그를 만나게 된 방식은 그리 특별하지 않았다.

처음 이 포장마차의 존재를 알게 된 사람이 보이는 그럭저럭 평범한 반응이었다. 그래서 나도 이렇다 할 의심 없이 "네, 맞아요" 하고 대답했다.

그래도 약간 놀란 것은 그 사람의 풍채가 의외였기 때문이다.

딱히 이상한 옷차림은 아니었다. 조끼와 서양식 통바지, 모자 달린 짤막한 가죽 망토라는, 남쪽 백성들이 흔히 입는 평상복 차림이었다.

생김새도 영락없는 남쪽 백성이었다. 짧게 다듬은 머리, 그 머리칼의 색깔은 특이하게도 옅고 진한 갈색이 섞여 있고, 눈동자는 밝은 녹색, 피부는 붉은 기가 도는 하얀 피부로, 개나 고양이처럼 색깔이 통일되지 않은 머리칼만 제외하면 흔하디흔한 남쪽 백성의 생김새였다.

따라서 내가 의외라고 생각한 것은 우선 그의 나이였다.

실제 나이는 당연히 알지 못한다. 다만 나보다 많을 리는 없다. 기껏해야 열대여섯 살일까.

동쪽 왕국 시무만큼은 아니더라도, 남쪽 왕국 자갈도 결코 가볍게 오갈 수 있는 거리가 아니다. 듣기로는 이곳 제노스에서 가장 가까운 자갈 최북단의 마을 네르위아까지도 보름은 걸린다고 한다. 참고로 네르위아는 건축상 바란 반장 일행의 고향이다.

그리고 거리가 먼 여행일수록 위험이 따른다. 야생 짐승과 도적의 습격, 거기에 자연재해까지 이곳 세계에서 여행이란 많든 적든 목숨의 위험이 수반되는 행위인 것이다. 그리하여 인종의 도가니인 제노스의 역참 마을에서도 여성과 어린이, 노인은 물론 젊은 이국인을 볼 기회가 별로 없었던 것이다.

하긴, 시무인은 나이를 짐작하기 어렵게 생긴 데다 자갈인 중에 내 또래 젊은이를 본 적도 아주 없지는 않지만, 그래도 절대 수로 따지면 상당히 적은 편이다.

그리고 이 소년은 꽤 어려 보였다.

어리면서도 체격이 묘하게 가냘프다.

내 관심을 끈 두 번째 포인트가 그것이었다.

'키는 160센티미터가 안 되는 것 같은데. 뭐, 남쪽 백성치고는 그렇게 작은 것도 아니지…….'

그러나 몸집은 작아도 체격이 다부진 것이야말로 남쪽 백성의 특징이다. 키가 크고 마른 체형이 많은 시무인과는 대조적으로 키가 작고 팔다리가 짧지만, 대신 뼈대가 굵고 살집도 좋은 것이 내가 가진 자갈인의 이미지다.

게다가 자갈인은 내 또래 젊은이라도 갈색 수염을 멋들어지게 기르곤 해, 생김새가 영화나 게임에 나오는 드워프족처럼 생겼다.

그러나 이 소년은 수염도 없고 뼈대가 굵지도 않았다.

뭐, 수염을 길렀어도 전혀 어울리지 않았을 테지만. 남쪽 백성답게 눈이 큼직하고 또렷하긴 하나 콧날과 얼굴 선이 여자처럼 섬세하고 얼굴 자체도 예쁘장하다. 숲가의 마을에도 의외로 젊은이들 중에는 중성적으로 생긴 사람이 있지만, 이 소년은 그 이상으로 이목구비가 반듯해서 나이를 먹으면 필시 여자깨나 울리는 미청년으로 성장하겠구나 싶은 분위기였다.

그리고 체격도 얼굴 못지않게 매우 호리호리하다. 특히 훤히 드러난 하얀 팔이며 가죽띠를 두른 허리는 또래 소녀와 비교해도 손색없을 만큼 늘씬하고 나긋나긋하게 생겼다.

'태생과 상관없이 이렇게까지 예쁘장하게 생긴 소년은 처음 보네.'

그런 생각을 하고 있는데 소년이 경쾌하고 묘한 발걸음으로 포장마차를 향해 다가오더니 철판 위에서 보온되고 있는 『먀무 구이』의 고기를 빤히 들여다봤다.

"흐음, 기바 고기란 말이지. 그런 걸 먹는 인간이 있다니, 놀라운데! 기바 고기는 누린내 나고 질겨서 도저히 먹을 만한 게 못 된다고 들었는데?"

이 또한 서쪽과 남쪽 백성이면 누구나 할 법한 말이다.

그런데 그 목소리가 여자처럼 톤이 높고 가늘었다. 얼굴도 쓸데없이 예쁘장해서 치마를 입히면 여자아이로 착각할 것이 틀림없다는 생각이 들었다.

하지만 지금 중요한 것은 장사다. 파트너인 라라 루는 예의 바르게 침묵하고 있기에 내가 나서서 "그렇지도 않아요" 하고 싹싹하게 응대했다.

"그건 분명히 올바르게 가공하지 않은 기바 고기를 먹은 사람의 평가일 테죠. 제대로 조리한 기바 고기는 키뮤스와 카론에 지지 않을 만큼 맛있을 겁니다."

"말도 안 되는 소리! 라비스, 들었어? 기바 고기 요리래! 세상에, 도대체 무슨 생각으로 이런 걸 먹는담!"

일행이 있구나 싶어 나는 소년의 시선을 좇았다.

소년의 대각선 뒤에 똑같은 옷차림을 한 청년이 가만히 서 있었다.

청년은 남쪽 백성답게 다부진 체격에 키도 제법 컸다. 소년보다 한 뼘은 더 크니까 대략 175센티미터쯤 될까.

갈색 머리에 녹색 눈동자. 피부는 역시 하얗고, 나이는 스무 살 정도. 윤곽이 뚜렷한 얼굴에 탄탄한 아래턱을 지닌, 실로 자갈 백성다운 날쌔고 용감한 용모다.

그런데 이 청년도 수염은 기르지 않았다. 자갈인 남자라 해서 모두 수염을 기르는 풍습이 있는 것은 아닌 듯하다.

"있잖아, 라비스, 네가 시험 삼아 기바 고기 요리를 먹어보면 어때? 고향 친구들한테 재미있는 경험담을 들려줄 수 있을 것 같은데!"

소년이 그야말로 개구쟁이 미소를 띠며 말했다. 라비스라고 불린 청년은 무뚝뚝한 얼굴로 소년의 웃는 얼굴을 쳐다본다.

"디알 님, 그건 명령이십니까? 그렇다면 저로서는 거역할 길이 없습니다만."

굵고 낮은 목소리였다.

남쪽 백성치고는 표정의 변화가 별로 없는 유형인 듯하지만, 곤혹스러움과 혐오의 감정이 희미하게 묻어났다.

'……흐음, 디알 님이라.'

역참 마을에서 그런 경칭을 듣다니 참으로 보기 드문 일이었다.

그들의 복장을 자세히 살펴보니 평상복이긴 하나 왠지 고급스러워 보였다. 디자인 자체는 흔해도 목깃과 소맷부리에 놓인 자수의 수준, 곱게 물든 옷감의 색상, 그리고 호신용 단검의 멋스러운 가죽 칼집에서 자연스러운 기품이 느껴졌다.

'귀족이라고 할 만큼 도도해 보이지는 않는데, 역참 마을보다 석조로 된 성이 더 어울릴 법한 복장이긴 하네.'

어쨌든 라비스라는 청년의 대답이 못마땅했는지 디알이라 불린 소년이 불만스럽게 눈살을 찌푸리며 "재미없는 녀석!" 하고 내뱉었다. 태생은 유복할지 몰라도 기품과 예절과는 담을 쌓은 듯 보였다.

"기바 고기는 정말 맛있어요. 남쪽 백성 중에 단골손님도 꽤 많답니다. 괜찮으시면 시식을 해보시면 어떨까요?"

그렇게 말하고 최근 거의 쓸 일이 없던 시식용 나무 접시에 손을 뻗자, "농담 좀 그만해" 하고 비웃음을 받았다.

"내가 그걸 먹을 것 같아? 도대체가 역참 마을의 음식이 싼 것 말고 무슨 장점이 있지? 하물며 기바 고기라니, 돈을 줘도 안 먹어!"

"그런가요? 유감입니다."

말하다 보니 무심코 진심이 튀어나온다고 해야 할지, 역시 그들은 역참 마을의 숙박객이 아닌 모양이다. 여행 도중 훌쩍 들렀는지, 이제부터 성 밑 마을로 향하려던 참인지 어쨌든 나 같은 서민과는 인연이 없는 분들 같았다.

그렇다면 이제 그만 돌아갔으면 하는데, 그들은 웬일인지 자리에 멈춰 서서 갈 생각을 하지 않았다.

"있지, 너는 서쪽 백성이지? 그런데 왜 숲가의 백성 따위와 함께 장사를 해? 서쪽 백성은 남쪽 백성보다 숲가의 백성을 더 싫어하는 거 아니었나?"

가는 허리에 가냘픈 손을 얹은 디알 소년이 적잖이 오만한 눈초리로 내 얼굴을 쳐다본다. 반짝반짝 또렷이 빛나는 눈동자는 비취처럼 아름다운 초록빛이었다.

"……그렇게 이상해 보이나요? 숲가의 백성은 지금은 서방 신 셀바에게 영혼을 바친 서쪽 백성의 일원이에요."

"그건 그냥 명목이잖아. 어차피 놈들한테는 신을 받든다는 지성도 없지 않아? 어서 내 질문에 대답이나 해."

참으로 불손하기 짝이 없는 소년이다.

그러나 숲가의 백성이라면 이 정도 험담에는 꿈쩍도 안 하는지, 라라 루는 고개를 돌린 채 모른 척 하고 있었다. 나로서도 반발심을 가슴속에 꾹꾹 눌러 참을 수밖에 없었다.

"왜라니, 대답하기 난감하군요. 물론 제가 숲가에서 태어난 건 아니지만, 가족으로 인정받아 숲가에서 살고 있는 몸입니다. 그렇게 살아가다 보니 이 장사를 시작하게 되었을 뿐이고요."

"흐음, 이상해! 그리고 그 딱딱한 말투 좀 그만해줄래? 당신, 나보다 나이 많지?"

또 대화가 이렇게 흘러가는가, 하고 나는 속으로 한숨을 쉬었다.

"지금 나이는 상관없습니다. 손님에게 무례하게 말할 수는 없으니까요."

"손님 아닌데. 걱정하지 않아도 내가 앞으로 기바 고기 요리를 사는 일은 절대로 없어!"

그렇게 말하고 소년은 재미있다는 듯 깔깔 웃었다.

귀를 막으면 웃는 얼굴이 참으로 예쁘장해 보이겠지만, 내 스트레스는 쌓이기만 할 뿐이었다.

그러자 마치 내 마음을 풀어주러 온 듯한 타이밍으로 북쪽에서 걸어오는 무리가 있었다. 슈미랄이 이끄는 상단 《은 항아리》였다.

"어서 오세요! 슈미랄, 기다리고 있었어요."

"……나, 기다렸습니까?"

모자를 젖히고 은발을 드러낸 동쪽의 젊은 백성이 고개를 살짝 기울였다.

나는 라라 루에게 『먀무구이』 조리를 맡기고, 발치에 두었던 큼직한 자루를 포장마차 옆으로 옮겼다.

"약속한 육포예요. 너무 빠듯하게 드려서 죄송해요."

그것은 슈미랄이 의뢰한 육포 40킬로그램이었다.

원래는 더 빨리 넘겨줄 예정이었건만. 실은 스도라가에서 만든 육포가 만족스럽지 않았다. 스도라가에서 사용하는 향초의 비율이 다른 씨족과 달라서 좋지 않은 풍미가 강해지는 바람에 급히 다시 만들어야 했다.

각 씨족에 따라 육포의 맛이 다를 수도 있다. 그런 당연한 사실을 미리 고려하지 않은 내 잘못이다. 미안한 나머지 울음을 터뜨린 리 스도라를 달래고 향초의 비율을 지도하여 가까스로 완성에 이를 수 있었다.

슈미랄은 큼직한 자루의 내용물을 확인하고는 기쁜 듯이 눈을 가늘게 떴다.

"감사합니다. 동전, 지불합니다."

대금은 다 합해서 백동화 60닢이다.

장사하는 사람끼리의 약속 사항으로 내가 슈미랄 앞에서 돈을 세고 있자, 아직도 가지 않고 있던 디알이 "얼씨구" 하고 아니꼽다는 듯 말했다.

"씀씀이가 큰 시무인이네. 당신, 북쪽에서 걸어온 것 같은데, 혹시 성 밑 마을에서도 장사해?"

슈미랄이 태연자약하게 그쪽을 돌아봤다.

"네. 나, 《은 항아리》, 슈미랄 디 사둠티노입니다."

"굳이 이름을 밝힐 것까지는 없는데. 나는 시무인 따위한테 내 이름을 밝힐 생각은 없거든."

소년이 참으로 얄밉게 혀를 내밀었다.

그 태도에 내가 더 발칵 성이 났다.

"저, 이쪽은 제 가게의 손님인 동시에 소중한 벗이기도 합니다. 무례한 말씀은 삼가주시겠어요?"

"뭐야, 당신, 시무인 편을 드는 거야? 하긴, 누린내 나는 기바 고기를 기뻐하며 먹는 건 시무인 정도이겠구나."

나는 무심코 소년에게 바짝 다가들려 했다.

그것을 슈미랄이 부드럽게 말렸다.

그러고는 반항적으로 녹색 눈을 이글거리고 있는 소년을 조용히 쳐다봤다.

"싸움, 그만합시다. 남쪽 백성, 동쪽 백성, 서쪽 백성이 싸운다, 금지되어 있습니다."

"흥! 그럼 얌전히 동쪽 영토에 틀어박혀 있든가! 서쪽 왕국과의 교류는 자갈이 훨씬 길단 말이야! 당신들이 거만하게 구는 꼴을 보면 짜증이 나서 못 견디겠으니까!"

역참 마을에서 장사를 시작했을 당시에는 알다스 일행과 《은항아리》 사이에서도 험악한 분위기가 왕왕 흘렀다. 그것이 평온한 관계로 정착된 것은 오직 내 장사를 방해하지 말자는 암묵적인 규칙이 생겼기 때문이다. 따라서 적대국 관계인 시무와 자갈의 백성이 이렇게 언쟁하는 것도 결코 드문 광경은 아닐 것이다.

머리로는 이해가 되지만 실제로 보고 있자니 기분이 별로 좋지 않았다. 슈미랄이 일방적으로 당하고 있어 더욱 불쾌했다.

"……죄송합니다. 우리, 돌아갑니다."

슈미랄이 나를 향해 머리를 까딱 숙였다.

나는 황급히 머리를 더 깊숙이 숙였다.

"슈미랄이 사과할 필요는 절대로 없어요. ……저 녀석은 딱히 손님도 아닌 데다 원래 입이 험한 것 같거든요."

뒷부분은 당연히 소곤소곤 말했다.

소년은 그런 우리 모습을 쏘아보면서 조급하게 발을 쿵쿵 굴렀다.

"괜찮습니다. 육포, 감사합니다."

슈미랄은 일행에게 육포 자루를 맡기고, 자신은 라라 루에게 『먀무구이』를 받아 들고 발길을 돌리려 했다.

그 움직임이 약간 부자연스러운 느낌으로 멈췄다.

"아스타…… 비나 루, 없습니까?"

"아, 그렇지! 중요한 이야기를 잊고 있었네요! 실은 비나 루가 집안일을 하다 발목을 다쳐서 마을에 못 내려오게 되었거든요. 이삼일만 있으면 걸을 수 있다고는 하는데……."

듣기로는 어제 연회의 뒷정리를 할 때 즉석 아궁이를 해체하던 분가 여자들이 리미 루의 발치에 큰 돌을 떨어뜨린 모양이다. 그 순간 옆에 있던 비나 루가 리미 루를 잽싸게 안아 올렸지만, 힘이 지나치게 들어간 탓에 넘어져서 발목을 삐었다고 들었다.

그리하여 소개가 늦어졌지만, 비나 루를 대신해 『기바 버거』 포장마차에 서 있는 사람은 대타인 레이나 루였다. 같은 피를 나눈 자매이지만 멀리서 봐도 두 사람을 헷갈려 할 일은 절대로 없을 것이다.

슈미랄이 포장마차 쪽으로 돌아와 철판 너머로 얼굴을 들이밀었다.

"……비나 루, 상처, 큽니까?"

"아뇨, 뼈에는 이상도 없다던데요. 지금도 벽을 기대면 걸을 수 있는 상태인가 봐요. 그러니 아마── 늦어도 사흘 후면 다시 일할 수 있을 거예요…….."

그러나 오늘은 파란 달 28일이다.

사흘 후는 파란 달 31일, 즉 슈미랄 일행이 제노스에서 장사하는 마지막 날이다. 그 이튿날 아침에는 다른 마을로 여행을 떠날 예정이라고 한다. 그때를 놓치면 슈미랄과 비나 루가 만날 기회도 잃고 만다.

슈미랄이 입을 다물고 눈을 내리떴다.

표정에는 전혀 변화가 없다.

그런데 왜 이리 애달픈 얼굴일까.

"……알겠습니다. 감사합니다."

슈미랄은 이번에야말로 갈 참이었다.

나는 땅이 꺼져라 한숨을 내쉬고, 라라 루도 할 말이 있는지 입을 열었다.

그러나 그보다 빨리 또 소년이 말참견을 했다.

"하여튼 시무인은 이놈이고 저놈이고 답답해 죽겠다니까! 저런 놈들은 적대국이 아니라도 절대로 상종하기 싫어! 당신도 뭐가 좋아서 저런 놈들을 상대하는 거야?"

"……거 되게 시끄럽네. 한창 장사 중인데 손님한테 트집이나 잡고, 너무 예의에 어긋나는 거 아냐?"

결국 나도 화가 나서 그렇게 받아치고 말았다.

아닌 게 아니라 정말 영업 방해에 해당하는 행위가 아닐까.

역참 마을의 치안을 위해 무슨 일이 생기면 숨김없이 위병에게 보고할 것. 평소 밀라노 마스가 단단히 충고해주는 말이다.

그러나 소년은 만족스러운 듯 입가에 미소를 띠고 있었다.

"오오, 이제야 본성이 나오네! 괜히 공손하게 말하지 말고 그렇게 말하는 게 훨씬 그럴듯하지 않아? 적어도 나는 그 편이 더 좋은데."

"네가 좋다고 해봤자 딱히 기쁘지도 않은데. 적당히 하지 않으면 영업 방해로 위병한테 신고한다?"

"아스타, 진정해."

라라 루가 지긋지긋하다는 표정으로 내 옷자락을 잡아끌었다.

"이런 건 상대해봤자 한도 끝도 없어. 싸울수록 손해라고."

물론 나도 충분히 안다. 숲가의 백성이 무법자 집단이 아님을 증명해야 하는 이 시기에 손님과 말썽을 일으키다니, 결코 있어서는 안 될 일이다.

그런데 나는 어떤 생각이 들었다. 이 소년은 혹시 의도적으로 말썽을 일으키러 온 것이 아닐까 하는.

말하는 것으로 보아 성 밑 마을의 관계자인 듯한데, 그것이 마음에 걸렸다. 제노스 후작의 대리인인 사이크레우스라는 인물은 여전히 수수께끼에 싸여 있다. 하지만 의심스러운 소문이 끊이지 않는 그 인물이 숲가의 백성을 지배하는 데 내 장사를 눈엣가시로 여길 가능성은 분명히 아주 없지는 않을 것이다. 그렇다면 나는 역참 마을의 법에 따라 정정당당히 대처해야 한다고 생각했다.

"흐음, 위병이라. 역참 마을의 위병은 어차피 하바리잖아. 그 놈들은 나한테 손 하나 까딱 못 할걸?"

"오, 그러셔? 너는 위병도 거역 못 할 귀족 나부랭이인가 봐? 그럼 이런 보잘것없는 포장마차에는 용건이 없을 텐데?"

"내가 귀족일리 없잖아. 나도 보잘것없는 상인의 자식이야. 뭐, 기바 고기를 먹을 만큼 가난하지는 않지만."

소년이 유쾌하게 웃었다.

여자아이처럼 예쁘장한 미소가 여간 밉살스럽지 않다.

"무슨 일인가? 아스타, 무슨 말썽이라도 생겼나?"

그때 새로운 무리가 나타났다.

바란 반장과 알다스가 이끄는 자갈의 건축상 무리다.

"아, 어서 오세요. 아무것도 아니에요. 매번 찾아주셔서 고맙습니다."

"아무것도 아닌 얼굴이 아닌데. ……아무렴 어때. 일단 만들어줘. 배가 고파 죽을 지경이니."

아침부터 한바탕 일을 하고 오는 길일까. 수건으로 땀을 닦으면서 『먀무구이』 포장마차에 일곱 명, 『기바 버거』 포장마차에 다섯 명이 줄을 섰다.

그 모습을 보고 디알이 가만히 있을 리가 없었다.

"당신들! 자갈의 백성이 기바 따위를 먹는다고? 도대체 무슨 생각을 하는 거야!"

"뭐어? 너는 누구냐? 제법 말쑥하게 차려입었군. 그 복장으로 역참 마을을 돌아다니다가는 불량배들한테 표적이 되는 수가 있다."

반장이 한쪽 눈썹을 추켜올리며 소년을 돌아본다.

소년이 얄팍한 가슴을 젖히고 엄지손가락으로 뒤에 있는 청년을 가리켰다.

"불량배 따위 하나도 안 무서워! 라비스는 이래 봬도 검술의 달인이거든. 얼마 전에는 도적을 세 명이나 붙잡았다니까!"

과연. 청년은 단검뿐만 아니라 장검도 차고 있었다.

그래도 뭐, 숲가의 백성과 카무아 요슈, 멜프리드 같은 사람하고만 어울려온 내게는 별로 위압감이 느껴지지 않았다.

반장은 라비스의 모습도 요리조리 뜯어보더니 "흥" 하고 콧방귀를 뀌었다.

"아무래도 상관은 없다만, 젊은 놈이 콧대만 높군. 왕도인지 뭐 그런 곳 태생인가?"

"아니. 태생은 제랜드야."

"그렇군. 나는 네르위아다. 제랜드라 하면 광산이 있는 철물상의 마을이군."

"응. 우리 집도 철물점인데, 제노스의 성 밑 마을에 상품을 납품하고 있어."

조금 전과 달리 참으로 훈훈한 분위기였다.

그러나 소년은 훈훈한 분위기로 마무리할 생각은 없어 보였다.

"저기, 네르위아인. 당신은 왜 기바 요리를 먹으려는 거야? 딱히 궁핍해 보이지도 않는데."

"기바를 먹으면 왜 궁핍하다고 생각하나? 기바 요리도 카론 요리도 값은 똑같은데. 오히려 여관의 저녁 식사라면 기바가 더 비쌀 정도이지."

"흐음? 그럼 카론을 먹으면 되잖아."

"카론도 맛있지만 기바도 맛있지. 그리고 기바는 이 제노스에서만 먹을 수 있으니 나는 기바를 계속 먹겠다고 결심했을 뿐이다."

바란 반장은 무뚝뚝하게 대답하면서도 고기가 따끈따끈하게 데워지는 냄새에 큰 코를 벌름거렸다.

"기바가 맛있다니 말도 안 돼! 다들 나쁜 마법에라도 걸린 거 아니야?"

소년은 불만스럽게 눈살을 찌푸렸다.

그러자 지금껏 잠자코 있던 알다스가 유쾌하게 껄껄 웃었다.

"마법을 사용하는 건 동쪽 백성 정도일 테지. 게다가 이런 행복한 기분을 맛볼 수 있다면 마법이든 뭐든 상관없다. 거짓말 같으면 너도 먹어봐라."

"싫어, 기바 고기라니." 소년은 고개를 홱 돌렸다.

그러나 반장 일행이 완성된 『먀무구이』를 싱글벙글한 얼굴로 먹기 시작하자 이내 홀린 듯이 쳐다봤다.

"……그거, 진짜 맛있어?"

"그래, 맛있다."

"……흐음."

"먹고 싶으면 네 돈 주고 사 먹어라."

"기바 따위, 안 먹고 싶은데!"

그와 동시에 "꼬르릉" 하는 기묘한 소리가 났다.

소년은 얼굴을 붉히고 배를 움켜쥐고, 건축상 사람들은 재미있어 하며 웃음소리를 냈다. 왠지 기시감이 느껴지는 광경이다.

"아, 아니야! 이건 그…… 냄새 때문이라고! 먀무 냄새가 맛있을 것 같아서 그런 거야!"

"옳지, 그래. 기바 고기는 먀무와 참으로 잘 어울리지."

알다스가 웃는 얼굴로 대꾸하자 다른 동료들이 역시 웃는 얼굴로 끼어들었다.

"확실히 이건 가히 일품이지. 그런데 나는 이것보다 여관 음식이 훨씬 좋더군."

"그건 타우유를 넣었잖은가! 아아, 그런데 타우유를 넣은 고기구이도 먹어보고 싶군."

"거기에 먀무까지 섞으면 최고일 것 같은데? 어때, 아스타?"

먀무는 마늘과 비슷한 향초이고, 타우유는 간장과 비슷한 조미료다. 물론 둘 다 기바 고기와 찰떡궁합이다. 참고로 그들이 열 올리고 있는 타우유를 넣은 기바 요리는 내가 《남쪽의 대수정》에 납품하는 『기바 통삼겹조림』이다.

"그렇죠. 집에서는 먀무와 타우유를 넣은 고기구이도 만드는데요, 두 가지를 한꺼번에 넣어도 기바 고기와 궁합이 꽤 좋아요."

"그거 치사하군! 그럼 그 요리도 좀 팔아주게!"

"어떤 요리로 할지 아직 못 정했어요. 그냥 굽기만 하면 특별함이 없는 데다 타우유를 넣으면 비용도 늘어나거든요."

"아아, 서쪽에서는 타우유가 비싸지. 자갈에서는 그렇지도 않은데. ······아스타의 요리를 먹는 것도 이제 사흘밖에 안 남았다고 생각하니 왠지 눈물이 다 나는군."

"고맙습니다. 저도 여러분과 헤어지는 건 무척 서운해요."

이 건축상 무리도 파란 달 말에 고향인 자갈로 돌아갈 예정이다.

왜 하필이면 이들과 《은 항아리》의 스케줄이 정확히 일치하는 걸까. 이 사람들과 슈미랄 일행과 같은 날 헤어져야 하다니, 나야말로 눈물이 날 것 같다.

"그럼 또 보세! 저녁 식사도 기대하지. 잘 부탁하네!"

"네, 매번 고맙습니다."

그리하여 반장 일행도 다시 일을 하러 돌아갔다.

남은 사람은 수염이 없는 자갈 백성 두 명이었다.

입을 꾹 다물고 서 있는 소년의 모습에 나는 다시 한숨이 터져 나왔다.

"······너는 언제까지 거기 서 있을 건데? 역참 마을의 음식이 입에 안 맞으면 성 밑 마을로 돌아가면 되잖아."

"시끄러워! 나한테 명령하지 마!"

큰 소리를 내는 바람에 또다시 배가 "꼬룽꼬룽" 울렸다.

소년은 흰 뺨을 붉게 물들이고 나를 노려봤다.

"……있잖아, 기바 고기가 정말 그렇게 맛있어?"

"나한테는 맛있는 고기야. 적어도 카론 다리나 키뮤스보다는."

"카론 다리는 싸구려 고기잖아."

"그렇더라. 그런데 역참 마을에서는 카론도 다리만 취급하는 것 같던데."

"…………."

"너, 이제 그만——."

슬슬 손님이 모여들 시간이라 이제 그만 물러가 달라고 말하려던 참이었다.

그런데 그 말이 "알겠어!" 하는 큰 소리에 지워졌다.

"있지! 나랑 내기하자!"

"내기?"

"만약 기바 고기가 정말 맛있으면 네 승리. 맛없으면 내 승리. 진 사람이 백동화 한 닢을 내는 거야!"

"왜 그래야 하는데? 소중한 동전을 어떻게 내기에 쓰겠어?"

"말 많네. 됐으니까 얼른 고기나 구워."

소년은 자신의 묘안에 크게 만족하는지 생글생글 웃고 있었다.

조금만 더 핀트가 맞으면 루도 루와 라우 레이와 통하는 사랑스러운 장난꾸러기로 보일 테지만, 태생과 성장 환경 탓인지 환영할 마음이 전혀 일지 않는다.

그래도 이 소년이 사이크레우스가 보낸 스파이라는 내 짐작은 지나친 생각일지도 모른다. 내 장사를 방해하려면 훨씬 간편한 방법이야 얼마든지 있을 터.

　그런데도 경계심을 유지한 채 나는 "알겠어" 하고 고개를 끄덕였다.

　"그럼 고기를 구울게. 단 이 동전은 내 마음대로 사용할 수 있는 게 아니라 다른 걸로 했으면 해."

　"흐음? 그럼 뭘 걸 건데?"

　"어디 보자⋯⋯. 내가 이기면 내 동포와 손님한테 무례하게 굴지 않기로 할까. 숲가의 백성과 동쪽 백성의 험담은 내가 없는 데서 했으면 좋겠어."

　소년이 짓궂게 눈을 가늘게 뜨더니 다시 "흐음" 하고 말했다.

　"재미있네. 그럼 내가 이기면 날 디알 님이라고 불러. 말투는 지금처럼 반말로 하고."

　참으로 유치한 발상이다.

　하긴, 내 요구도 결코 이성적이라 할 수 없을지도 모르지만. 어쨌든 마침 요리도 미리 만들어둬야 하는 시점이라 나는 "좋아" 하고 대답하면서 고기가 담긴 가죽 자루를 들어 올렸다.

　"이 바보야. 소중한 요리를 그런 데 사용해?"

　라라 루가 어처구니없다는 듯 종알종알 말했다.

　"맛있는지 맛없는지는 저 녀석이 마음대로 대답할 텐데, 내기 해봐야 무슨 소용이야. 아스타한테는 승산이 없잖아."

"녀석이 그런 철면피라면 경멸에 찬 목소리로 디알 님이라고 불러주지 뭐. ······그리고 『먀무구이』라면 매일 10인분 정도는 남잖아. 소중한 요리인 건 맞는데, 의미가 없지는 않다고 생각해."

그리고 역참 마을의 음식 자체를 부정할 만큼 입맛이 고급인 부유층이 내 기바 요리를 어떻게 느낄지, 그에 대한 호기심도 조금은 있었다.

어차피 먹이지 않으면 장사를 계속 방해할 것 같고, 먹고 입맛에 맞지 않으면 이 포장마차에 대한 관심도 사라질 것이다. 이대로 빽빽거리며 입씨름하기보다는 그나마 나은 대처법이라 판단했다.

그리하여 먀무와 과실주 양념이 배어든 고기를 아리아와 함께 중불로 구운 다음, 채 썬 티노와 함께 구운 포이탄으로 감쌌다.

그사이 소년은 내내 만족스러운 표정으로 내가 『먀무구이』를 만드는 모습을 지켜봤다. 뒤에서 대기 중인 청년은 참견 한 번 없이 무뚝뚝하게 입을 다물고 있었다.

"오래 기다리셨습니다. 실컷 맛보고 말해줘."

"흐음. 냄새만큼은 제법이네."

얄미운 말만 골라 하면서 소년은 갓 구운 『먀무구이』를 받아들었다. 그리 겁내는 기색도 없이 건강해 보이는 흰 이로 포이탄 생지를 덥석 물었다.

자, 오랜만에 온갖 욕설을 듣게 되나, 하고 내가 마음의 준비를 하고 있는데── 소년은 입을 오물오물 움직이며 고개를 숙였다.

그러고는 표정을 감추면서 『먀무구이』를 두 입, 세 입 볼이 미어지도록 베어 먹더니 끝내 말 한마디 없이 다 먹어버렸다.

"어때? 입맛에 안 맞아?"

"…………."

"응?"

"……맛있네."

그것참 다행이다.

그런데 목소리가 약간 떨렸다.

"디알 님?" 하고 곁에 있던 청년이 소년의 어깨에 손을 얹으려 했다.

소년은 그 손끝을 뿌리치고 성큼성큼 걷기 시작했다. 포장마차를 빙 돌아서 내 코앞으로 올 때까지 그 걸음은 멈추지 않았다.

"왜, 왜 그러는 거야?"

나보다 몸집이 작고 가냘픈 소년이기는 하나 허리에 호신용 단검을 차고 있다. 설마 욱해서 단검을 빼들어 덤벼드는 건 아니겠지, 하고 몸을 사리고 있는데, 그 가느다란 손가락이 대뜸 내 멱살을 움켜쥐었다.

"……굉장히 맛있었어."

디알이 고개를 천천히 들었다.

얼굴에는 아낌없는 칭찬의 미소가 번져 있었다.

"미안해. 내 생각이 틀렸어. 말도 안 나올 만큼 맛있더라…….

당신 이름이 아스타였나?"

"으, 응, 맞아."

"정말 맛있었어. 아스타, 당신은 엄청난 실력을 가졌구나."

소년은 그렇게 말하며 내 티셔츠를 한껏 비틀어 쥐었다.

"아스타, 나를 용서해줄래? 기바 고기가 이렇게 맛있을 줄은 나는 꿈에도 몰랐어. 이 맛있는 걸 질기다느니 누린내 나느니 말한 내가 아스타 눈에는 얼마나 멍청해 보였을까?"

"아니, 그렇지는 않은데…… 저기, 이 손 좀 놔줄래?"

"아, 미안! 나도 모르게 흥분했어!"

디알 소년은 내 멱살을 놓고 한 걸음 뒤로 폴짝 물러났다.

그러고는 주뼛주뼛하면서 얼굴을 붉게 물들였다.

'……뭐야, 사람이 이렇게 달라질 수가 있나?'

아니, 달라진 것이야 아무래도 상관없었다. 남쪽 백성은 워낙 솔직하기 때문에, 내가 당황할 만큼 감정을 직설적으로 표현하는 것도 드문 일은 아니었다.

그런데 뭐랄까, 이상한 기분이었다.

이성을 잃은 것이 부끄러운지 뺨을 장밋빛으로 물들이고 눈을 치떠 나를 올려다보는 이 소년의 얼굴은 말로 다 표현할 수 없을 만큼 귀여웠다. 보고 있으면 가슴이 두근거릴 정도로 말이다.

'아니, 잠깐 스톱! 난 그런 취미는 없어! 결단코!'

이것은 그것이다. 처음에 얄밉게 말하는 소리를 실컷 듣는 바람에 그 반동이 엉뚱하게 왔을 뿐이다. 워낙 이목구비가 반듯해서 이런 식으로 악의도 멸시도 없이, 게다가 쑥스러운 듯이 눈을 치뜨고 미소 지으면 아무리 동성이라도 귀엽게 보이는 것이 당연──하다고 믿고 싶었다.

"저…… 날 용서해줄래?"

"어? 요, 용서라니?"

"아스타의 소중한 사람들에게 내가 무례한 말을 했잖아. 물론 나한테 숲가의 백성은 아무래도 상관없는 존재인 데다 시무인은 적대국 사람이지만, 아스타 입장에서는 죽을 만큼 화나는 일 아니었어?"

"요, 용서할게, 용서해. 앞으로 그러지 않겠다면."

"정말? 기뻐라" 하고 디알 소년이 더 명랑하게 웃었다.

해가 어느덧 중천 가까이 떠 있었다. 그 햇살을 받아 약간 특이한 색조의 갈색 머리칼이 반짝반짝 빛난다. 비취처럼 아름다운 눈동자에도 환하고 투명한 빛이 넘쳐흐르고, 남쪽 백성치고는 아담하고 부드러워 보이는 입술에는 행복한 미소가 번졌다. 그야말로 천사처럼 순수하고 사랑스러운 미소였다.

"……아스타는 신기한 사람이네. 나는 그냥 서쪽 백성이 숲가의 백성과 사이좋게 장사를 하길래 좀 놀려줄까 싶었는데, 설마 이렇게 놀라게 될 줄은 몰랐어. ……있잖아, 아스타는 어디 태생이야? 혹시 동쪽 피도 섞여 있어? 검은 머리에 검은 눈동자는 보통 동쪽 백성 아니야?"

"어, 음, 나는 이 대륙의 태생이 아니야. 일본이라는 섬나라에서 태어났는데——."

"앗! 바다 밖에서 왔다고?!"

디알 소년이 놀라움에 눈을 휘둥그렇게 뜨고 다시 얼굴을 들이댔다.

진지한 표정을 지어도 귀여움은 줄어들지 않았다. 묘하게 냉소적이고 반항적인 태도가 자취를 감추면 그는 더 어리고 더 귀여워 보인다.

"그리고 보니 피부색은 서쪽 백성인데 얼굴 생김새는 그렇지도 않네. 눈매가 좀 여자아이 같기도 하고."

"어, 어디가! 너야말로 완전히 여자아이처럼 생겼으면서."

얼떨결에 받아치자 디알 소년은 어리둥절해했다.

"내가? 여자아이처럼 생겼다고? ……아스타는 이상한 말도 하네."

"아니, 미안해. 말이 헛나왔어. 그런데 실례인 건 피차일반 아니야?"

도저히 평상심을 되찾을 수가 없다.

나는 허둥지둥 변명을 거듭하려 애썼지만 그 혼란스러워하는 표정이 어지간히 얼빠져 보였는지, 디알이 "픔!" 하고 웃음을 터뜨렸다.

"아하하하하! 아스타, 정말 이상한 사람이구나!"

"그런가?" 하고 대답하려 했다.

그 순간 눈과 콧속에서 불꽃이 튀었다.

무슨 일이 일어났는지 모른 채 몸이 기우뚱 넘어지던 참이었다. 내 몸을 받쳐준 사람은 디알이었다.

그의 손이 또 내 멱살을 움켜쥐고 있었다.

"어……?"

디알의 얼굴이 새빨갛게 되었다.

다만 이번에는 부끄러움이 아니라 분노로 인해.

조금 전까지만 해도 천사처럼 웃고 있던 얼굴이 눈썹을 추켜올리고 콧잔등에 주름을 잡으며 분노의 형상을 드러냈다.

"저기! 내가 이래 봬도 여자아이거든!"

디알은 다시 오른 주먹을 날려 내 왼뺨에 인정이고 나발이고 없는 훅을 먹였다.

그것이 남쪽 왕국 자갈에서 온 거상의 딸 디알과의 잊을 수 없는 만남의 날이었다.

2

"아스타는 정말 그 애가 여자란 걸 몰랐어?"

라라 루가 진심으로 어이없다는 듯 물었다.

"아무리 봐도 그냥 여자아이였잖아! 안 그래? 레이나 언니."

"응, 그렇지."

"실라 루는? 알아봤지?"

"네. 남자로는 보이지 않더군요."

"리 스도라는 그때는 안 왔었나?"

"네. 그런데 마침 제가 도착했을 때 남쪽 백성이 화난 얼굴로 포장마차 뒤로 나가던 참이었어요. 만약 그 사람이 맞는다면—— 아스타에게는 미안하지만, 영락없는 젊은 아가씨였어요."

딱히 리 스도라가 미안해할 필요는 없다. 그저 어리석고 눈치도 없는 나 자신을 부끄러이 여기면 되리라.

모든 일을 마치고 《키뮤스의 꼬리정》에 포장마차를 반납한 후의 일이었다. 까닭이 있어 잠시 시간을 때워야 했던 우리는 여관과 여관 사이에 난 골목에 몸을 숨기고 아까부터 계속 똑같은 문답을 되풀이하고 있었다.

아니, 문답이라기보다는 거의 규탄에 가까웠다. 그 소년이 아닌 소녀가 떠났을 무렵에는 해가 이미 중천에 가까워져 나는 곧바로 《현옹정》으로 가야 했다. 그리하여 이렇게 규탄받을 시간도 없었던 것이다.

뭐, 그런 시간이야 영원히 없어도 나로서는 전혀 상관없었지만, 라라 루의 독설은 도무지 멈출 줄을 몰랐다.

"어떻게 모를 수가 있어?! 얻어맞아도 싸다, 싸! 괜히 걱정했네!"

"걱정 정도는 해줘. 죄에 대한 벌도 벌써 받았잖아."

그로부터 몇 시간은 지났건만, 내 왼뺨은 여전히 욱신욱신 쑤셨다. 틀림없이 입속도 찢어졌을 테니 오늘의 저녁 메뉴에 치트 열매는 넣지 않기로 맹세했다.

"최소한 나보다는 나이가 많아 보이더라. 우와, 내가 그 꼴을 당했다고 상상만 했는데도 울화통이 터져. 그런 건 여자한테 모욕이라고, 모욕!"

"역참 마을에 이국인 여성이 없다는 기성 개념에 얽매였다고 몇 번을 말해. 라라 루도 역참 마을에서 여성 자갈인이나 시무인을 본 적은 없잖아."

"무슨 상관이야? 그렇게 예쁜 얼굴을 한 남자아이가 있을 리도 없고."

"과연 그럴까? 신 루만 해도 꽤 예쁜 얼굴이라고 생각하는데. 라라 루도 그렇게 생각하지 않아?"

라라 루는 얼굴을 붉히고 쑥스러움을 감추려 내 간 부위에 리버블로를 날렸다.

정말이지 짓밟히고 걷어차이는 하루다. 게다가 그 모든 일이 자업자득인 것이 서글프다.

"흥! 나는 당연히 여자인 걸 알고 헤벌쭉하는 줄 알았지! 얼굴을 요렇게 들이밀고 말이야. 연신 맛있다고 칭찬하던데, 아스타도 아주 싫지만은 않았던 거 아냐?"

"바보 같은 소리 마. 그 단계에서는 남자인 줄 알았으니 헤벌쭉하고 말 것도 없었어."

"아, 여자인 줄 알았으면 헤벌쭉했다는 거네? 흐음, 아이 파한테 일러바칠까나."

그런 이야기를 하고 있으면 대체로 최악의 타이밍에 당사자가 나타나는 법이다. 나는 황급히 라라 루의 입을 막으려 했지만, 그보다 빨리 "내가 어쨌다고?" 하는 허스키한 목소리가 뒤에서 울려 퍼졌다.

식은땀을 줄줄 흘리며 뒤돌아보자 길 가는 사람들을 배경으로 기루루의 고삐를 쥔 아이 파가 늠름하게 서 있었다.

"내가 늦었군. 기바가 안 잡히는 바람에 좀 먼 곳까지 가서 덫을 놓고 왔어."

"괘, 괜찮아! 사냥하느라 피곤했을 텐데, 미안하네."

"괜찮다. ……한데 헤벌쭉이라니, 무슨 이야기지?"

"응, 입을 헤벌쭉 벌리면 인중도 늘어나는데, 알고 보면 인중이 급소라서 거기를 찔리면 사람이 맥도 못 춘다고 하네!"

아이 파는 "……거참 흥미롭군" 하고 대답하면서 미심쩍기 짝이 없다는 듯 눈을 가늘게 떴다.

라라 루가 쓸데없는 말을 꺼내기 전에 나는 모두에게 "그럼 오늘도 수고 많았어요!" 하고 머리를 숙였다.

"아이 파가 왔으니 짐수레를 사러 갈게요. 레이나 루, 오늘 큰 도움이 되었어. 고마워."

"아뇨, 일손을 돕는 건 파가와 루가의 약정이니 당연한걸요. ……그리고 나한테도 알찬 하루였어요."

오후에 여관에 가서 일할 때도 나는 라라 루나 리 스도라가 아닌, 레이나 루의 도움을 받았다. 포장마차 장사는 라라 루 일행이 더 능숙하겠지만 조리 기술은 레이나 루가 훨씬 뛰어날 것이라는 나의 판단은 옳았다. 그녀는 첫날부터 비나 루보다 뛰어난 일솜씨를 보여주었다.

"비나 언니가 다 나을 때까지는 내가 돕기로 했어요. 내일도 잘 부탁해요."

그렇게 말하는 레이나 루의 얼굴에는 환한 미소가 가득했다.

조리 기술을 습득하는 데 욕심이 많은 레이나 루는 오늘 하루 만에 레벨을 꽤 높였을 것이다. 멍하니 있어서는 안 되겠는걸, 하고 나는 긴장과 설렘에 몸을 떨었다.

"음⋯⋯? 나한테 용건이라도 있나?"

갑자기 아이 파가 의아해하는 말했다.

아이 파 곁으로 불쑥 나온 사람을 보고 나도 놀라서 목소리를 높였다.

"슈미랄? 대체 무슨 일이에요?"

"아스타⋯⋯ 아스타 일행, 부탁, 있습니다."

나는 미묘한 위화감을 느끼며 그쪽으로 총총 걸어갔다.

위화감의 정체는 슈미랄의 목소리였다.

평소 침착한 슈미랄의 목소리에 숨을 헐떡이는 소리가 섞여 있었다.

가까이 가자 슈미랄의 검은 얼굴에 땀이 송공송골 돋아 있는 것이 보였다.

"죄송합니다⋯⋯ 뛰었더니, 숨, 가쁩니다. 아스타 일행, 만나 서 다행입니다."

"무슨 일이에요? 급한 일이라도 있어요?"

"네. ⋯⋯나, 숲가, 가는 것, 가능합니까?"

나는 경악을 금치 못했다.

슈미랄의 검은 눈동자가 나와 여자들의 모습을 훑어본다.

"⋯⋯비나 루, 걱정입니다. 나, 만나는 것, 가능합니까?"

"다, 다친 비나 루의 문병을 가겠다는 건가요? 슈미랄이 숲가의 마을로?"

"네."

나는 할 말을 잃고 뒤에 있는 여자들을 돌아봤다.

라라 루가 조금 다급한 표정으로 레이나 루에게 귀엣말을 했다.

레이나 루가 앳된 얼굴에 사려 깊은 표정을 띠면서 이내 내 옆으로 왔다.

"동쪽 백성이여, 저는 루 본가의 차녀 레이나 루입니다. 당신이 말씀하신 비나 루와 피를 나눈 동생입니다."

"네. 나, 상단 《은 항아리》 단장, 슈미랄 디 사둠티노입니다."

"슈미랄이군요. 알겠습니다. ⋯⋯그럼 슈미랄, 당신은 왜 비나 루를 걱정하는 거죠? 당신에게 비나 루는 무엇인가요?"

"아무것도 아닙니다. 그저 걱정, 그뿐입니다."

"비나 루의 벗이 아니라는 거군요?"

"네. 포장마차의 음식, 판다, 산다, 그뿐입니다. 벗, 아닙니다."

"그렇군요⋯⋯" 하고 레이나 루는 슬며시 눈을 내리깔았다.

"부정한 생각이 없는 한 숲가의 마을은 출입이 금지되어 있지 않아요. 루가를 찾아가는 것도 당신의 자유입니다. 하지만 당신을 손님으로 집 안에 들일지 말지 정하는 건 저희 가장입니다."

"네. 압니다."

"그럼 가장과 비나 루에게는 제가 미리 말해두죠. 대답은 내일 해드려도 될까요? 가장의 허락이 떨어지면 저희가 루의 촌락까지 안내해드리죠."

"네. 고맙습니다. 나, 감사합니다."

슈미랄이 손가락으로 기묘한 모양을 만들어 레이나 루에게 인사를 했다.

레이나 루는 침착한 표정으로 미소 지었다.

"이국인인 당신이 왜 그렇게까지 비나 루의 몸을 걱정하는지는 모르겠지만, 가족으로서 그 후의에 감사의 인사를 드립니다. 그럼 내일 뵙죠. ……아스타, 우리는 먼저 갈게요."

"응. 조심해서 가."

실라 루와 아마 민 루티무에 비하면 어리다는 인상이 강했던 레이나 루이건만, 중요한 순간에는 나보다 훨씬 어른스럽게 대응하는구나 싶어 감탄했다.

그리하여 여자 네 명은 큰길로 나가고, 그 자리에는 나와 아이파와 슈미랄만 남았다.

"슈미랄. 비나 루의 문병을 가겠다니, 아주 큰 결심을 했군요?"

"네. 고민했습니다. 하지만, 이대로, 비나 루, 만나지 못한다, 싫었습니다."

슈미랄이 그런 결심을 해야 하는 상황까지 왔을 줄이야, 나로서는 예상치 못한 사건이었다.

그가 비나 루에 대해 뭔가 마음을 품고 있다는 것은 어렴풋이 알고 있었다. 그러나 슈미랄이 직접 말했다시피 두 사람은 포장마차의 손님과 판매원의 관계에 불과하며 사적으로 대화를 나눈 적도 손에 꼽을 만큼 적을 것이다.

게다가 슈미랄은 서쪽 백성도 아니거니와 사흘 후에는 제노스를 떠나야 한다. 따라서 그 관계가 발전하기를 원한다고 볼 수도 없었다.

하지만—— 어쩌면 지금도 슈미랄은 두 사람의 관계가 발전하기를 원하지 않을 수도 있다. 그저 걱정이 되어 만나러 가고 싶다고, 그런 감정을 품고 움직이는 걸지도 모른다.

그런 생각을 하고 있는데 슈미랄이 몹시 온화한 눈빛으로 나를 바라본다.

"아스타, 폐, 끼치지 않습니다. 걱정, 불필요합니다."

"아니, 폐가 될 것은 전혀 없는데요. 단지 루의 가장은 숲가의 족장인 데다 성미가 과격한 양반이라서요. 숲가의 백성과 동쪽 백성은 여러모로 사고방식도 다를 테니, 그것만 조심하면 될 거예요."

"네. 고맙습니다."

그러자 말없이 상황을 지켜보고 있던 아이 파가, 내가 아닌 슈미랄에게 말을 걸었다.

"동쪽 백성이 숲가에 발을 들이고 싶다고 요청하다니, 지난 80년을 통틀어 처음 있는 일일지도 모른다. ……동쪽 백성이여, 자네는 슨가의 소동 때 내게 아스타를 지켜달라고 말했던 남자로군. 그 은발을 본 기억이 있다."

"네. 나, 슈미랄 디 사둠티노입니다. 당신, 아스타의 가장, 아이 파이군요."

"음. 파가의 가장 아이 파다. ……숲가의 규율에 어긋나지 않는 한 숲가의 백성이 자네를 해칠 일은 없다. 단 숲가의 규율을 깨면 제노스의 법보다 더 가혹한 벌이 내려진다는 것을 명심해라."

"네. 알겠습니다."

슈미랄이 숲가의 마을에 온다니, 설마 그런 날이 올 줄은 꿈에도 몰랐다.

기쁘면서도 불안한, 왠지 뒤숭숭한 기분이었다.

"슈미랄. 혹시 루가의 가장이 허락하면 내일은 저도 같이 갈게요. 슈미랄을 가장 잘 아는 사람은 저일 테니 그 편이 여러모로 편리할 거예요."

"……아스타, 폐, 아닙니까?"

"전혀 아니니 걱정 말아요. 저도 마침 비나 루의 상태가 걱정되던 참이라 잘되었는걸요."

내가 방긋 웃어 보이자 슈미랄도 기쁜 듯이 눈을 가늘게 떴다.

"그럼 오늘은 이만 실례할게요. 조립 가게에 가서 주문해둔 짐수레를 찾아와야 하거든요."

"네. 고맙습니다. 내일, 또, 포장마차, 갑니다."

"저야말로 매번 고마워요. 그럼 아이 파, 출발할까?"

"잠깐. 그 전에 물어봐야 할 것이 있어."

"어?"

슈미랄과의 문답이 아직 끝나지 않았나 싶어 나는 아이 파를 돌아봤다.

그 순간 아이 파가 억센 힘으로 내 아래턱을 붙잡았다.

길거리에서 아이 파가 얼굴을 바싹 들이밀었다.

"……아스타, 그 상처는 대체 뭐지?"

"사, 상처? 상처가 어디에 있다는 거야?"

"얼버무릴 생각 마. 입술 끝이 찢어진 데다 왼뺨이 빨갛다. 누군가에게 얻어맞은 흔적 아닌가?"

아이 파의 눈빛은 활활 타올랐다. 그럴수록 내 아래턱도 삐걱삐걱 위태로웠다.

"어쩌다 그런 상처가 생긴 거지? 아스타, 너 또 내가 안 보는 사이 엉뚱한 짓을 저질렀나?"

"아파, 아프다고! 턱이 빠개지겠어! 엉뚱한 짓이라니, 그런 거 안 했어! 사소한 오해 때문에 살짝궁 쥐어박혔을 뿐이라고!"

턱은 아프고 아이 파의 얼굴은 너무 가깝다.

오늘의 내게 이 거리는 너무 자극적이다.

어젯밤—— 이런저런 생각에 가슴이 북받치면서 아이 파의 몸을 힘껏 끌어안고 말았다. 그때의 뜨거운 기운과 눈앞이 아찔한 감각은 한나절 만에 잊을 수 있는 것이 아니었다.

아이 파는 입을 꾹 다물더니 내 아래턱을 놔주는 대신 다리를 걷어찼다.

그렇게 여느 때처럼 앵돌아진 그 얼굴이 살짝 붉게 물든 것처럼 보였지만, 그것을 확인할 여력은 없었다.

아니—— 여력이랄까, 그것을 확인해버리면 나도 덩달아 얼굴을 붉히게 될 것만 같아 그럴 수가 없었다. 오가는 사람이 많은 한낮의 길거리에서 그런 낯간지러운 일은 피하고 싶었다.

"그, 그럼 실례할게요! 슈미랄, 내일 봐요!"

"네" 하고 고개를 끄덕이는 슈미랄은 왠지 한껏 상냥한 눈빛을 하고 있었다.

상냥하고 뭔가를 기뻐하는 듯한—— 그리고 뭔가를 축복하는 듯한, 자애가 가득한 눈빛이었다.

그리하여 나는 결국 부끄러움에 뺨이 화끈 달아오르고 말았다.

◇

조립 가게라 불리는 목공 장인의 점포는 역참 마을의 남쪽 구역에 있었다.

천장이 높은 단층 건물로, 다양한 목재가 여기저기 쌓여 있어 가게라기보다는 공방이라고 하는 편이 맞을지도 모른다. 톱밥 냄새가 진동하는 먼지 많은 공방에서 나는 감탄을 금치 못했다.

"우와! 이거 정말 훌륭한데요!"

주인이 공방 안쪽에서 데굴데굴 끌고 나온 거대한 짐수레. 그것은 감탄을 자아내기에 충분한 것이었다.

"한 마리가 끄는 짐수레 중에 가장 크고 가장 튼튼한 거라네. 험하게 다루지만 않으면 5년, 10년은 거뜬히 사용할 수 있을 걸세."

조립 가게의 주인은 그야말로 완고한 기질의 장인처럼 생긴 중년 남성이었다.

나이는 마흔 전후로 보이고, 키는 나와 비슷하지만 체격은 제법 다부지다. 머리와 눈동자는 갈색이고 피부색은 황갈색. 천으로 된 허리두르개를 치마처럼 걸치고 가죽 샌들을 신었을 뿐, 상체와 다리에는 아무것도 걸치지 않았다.

주변에서는 같은 복장의 서쪽 백성들이 톱으로 목재를 자르고 조립하며 금속 부품을 박아 넣고 있다. 이 공방에서는 짐수레뿐만 아니라 찬장과 책상, 의자 같은 목재 가구도 제작하는 듯하다.

"단, 한 달에 한 번은 수레바퀴를 점검하러 오도록. 짐수레가 길 한복판에서 멈춰도 상관없다면 굳이 올 필요 없네만."

"한 달에 한 번이요? 알겠습니다. 고맙습니다."

"……고맙기는 무슨. 나중에 불평이나 나오지 않게 올바른 취급 방법을 알려주지."

조립 가게 주인이 면도한 지 오래된 듯한 갈색 수염을 잡아당기며 퉁명스럽게 내뱉었다. 숲가의 백성에 대해 좋지 않은 감정을 품고 있는 듯하지만, 장사는 장사라 구별하려는 그 태도가 얼마 전의 밀라노 마스를 연상케 하여 오히려 나로서는 친근감이 느껴졌다.

어쨌든 짐수레다.

짐수레라고 해야 할지, 모양은 마차의 짐칸처럼 생겼다.

네모난 본체에 바퀴가 네 개 달려 있고, 지붕에는 커다란 천 덮개가 씌워져 있다. 크기는 앞뒤 길이 4미터, 가로나비 2미터, 지붕까지의 높이가 2.5미터쯤 될까.

앞면에는 간소한 마부대가 설치되어 있고 토토스에 연결하기 위한 긴 막대가 두 개 뻗어나 있다. 아치형의 천 덮개 안을 들여다보니 갈비뼈처럼 구부러진 여덟 개의 나무 들보가 떠받치고 있다.

목재를 기본 자재로 하고 군데군데 금속도 사용했다. 바퀴 축과 본체 사이에 끼인 V자형 철판은 혹시 서스펜션(자동차의 구조 장치로, 노면의 충격이 탑승자와 차체에 전달되지 않게 막아주는 장치)일까. 간소한 구조 속에 장인이 연구한 흔적과 기능미가 느껴진다.

역참 마을에서 흔히 보이는 짐수레다. 그런데 이렇게 가까이서 찬찬히 살펴보는 것은 처음인 데다 신품 특유의 번쩍번쩍한 것을 보니 또 감동적이었다. 옆에 서 있던 아이 파도 아까부터 호기심과 감탄의 마음을 억누르지 못하는 느낌으로 눈을 동그랗게 뜨고 있었다.

"가까이서 보니 새삼 얼마나 큰지 알겠어요. 최대 몇 명까지 탈 수 있다고 하셨죠?"

"마부대에 앉는 사람까지 포함해 예닐곱 명쯤 탈 수 있지. 단세 명 이상 탈 때는 속보까지만 해야 하네. 괜히 무리하면 토토스만 다쳐."

그렇다면 포장마차 장사에 필요한 기재와 종업원 다섯 명도 태울 수 있을 것이다. 이 짐수레 무게만 해도 100킬로그램은 족히 넘을 것 같은데, 토토스의 힘은 정말 대단하다.

"……자, 이게 뱃대끈이네. 직접 조절할 수 있도록 매는 법을 잘 배워둬. 사용하다 보면 가죽이 늘어나서 다시 매야 할 때가 올 테니."

주인장이 설명하면서 기루루의 둥그스름한 몸체에 가죽끈을 감아 매기 시작했다.

꿈쩍도 않고 가만히 있는 기루루의 얼굴을 주인장이 의아해하며 올려다본다.

"흥. 아무리 얌전한 토토스라도 처음 뱃대끈을 맬 때는 싫은 티를 내는 법인데── 혹시 이 녀석, 전부터 짐수레를 끌어왔던 토토스인가?"

"아, 네, 정확히 확인한 건 아닌데, 아마 그럴 거예요."

상단으로 위장한 카뮤아 요슈 일행의 곁에서 도망친 토토스가 맞는다면 그때는 짐수레를 끌었을 것이다. 발견 당시 뱃대끈을 매지 않고 있었던 것은 숲속을 헤매는 사이 벗겨졌거나 혹은 토토스가 기바에게 공격당하지 않도록 카뮤아 요슈 일행이 끈을 잘라 풀어줘서일 것이다.

뱃대끈의 양옆에 부착된 금속 부속품에 짐수레에서 뻗어난 두 개의 막대를 물려 조여주자, 역참 마을에서 자주 보던 짐수레 끄는 토토스가 눈앞에 모습을 드러냈다.

기루루의 얼굴은 여전히 멍해 보이지만 전체적으로는 참으로 용감하고 씩씩해 보였다. 아이 파가 슬며시 자랑스러운 표정을 짓는 걸 나는 놓치지 않았다.

"이제 가죽 채찍만 남았군. 마부대에서는 토토스의 몸에 발이 닿지 않으니 발로 차는 대신 이걸 때리면 되네."

주인장이 설명대로 내게 채찍을 건네주었다.

채찍이라 해도 끈으로 된 것이 아니라 경마 기수가 사용하는 막대 모양의 말채찍이었다.

그리기 같은 나무에 가죽을 붙여 만들었을 것이다. 두께는 약 2센티미터, 길이는 약 1미터나 되고 끝부분에는 작게 주걱처럼 생긴 것이 붙어 있다.

"……그게 뭐지? 아스타, 설마 그걸로 기루루를 때리려는 건 아니겠지?"

아이 파가 약간 험악한 표정으로 다가왔다.

나는 가죽 채찍이 잘 휘어지는지 확인하면서 아이 파를 돌아봤다.

"어? 으응, 때리려고 하는데. 방금 설명 들었잖아. 기루루를 발로 차는 대신 이걸로 때리는 거지."

"맞으면 기루루가 아파할 텐데?"

아이 파의 눈썹이 결국 위태롭게 올라갔다.

"아니, 발로 차는 대신이니까 발로 찼을 때보다 더 아프지는 않아. 저기, 제 말이 맞죠?"

주인장은 당연하다는 듯 고개를 끄덕인다.

그 무뚝뚝한 표정에 변화는 없지만 숲가의 백성인 아이 파의 분개에 어떤 마음을 품을지 나는 살짝 가슴을 졸였다.

"아플 정도로 세게 때리면 토토스가 폭주할 테니, 발로 찰 때와 같은 부위를 같은 힘으로 때리도록. 녀석들한테는 이런 훌륭한 깃털이 나 있으니 그 정도로는 아프지도 가렵지도 않네."

주인장이 설명하면서 기루루의 엉덩이를 손바닥으로 찰싹 때렸다.

그러고는 다시 의아한 듯 눈을 가늘게 떴다.

"이봐, 이 토토스에게 낙인은 안 찍었나?"

"낙인이요? ……아아, 네. 안 찍었어요."

그러고 보니 주인이 누구인지 표시하기 위해 토토스에게 낙인을 찍는 풍습이 있다고 카뮤아 요슈가 말했던 것 같다.

"낙인이 없으면 도둑맞았을 때 자네 토토스라고 증명하지 못하는데? ……뭐, 숲가의 백성의 소유물에 손대는 패거리는 없겠지만, 토토스 목장에 가면 적동화 다섯 닢이면 해주네. 지금이라도 가서 찍어둬."

"……낙인이라니, 그게 뭐지?" 하고 아이 파가 이번에는 목소리에까지 불온한 울림을 섞기 시작했다.

"나, 낙인은 불에 달군 쇠로 도장을 찍는 거야. 그렇게 하면 다른 토토스와 기루루를 잘못 볼 일도 없지 않겠어?"

아이 파의 분노가 주인장에게 향하면 큰일이기에 나는 허둥지둥 대답을 가로챘다.

내 말이 끝나기가 무섭게 아이 파가 "안 된다!" 하고 소리쳤다.

"그런 짓을 하지 않아도 내가 기루루를 잘못 볼 일은 없어! 낙인은 절대 허락 못 한다!"

연신 이름을 불린 탓인지 기루루가 이상하다는 듯 긴 목을 쑥 빼고 아이 파에게 얼굴을 가까이 대기 시작했다.

아이 파는 냉큼 그 커다란 머리를 꼭 껴안고 분노와 슬픔이 뒤엉킨 눈빛으로 나를 노려봤다.

"……허락하지 않겠다."

나는 탄식을 삼키며 주인장을 돌아봤다.

"저, 이 토토스는 전 주인도 낙인을 찍지 않고 부렸다고 하던데요. 딱히 제노스 법에 저촉되는 행위는 아닌가 봐요?"

"그런 건 주인의 자유지. 토토스가 도망치거나 누가 훔쳐 가면 자기만 손해이니. ……단 고삐나 뱃대끈에 알기 쉽게 표식을 해놓는 것은 토토스를 타는 다른 사람에 대한 예의라네. 보통은 낙인이 아닌, 그런 장식품으로 자신과 다른 사람의 토토스를 구별하는 법이니까."

"표식이라, 그렇군요."

고개를 끄덕인 뒤 아이 파를 돌아보자 내 여주인은 부랴부랴

털가죽 망토 안쪽을 뒤적거리던 참이었다.

거기서 꺼낸 것은 기바의 뿔과 엄니를 엮어 만든, 낯익은 목걸이였다.

내가 장사를 시작한 이후 아이 파가 수확한 뿔과 엄니는 동전으로 바꿀 필요가 전혀 없어졌다. 그것들을 전부 목에 걸기에는 거추장스럽기 때문에 나머지를 망토 안주머니에 넣고 다녔던 것이다.

아이 파는 뿔과 엄니 세 개를 빼내 새 가죽끈으로 엮은 다음 기루루의 목에 감아주었다.

숲가의 사냥꾼은 집안 여자의 건강한 삶을 바라는 마음에서 목걸이를 선물하는 풍습이 있다. 기루루의 성별이 뭔지는 몰라도 파가의 일원임에는 틀림없으니 제법 재치 있는 선물일지도 모른다.

아이 파는 기루루의 목을 흐뭇하게 쓰다듬으며 에헴 하고 뽐내듯 가슴을 뒤로 젖혔다.

"이제 됐지? ……낙인은 절대 허락하지 않겠다."

"알겠다니까. 불만 없어. 어렴풋이 눈치채고는 있었는데, 아이 파, 넌 제 식구한테 과잉보호하는 경향이 있구나."

"시끄럽다" 하고 대꾸하면서도 아이 파는 위기를 피한 것에 안도한 표정으로 기루루의 목을 툭툭 두드렸다.

"……나 참, 이상한 녀석들이군." 주인장이 중얼거렸다.

그 목소리가 마냥 퉁명스럽지만은 않아 조금 놀라면서 돌아보

니 주인장이 갈색 머리를 헝클어뜨리며 쓴웃음을 짓고 있었다.

"막된놈처럼 위협하는가 싶었더니 어린아이처럼 떼를 쓰질 않나, 숲가의 백성은 정말 알다가도 모를 녀석들이군. ……어이, 자네들이 이 역참 마을에서 포장마차를 열었다지? 내가 하루 종일 가게 안에서 지내긴 해도 소문 정도는 듣고 있네."

"네? 소문이요?"

"그래. 얼마 전에는 성 사람까지 끌어들여서 칼부림 사태가 났다던데? 듣기로는 대죄를 범한 숲가의 백성이 같은 숲가의 백성의 칼에 쓰러졌다고 하더군."

나는 말문이 막혔다.

그런 내게 주인장이 살피는 듯한 시선을 보내왔다.

"지금껏 숲가의 백성은 성 사람에게 죄를 용서받아왔지. 이곳에서 말썽을 일으키고 포장마차를 부수는 것도 모자라, 심지어 사람까지 죽였는데도 죄를 묻지 않았다고 알려졌네. 그런데 얼마 전에 그런 소동이 일어났지. 혹시 성 사람들이 자네들을 포기한 건가?"

"포기했다는 표현은 맞지 않는 것 같아요. 다만 숲가의 백성도 어엿한 제노스의 백성인 만큼 서쪽 왕국의 법을 제대로 지키는 정상적인 모습으로 돌아가고 있을 뿐이라고 생각합니다."

갑자기 그런 질문을 할 줄이야. 나는 당황해서 더듬더듬 대답했다.

"흐음. ……자네들한테 왕국의 법을 지켜야겠다는 마음가짐이라는 게 있다는 건가?"

"있고말고요! 아니, 왕국의 법을 어긴 숲가의 백성은 극히 소수인 데다 그마저도 지금은 처단되거나 처단을 기다리는 몸이라고요!"

자츠 슨과 테이 슨은 이미 이 세상 사람이 아니다.

줄로 슨은 디가와 도드와 함께 포로의 몸이다.

그리고 다른 사람들은──.

"아…… 그런데 모르가 숲의 은혜를 훼손한 죄에 대해 어떤 벌을 줘야 할지는 성 사람들과 심의할 예정이에요. 그들은 전족장의 명령에 따랐을 뿐이라 우리로서는 평화롭게 해결하고 싶지만요……."

"숲의 은혜? 아아, 그런 법도 있었지. 그건 숲가의 백성만을 위해 만들어진 법이 아닌가. 마을 사람들은 기바가 있는 숲에는 아예 얼씬도 하지 않으니 말이네."

주인장이 성가시다는 듯 말하며 두툼한 손바닥을 홰홰 내저었다.

"따라서 그런 이야기는 아무래도 상관없네. 중요한 것은 성 녀석들과의 관계이지. 마을 사람은 성 사람을 거역할 수가 없네. 성 사람이 희다고 하면 검은 것도 흰 것이 되지. 그래도 성 사람은 좀처럼 돌담 밖으로 나오지도 않고 딱히 우리 생활에 관여하지도 않네만. 문제는 성 사람에게 무슨 짓이든 허락받은 몸으로 이 마을을 활보하는 녀석들, 요컨대 숲가의 백성이란 말이네."

어느새 아이 파가 내 곁에 서 있었다.

주인장이 다소 경계심을 높인 눈초리로 아이 파의 모습을 위아래로 죽 훑어본다.

"지금껏 조립 가게에 얼굴을 내민 숲가의 백성은 한 명도 없었지. 그래서 이렇게 숲가의 백성과 제대로 대화하는 것은 나로서도 처음이란 말이네. ……이봐, 숲가의 백성이란 도대체 뭔가?"

"뭐——냐고 물어도 숲가의 백성은 숲가의 백성이라고밖에 대답할 말이 없다. 숲의 규율을 지키면서 모르가 숲에서 기바를 사냥하는 것, 그것이 우리 숲가의 백성에게 주어진 삶이다."

"흐음. 꽤 딱딱한 인사로군. 아까 난리 치던 모습과는 영 딴판이야."

주인장의 말에 아이 파가 입을 꾹 다물었다.

그 어린아이 같은 표정에 주인장이 또 빙긋이 웃었다.

"하긴, 나처럼 인간관계가 협소한 남자에게는 그것도 크게 상관없는 이야기로군. 큰길에 가게를 내서 만날 숲가의 백성과 얼굴을 마주치는 사람들이야 느끼는 바가 또 다를 테지만—— 어쨌든 나는 내 장사 상대가 사기꾼이 아니기를 바랄 수밖에."

"네. 저희도 앞으로 행동으로 결백을 증명해나가는 수밖에 없다고 생각합니다."

"그럼 왕국의 법에 따라 상품의 대가를 받아볼까. 선금으로 받은 백동화 50닢을 빼면 잔금 백동화 70닢에 가죽 채찍과 뱃대 끈의 대금이 백동화 일곱 닢이니까 합해서 백동화 77닢이군, 숲가의 손님."

그렇게 말하고 주인장은 흰 이를 드러내며 유쾌하게 웃었다.

3

"……아이 파는 아까 그 조립 가게 주인장의 이야기, 어떻게 생각해?"

짐수레를 끄는 기루루의 고삐를 쥐고 함께 길을 걸으며 나는 아이 파의 뒷모습에 대고 그렇게 물었다.

역참 마을에서 숲가의 마을로 돌아가는 길이었다. 이 길은 폭이 좁고 경사가 심할 뿐 아니라 양옆으로 키 큰 나무가 죽 늘어서 있어 앞이 잘 보이지 않는다. 따라서 무리하지 않고 걸어서 가고 있다.

일전에 상단으로 변장한 카뮤아 요수 일행도 지났던 길인만큼 그렇게까지 험한 길은 아니지만, 토토스 타는 것에 익숙지 않은 내가 괜히 짐수레를 잘못 몰았다가 여기저기 튀어나온 나뭇가지에 짐수레의 천 덮개를 부딪치게 할까 걱정되었다. 그래서 아이 파가 가져온 손도끼로 장애물을 처리하며 여유롭고 느긋하게 돌아가는 길이었다.

털가죽 망토를 휘날리며 앞장서서 걷던 아이 파가 의아하다는 듯 고개를 옆으로 돌렸다.

"어떻게 생각하냐니, 무슨 뜻이지? 그 서쪽 백성의 말에 딱히 이상한 점은 느끼지 못했는데."

"응, 이상하기는커녕 숲가의 백성에 대해 호의적인 말이었다고 생각해. 스스로도 말했다시피 평소 생활할 때는 숲가의 백성과 접점이 없었기 때문에 그리 많은 걸 바라지 않는다는 거겠지."

가급적 기루루의 걸음이 빨라지지 않도록 고삐를 조절하면서 나는 그렇게 대답했다.

"그런데 큰길에서 장사하는 사람들은 더 매서운 눈으로 숲가의 백성을 보고 있잖아. 테이 슨 일행의 소동 덕분에 소통이 활발해지긴 했어도 근본적인 문제가 해결된 건 아니니까."

"근본적인 문제라니, 그게 뭐지?"

"어? 그러니까──."

정면에서 질문을 받자 나도 말문이 막혔다.

마을 사람들이 알게 된 것은 숲가의 백성 모두가 악랄한 무법자는 아닌가 보다, 또 숲가의 백성도 지극히 고달픈 삶을 강요받고 있구나, 하는 것과 제노스의 권력자가 숲가의 백성을 부당하게 우대하던 것도 마침내 끝났구나, 하는 정도일 것이다.

하지만 그것은 확실한 정보가 아닌, 테이 슨과 숲가의 백성이 싸우는 모습을 보고 짐작하는 수준이었을 것이다. 그래서 사람들이 숲가의 백성을 살피는 눈초리로 보게 되었다고 생각한다.

법을 법이라 여기지 않는 야만족인 줄 알았건만, 그게 아니었단 말인가.

정말 그렇게까지 부당한 취급을 받아왔다는 건가.

부당한 취급을 받았다면 원망스러워할 법한데, 과연 어떠한가.

성 사람은 향후 숲가의 백성이 잘못을 저질렀을 경우, 정당히 심판할 작정인가.

그런 것을 지켜보려는 것이리라.

"그동안 역참 마을 사람들도 마음을 굳게 닫았을 거야. 숲가의 백성은 흉악하다, 괜히 관여했다가는 봉변을 당한다, 어차피 성 사람도 한통속이니 아예 상관을 말아야 한다, 뭐 이런 느낌으로 말이야."

"흠. 슨가 사람들이 그만큼 나쁜 짓을 했으니 당연한 이야기다."

"응. 그런데 얼마 전의 소동으로 많은 일들이 밝혀지면서 생각이 좀 바뀐 것 같아. 말하자면 굳게 닫혀 있던 문을 조금 열어서 이쪽을 슬며시 관찰하는 느낌이랄까."

"……그건 마치 리미 루 같군."

절로 상상이 되어 픽 웃음이 나왔다.

하지만 웃고 있을 수만은 없다.

"그런데 숲가의 백성은 그런 시선에 대해서도 그동안 해온 대로 행동하고 있잖아. ……아니, 이제 마을에서 나쁜 짓을 할 만한 사람이 없으니, 그렇게 평범하게 행동하기만 해도 머지않아 결백을 증명할 수 있을 거야── 그런데 뭐 달리 손쓸 방도가 없을까?"

"잘 모르겠군. 우리는 슾가 사람처럼 악랄한 짓은 하지 않는 다고 고함이라도 지르며 마을을 누벼야 한다는 말인가?"

"으음. 그건 설득력이 부족한데……. 역참 마을에 촌장이 있으면 그 사람과 숲가의 족장이 회담하는 방법도 좋을 것 같아."

그러나 촌장이 존재하지 않는다는 것을 나는 이미 밀라노 마스에게 들어서 알고 있었다. 역참 마을을 통솔하는 것은 어디까지나 제노스 성이며, '역참 마을의 장'에 해당하는 것은 결국 성밑 마을에 사는 귀족이라는 이야기였다.

"아스타여, 너무 신경 쓰는 것 같군. 그런 고민은 돈다 루를 포함해 족장이 할 일이다. 네 일은 맛있는 음식을 만들어 역참 마을의 백성과 인연을 맺는 것이 아닌가?"

"그렇긴 한데, 돈다 루 일행이 워낙 역참 마을에는 무관심하잖아. ……무관심은 거절의 한 형태라고 생각하지 않아? 슾가가 저지른 악행과는 별개로 그런 태도도 마을 사람들과의 골을 깊게 하는 원인이라고 생각하는데……."

"관심 없는 것에 관심을 가지라 한들 무익할 터. 애초에 돈다 루나 그라프 자자 등이 마을에 내려오면, 그것만으로 웬만한 사람은 간담이 서늘해지겠지."

그야 물론 맞는 말이다.

역참 마을에서 장을 보거나 물건을 사는 것은 여자들 일이기 때문에 남자들은 좀처럼 마을에 내려올 일도 없었다. 따라서 역참 마을 사람들은 숲가의 기골이 장대하고 우람한 사냥꾼들에 대해 면역이 거의 없는 상태였다.

숲가의 사냥꾼은 야생 짐승처럼 생명력이 넘친다. 돈다 루는 커녕 아이 파나 루도 루처럼 부드럽게 생긴 숲가의 백성조차 마을 사람과는 신체에서 풍기는 분위기가 다르다. 그런 그들이 기바의 털가죽을 걸치고 칼을 차고 걸어 다니면 위압감이 느껴지는 것도 당연하다.

"그래도 돌라 아저씨와 탈라는 여자뿐만 아니라 루도 루와 신루를 봐도 간담이 서늘해지지 않게 되었잖아. 그러니 분명히 교류의 장만 있으면 서로 친해질 수 있을 거야. 숲가의 태생이 아닌 나도 이렇게 친해졌잖아."

"……너는 위험을 감지하는 능력이 없어도 너무 없어. 역참 마을의 백성들은 너처럼 태평하지는 않을 거다."

"그런데 숲가의 백성은 규율과 법을 마땅히 지켜야 한다고 생각하잖아. 그러니 돈다 루처럼 성미가 사나운 남자도 마을 사람들에게는 결코 위험한 존재가 아니야. 그럼 시간만 들이면 어떻게든 될 수 있을 것 같지 않아?"

"그래서 지금 한창 시간을 들이는 중 아닌가?"

아이 파가 걸음을 늦추고 내 옆으로 와 나란히 걸었다.

그러고는 진지한 눈길로 나를 쳐다본다.

"아스타여, 카뮤아 요수의 말을 잊었나? 역참 마을과 인연을 잇고 있는 것은 필시 너다. ……너와 루가의 여자들이지. 너희가 매일 역참 마을에 내려가 숲가의 백성에는 악랄한 사람만 있는 것이 아니라는 사실을 증명해왔어. 그런 노력이 없었다면 설령 테이 슨이 일으킨 소동을 거쳤어도 지금 같은 상황은 되지 못했을 거다. ——아니, 오히려 마을에는 숲가의 백성에 대한 공포심밖에 남지 않았을 터."

"응, 무슨 말인지 잘 알아. 그런데 아이 파도 아까 조립 가게 주인장이 허물없이 대해줬잖아. 처음에는 몹시 경계하는 것처럼 보이더니 서서히 편하게 대해준 건 아이 파의 매력이 크게 작용했다고 생각해."

"…………."

"아니, 다리 걷어차기 전에 끝까지 들어줘! 나 정말 농담하는 거 아니야! 내가 하고 싶은 말은 마을 사람들이 숲가의 백성의 기질 자체를 싫어하는 게 아니라는 거야. 예를 들어 가즈란 루티무나 다리 사우티 같은 사람이면 비교적 쉽게 친해질 수 있을 것 같지 않아? 단 루티무는 누구와도 즐겁게 술잔을 주고받을 수 있을 것 같고 말이야."

"……그렇다고 해서 남자들이 용건도 없이 마을에 내려갈 수는 없을 터."

"응, 그런데 이대로 가만히 있으면 숲가의 백성에게 슨가란 어떤 존재였는지, 그들을 어떻게 생각하고 또 그들이 지은 죗값을 어떻게 치르게 했는지 그런 중요한 이야기가 마을 사람들 귀에는 들어가지 못할 것 같잖아. 나는 그게 좀 답답해."

대답하면서 내가 품은 의심이 어디에서 비롯되었는지 뚜렷이 보이기 시작했다.

"결국 제노스라고 한마디로 말하지만, 성 밑 마을과 역참 마을은 완전히 별개라는 생각 안 들어? 숲가의 백성이 제노스와 바른 인연을 맺으려면 그 양쪽과 바르게 접촉해야 한다고 생각해."

아이 파는 잠시 입을 다물더니 이윽고 작게 한숨을 토해냈다.

"아스타여, 네 말이 옳다고 생각되지만 역시 신경을 너무 많이 쓰는 것 아닌가? 족장들은 이제 성 사람들을 상대하려 하고 있다. 우선 그쪽부터 해결한 다음에야 다른 일에 신경을 쓰든 손을 쓰든 할 터."

"응? 아아, 역시 내가 이런 식으로 신경 쓰는 건 분수에 안 맞는 걸까?"

"분수에 안 맞다기보다는—— 조급해하는 것처럼 보인다."

걸으면서 아이 파가 얼굴을 바싹 들이밀었다.

이 또한 심장 박동이 빨라지는 거리감이다.

"마을 사람들은 그 옛날 80년 전부터 숲가의 백성을 싫어했어. 자츠 슨 일행은 고작 십수 년간 그 싫어하는 마음에 독을 타 부추겼을 뿐. 아무리 자츠 슨 일행이 멸망했더라도 그것만으로 모든 일이 해결될 리 없다고 생각한다."

"응, 그래도 자츠 슨 일행이 멸망하는 방식이 꽤 충격적이었잖아. 그래서 마을 사람들과의 관계를 단숨에 개선할 좋은 기회가 될 줄 알았어."

"그러니까, 그게 조급해하는 것처럼 보인다는 말이다."

아이 파가 갑자기 입술을 삐죽거렸다.

이 기습 공격에 나는 또다시 동요하고 말았다.

"평소 너는 누구보다 태평한 주제에 가끔 그렇게 안달하는 모습을 보일 때가 있더군. 그게 마음에 안 든다."

"마, 마음에 안 든다고?"

"몹시 마음에 안 든다. ……왜냐하면 네가 사라져버리기 전에 골치 아픈 일을 해결하려는 게 아닐까 싶기 때문이지."

아이 파가 토라져서 대답하며 내 허리가리개 자락을 꽉 붙잡았다.

"아스타여, 파가의 목적은 마을에서 기바 고기를 팔고 숲가에 풍요로운 생활을 가져다주는 것이다."

"으, 응, 네 말이 맞아."

"그러려면 마을 사람들이 기바 고기를 더 원해야 한다. 그렇지 않으면 풍요로움이 숲가의 구석구석까지 전해지지 않을 터."

"그래. 물론 그렇지."

"그렇기 때문에 숲가의 백성과 제노스 백성은 지금보다 더 우호적인 관계를 구축해야 하지. 그걸 위해 네가 애쓰는 것은 올바른 행위일 터. ……한데 그 일을 완수하려면 정신이 아득해질 만큼 오랜 세월이 필요할 것이다."

아이 파가 입술을 삐죽 내민 채 얼굴을 더 바싹 들이밀었다.

"그러니 너는 정신이 아득해질 만큼 오랜 세월을 파가의 가족으로 지금껏 그래왔듯이 역참 마을의 일에 힘써야 한다. 일을 쉽게 해결할 수 있을 거라 생각하지 마라, 어리석은 놈."

"아니, 빨리 해결되면 더할 나위 없이 좋은 거 아냐?"

내 대답을 듣고 아이 파는 뚱한 표정으로 입을 다물고 말았다.

그러고 나서 반대 손으로 내 어깨를 잡으려 하다가 이내 손을 내려버린다.

이번에는 눈을 치뜨고 나를 노려봤다.

"……내가 그 말을 원한다고 생각하나?"

"아니, 그, 그러니까──."

"너는 어째서 나를 불안하게 하려 하지?"

내 말이 본의 아니게 아이 파의 마음을 어지럽힌 듯하다.

나는 얼른 고개를 내젓고 "그런 뜻이 아니었어" 하고 대답했다.

내가 사라지기 전에 숲가와 제노스가 안고 있는 문제를 해결하고 싶다니── 그런 엄청난 생각을 한 것은 아니었다. 다만 이 결말을 지켜보기 전에 영문도 모른 채 사라지고 싶지는 않다는, 그런 생각이 무의식중에 나를 안달하게 한 것일까.

"미안해. 난 그냥 일이 더 좋은 방향으로 나아갔으면 하는 마음에서, 그럼 어떻게 해야 할지 없는 지혜를 짜냈을 뿐이라고."

"…………."

"제노스와의 관계가 쉽게 좋아질 거라 생각하지도 않고, 차근차근 신중하게 이야기를 진행해야 한다는 것도 알아. ……그래, 관계를 단숨에 개선시키겠다는 건 뻔뻔스럽고도 위험한 생각이야. 그건 내 생각이 짧았어. 반성하고 있어."

"…………."

"……내 마음은 어젯밤에 분명히 전했어."

나도 네 곁에 있고 싶어.

그 말을 내뱉으며 나는 어제 아이 파의 몸을 껴안았었다.

심장이 미친 듯이 뛰기 시작했다. 이러다가는 내 몸을 건들지도 않은 아이 파에게 들키겠다 싶은 순간, 아이 파가 내 허리가리개에서 손을 떼고 성큼성큼 앞으로 걸어갔다.

"……알면 됐다."

아이 파의 나직한 목소리가 바람을 타고 느릿느릿 들려온다.

나는 뭔가 재치 있는 대답을 하고 싶어 머리를 굴렸지만 묘안이 떠오르기도 전에 숲가의 마을에 도착하고 말았다.

그렇다고 주변 풍경이 확 달라진 것은 아니다. 땅바닥이 평평해지고 길이 조금 넓어졌을 뿐이다.

우리가 지나온 길은 T자 도로의 아랫부분으로, 방금 도착한 숲가의 길은 남북으로 길게 뻗어 있다. 이곳에서 5분만 남쪽으로 내려가면 루의 촌락이고, 한 시간쯤 북쪽으로 올라가면 파가가 나온다.

"좋아, 여기서부터는 짐수레를 타보자."

애써 밝게 말하자 아이 파도 "음" 하고 평소와 똑같이 대답해주었다.

나는 속으로 가슴을 쓸어내리며 마부대로 기어올랐다.

아이 파는 일단 짐칸에 올라갔다가 거기서 몸을 내밀어 마부대 등받이에 손을 걸쳤다.

"자세가 너무 불안정한데, 괜찮겠어?"

"이렇게 해야 네 고삐 다루는 솜씨를 확인할 것 아닌가."

그렇게 대답하는 아이 파는 기분이 많이 나아진 것처럼 보였다. 분명히 첫 짐수레 탑승에 신이 난 것이리라. 얼핏 동심으로 돌아간 얼굴을 보면서 오늘은 더 이상 딱딱한 이야기를 하지 말아야겠다고 생각했다.

"기본적으로 운전 방법은 직접 토토스를 탈 때와 큰 차이가 없대. 고삐 다루는 법도 똑같으니 발로 차는 동작을 채찍으로 때리는 걸로 대신하기만 하면 돼. 그리고 너무 거칠게 출발시키거나 정지시키지 않는 한 마부대에서 떨어질 염려도 없어서 초보자인 경우에는 토토스를 탈 때보다 훨씬 쉬워. ──라고 레이토가 가르쳐줬어."

"흥. 그럼 너도 조금은 남들처럼 잘 몰 수 있을지도 모르겠군."

고작 닷새 만에 기루루를 손발처럼 부리게 된 나의 가장님은 온화한 얼굴로 그렇게 말씀하셨다.

참고로 나는 낙마(落馬) 아닌 낙조(落鳥)하는 일 없이 천천히 걷게 하는 정도는 할 수 있는 단계다.

그런 내가 이 짐수레라는 것을 얼마나 능숙히 운전할 수 있을까. 자, 도전이다.

"좋아, 간다. 아마 좀 흔들릴 테니 떨어지지 않게 조심해."

나는 말하면서 가죽 채찍을 들어 올렸다.

그 순간 아이 파가 "아스타" 하고 불렀다.

"……기루루를 아프게 하면 절대로 안 된다."

"잘 알겠습니다" 하고 대답하며 나는 기루루의 궁둥이를 찰싹 때렸다.

기루루는 여느 때처럼 느릿느릿 걷기 시작했다.

나는 가죽 채찍을 쥔 오른손으로도 고삐를 쥐었다.

우선 평상시 보행 속도부터 시작해봤다. 토토스의 걸음은 사람보다 갑절은 빠르기에 시속 10킬로미터쯤 될 것이다.

예상대로 제법 진동이 느껴진다. 마부대에 쿠션 대신 뭐라도 깔아야 할 것 같다. 오래 타면 엉덩이 살갗이 벗겨질 것 같다.

"오, 그래도 기분 좋은데?"

속도는 시속 10킬로미터라도, 떨어질 염려가 없어 좋다.

게다가 마부대의 위치는 토토스의 등 높이와 비슷하게 설계되었기 때문에 토토스를 탔을 때처럼 전망이 좋다.

그러나 머리 위에서 아이 파의 불만스러운 목소리가 들려온다.

"기분 좋다고 할 만한 속도는 아니다. 아스타여, 이렇게 느긋하게 가도 되나?"

"응, 하긴. 평소 같았으면 벌써 집에 도착해서 일을 시작하고 있을 무렵이네. ……그럼 속도를 조금만 높여볼게."

왼손만으로 고삐를 팽팽히 유지하고 다시 기루루의 몸통에 채찍질을 했다.

평보에서 속보로 시프트 체인지, 즉 운전으로 말하면 기어 변속이다.

채찍의 강도에 별문제 없었는지 기루루의 속도가 5할쯤 빨라졌다. 사람 두 명을 태우고 짐수레까지 끌고 있는데도 여전히 힘찬 발걸음이다.

"흔들리는 건 아까랑 비슷하네. 아이 파, 괜찮아?"

"문제없다" 하는 아이 파의 목소리가 조금 전보다 가까이서 들리는 듯했다.

"그보다 아스타여, 또 오른팔에 힘이 들어가 있군. 고삐를 약간 비뚤게 잡아당긴 것 같다."

"어? 그런가?"

그렇지 않아도 아이 파에게 번번이 지적당하는 점이다.

그런데도 기루루는 똑바로 걸어주고 있지만, 아이 파는 "길이 곧은길이라 기루루가 혼란스러워하면서도 똑바로 나아갈 뿐이다" 하고 말한다.

그 혼란스러움은 기루루의 마음에 조금씩 피로를 쌓이게 할 테니 고삐를 제대로 바르게 쥐라는 말씀이시다. 기루루와 함께한 시간은 아이 파나 나나 똑같은데도 그 말은 묘하게 설득력이 가득했다.

"오른팔 힘이 더 센가 보군. 그럼 당연히 오른팔 힘을 조금 빼야 힘이 균형을 잡을 것 아닌가."

"아니, 이래 봬도 균형 있게 힘주고 있는데."

"일단 팔의 높이부터 잘못됐어. 오른쪽 팔꿈치를 좀 더 내려."

바싹 다가온 아이 파의 목소리와 함께 갈색 손가락이 내 오른쪽 손목을 살며시 잡았다.

그 바람에 오른쪽 귀에 부드러운 머리칼이 닿아 내 심장이 펄떡펄떡 뛰었다.

"이 정도면 되겠어. 힘도 좀 더 빼봐."

아이 파의 목소리가 내 얼굴 바로 옆에서 느껴졌다.

아직 접촉하지도 않았는데 오른쪽 목이며 어깨 언저리에 아이 파의 체온마저 느껴진다.

"아, 알았어, 알았어. 이 정도지? 그래, 괜찮은 것 같네."

"……뭘 혼란스러워하는 거지?"

"아니, 그야…… 아무튼 어떻게 설명을 해? 바보."

"누구더러 바보래?" 하고 아이 파가 내 관자놀이를 머리로 누르며 압박했다.

"이건 필요한 조치다. 넌 이런 상황에서까지 나와 살 닿는 것이 싫은가?"

아이 파의 목소리가 갈수록 언짢은 빛을 더해갔다.

"넌 아무리 가족이라도 살 닿는 것을 꺼려하는 사람이지. 그건 나도 잘 알고 있다. 그래서 조금 전에도 널 불쾌하게 하지 않으려 주의를 기울였단 말이다."

그 인식부터가 큰 오해이건만.

도대체 누가 아이 파와의 육체적 접촉을 꺼려한단 말인가.

"한데 어젯밤은 너 역시 내 몸을 끌어안지 않았던가?"

그리고 아이 파는 아무래도 나를 부끄러움에 몸부림치다 죽게 하려는 모양이다.

"나도 널 불쾌하게 하려는 건 아니다. 한데 고삐 잡는 법을 가르치려면 필요한 조치일 터. 그조차도 싫다면 너무—— 내 심정을 소홀히 하는 처사가 아닌가."

아이 파의 목소리 상태가 살짝 바뀌었다.

머리도 손가락도 내게서 멀어져 그저 목소리와 체온만이 가까이서 느껴진다.

길이 나 있는 대로 완만한 커브를 도는 기루루에 맞춰 고삐를 쥔 힘을 조절하면서 나는 작게 숨을 내뱉었다.

"알겠어. 그럼 근본적인 오해부터 풀자. ……저기, 네가 날 만질 때 내가 동요하는 건 불쾌해서가 아니라, 그, 부끄러워서야, 아이 파."

참으로 얼빠진 설명이다.

그러나 우리는 서로 다른 세계에서 나고 자랐다. 상식이나 가치관에 차이가 있다면 이치에 맞게 고쳐나가는 수밖에 없다.

"……부끄럽다니, 무슨 뜻인지 모르겠군."

"모른다고? 아니, 너랑 내가 가족이긴 한데 혈연관계는 아니잖아."

"……그래서 네가 살 닿는 걸 싫어하는 것 아닌가? 나도 가족이 아닌 사람과 살이 닿으면 불쾌하다."

아아, 그래서 아이 파는 내 반응에 서운함을 느꼈구나.

나는 열심히 머리를 쥐어짰다.

"음, 그런데 넌 리미 루나 지바 할머니와 살이 닿으면 싫어하지 않을 거잖아."

"당연하지. 리미 루와 지바 할머니는…… 그, 소중한 친구이니까."

뒷부분은 목소리가 기어들어갈 듯 작았다.

그야말로 부끄러운 대사를 하게 만들어 미안하게 생각한다.

"그럼 남자 중에서도 친구가 생기면 어떨 것 같아? 아무리 친구라도 남자가 리미 루처럼 껴안으면 싫잖아."

"당연하지. 한데 그건 리미 루가 어린이라 괜찮은 거다. 남자라도 리미 루처럼 어리면 딱히 불쾌하지 않아."

"응, 그래도 어른이 된 리미 루가 껴안으면 불쾌하지 않을 거 아냐."

"그런 어린아이 같은 행동을 하는 어른은 없다."

"정말 그럴까? 리미 루라면 그럴 것 같은데."

침묵.

분명 '그럴 것 같다'는 결론이 아이 파의 머리에도 떠올랐을 것이다.

"그럼 질문할게. 예를 들어 신 루의 동생처럼 작은 남자아이가 아이 파랑 친구가 되었다 치고, 그 아이가 열일곱 살로 성장해 널 껴안으면 어떨까? 불쾌하다기보다는 부끄러운 마음이 들지 않을까?"

"그건…… 그럴지도 모르지만…… 한데 넌 내 친구가 아니라 가족이다, 아스타여."

"그렇긴 한데, 내가 살던 세계에서는 가족끼리라도 어느 정도 크면 서로 접촉하지 않거든."

말하면서 왠지 기시감이 느껴졌다.

그 대답은 오른쪽 귓가에서 들려왔다.

"그 변명은 전에도 들었다. 아마 역참 마을에서 장사를 시작하기 전—— 루티무의 본가에서 머물렀을 때였지. 그때도 아스타, 넌 같은 말을 했어."

"우와, 옛날 생각난다. 그런 이야기를 했던 것 같아."

"음. 그때는 잠자리에 관한 논의였지."

한 달 넘게 지난 일인데 용케 자세히 기억하고 있다.

그렇게 감탄하고 있는데 갑자기 옆에서 목을 압박해왔다.

앞을 봐야 해서 고개를 움직이지는 못했지만, 아이 파가 헤드록을 건 듯하다.

"그때도 나는 말했을 터. 이곳은 네 고향이 아닌 숲가의 마을이라고. 아스타여, 숲가의 백성이 된 이상 숲가의 방식을 따르는 것이 올바른 길이지 않나?"

"그, 그렇긴 한데! 숲가의 가족이면 죄다 찰싹 달라붙어 지내는 것도 아니잖아. 난 그런 모습은 한 번도 못 봤는데?"

"다른 집 사정은 모른다. 집의 방식은 집에서 정하면 된다."

왠지 전혀 논리적이지 않은 듯한 느낌은 내 기분 탓일까.

어찌 됐든 고개와 오른쪽 어깨가 예사롭지 않게 뜨겁다. 지금까지는 바람에 실려 갔던 아이 파의 달콤한 향기가 콧속을 간질인다.

"위, 위험하다니까! 나무에 처박히면 어쩌려고 그래?!"

"기루루는 그리 멍청하지 않다."

그 말과 함께 뜨거운 감촉이 뺨에 착 달라붙었다.

상상만 해도 심장에 나쁘지만, 이 매끈매끈한 감촉은 아마 아이 파의 뺨이다.

"……아스타여, 불쾌하게 생각한 것이 아니었다는 말인가?"

"어? 뭐, 뭐라고? 저기, 진짜 사고 낼 것 같다고!"

"부끄럽다는 말의 뜻은 아직 잘 모르겠지만, 네가 불쾌하지 않다니 기쁘다."

내 목을 압박한 팔에 힘을 더 싣더니 뺨도 더 꾹꾹 눌러왔다.

그와 동시에 내 오른쪽 손목을 또다시 잡았다.

"또 힘 균형이 깨졌군. 마음을 어지럽히지 마라, 미숙한 놈."

웃음을 머금은 아이 파의 목소리.

이런 상황에서 마음을 어지럽히지 않는 사람이 어디 있어? 하고 나는 속으로 받아쳤다.

그런 가운데 기루루는 아무것도 모른다는 듯이 힘차게, 그러면서도 경묘하게 숲가의 길을 속보로 걸어갔다.

제2장 ★★★ 숲가의 손님

1

이튿날 아침.

내가 짐수레를 타고 등장하자 루의 촌락에 약간의 소동과 혼란이 일어났다.

물론 라라 루 일행에게 미리 말해달라고 부탁해두었기에 그들 나름대로 마음의 준비를 한 상태에서 일어난 소동이리라. 어린 아이들은 환성을 지르고, 어른들은 놀라긴 해도 비난의 눈길을 보내지는 않아 다행이었다.

나는 루의 촌락의 광장에 들어서기 전에 고삐를 당겨 기루루를 세우고 나도 마부대에서 내려 걸어서 가기로 했다.

"아스타, 루의 집에 온 걸 환영합니다. 하루 만에 짐수레를 몰 수 있게 되었군요."

루 본가보다 광장 입구에 가까이 위치한 신 루의 집에서 실라 루가 달려왔다.

"네. 아침부터 아이 파가 특훈을 해준 덕분에 꼭 필요한 건 다 룰 수 있게 되었어요. 마을에 내려갈 때 나오는 좁은 길도 당황하지 않고 천천히 가면 문제없을 거예요."

특훈으로 인해 지금쯤 아이 파는 혼자 장작과 향초 채취 작업을 하고 있을 것이다.

번번이 미안하긴 하지만, 실은 아이 파가 먼저 짐수레 운전에 남다른 관심을 보였기 때문에 나는 그 열의에 이끌리는 모양새로 이른 아침부터 특훈을 받아야 했다.

무사히 특훈을 마치고 슬슬 루의 촌락으로 출발해야 할 때가 되자 아이 파는 몹시 떨떠름한 얼굴로 짐수레에서 내렸다.

"이제부터는 매일 여러분을 데리러 오고 바래다줄게요. 우선 실라 루의 집에 있는 짐부터 실을까요? ……아, 그런데 짐수레가 생겼으니 이제 쇠 냄비를 빌릴 필요도 없겠네요."

철판을 구입한 이후, 내가 가죽 자루에 타라파 소스를 넣어 가지고 오면 역참 마을에서 실라 루와 합류한 뒤 그녀들이 가져온 쇠 냄비에 소스를 옮겨 담는 과정을 거쳐야 했다. 철판과 쇠 냄비를 모두 비나 루와 둘이서 옮기기가 힘들었기 때문에 어쩔 수 없는 처사이긴 했다.

이제 짐수레가 생겼으니 파가에서 얼마든지 물자를 반출할 수 있다. 짐수레에는 타라파 소스가 담긴 쇠 냄비,『먀무구이』에 필요한 철판, 패티 60인분, 양념에 재운 고기 90인분, 구운 포이탄 60인분── 그리고 여관에서 조리할 고기와 2킬로그램의 육포를 미리 실어놓았다. 다시 짚어보니 이것만 해도 짐이 꽤 많다.

쇠 냄비 외의 짐을 비나 루와 둘이서 매일 옮겼다.

체력을 기르기에 안성맞춤인 일과였지만, 이제 그런 큰 짐을 끌어안고 공포의 구름다리를 건너지 않아도 된다고 생각하니 진심으로 기뻤다.

아무튼 실라 루가 준비해온 90인분의 구운 포이탄을 싣고 나서 루의 본가로 향했다.

거기서 기다리고 있던 것은 리미 루와 루가의 토토스 루루였다.

"우와, 짐수레다! 아스타, 굉장한데!"

루루를 탄 리미 루가 종종거리며 다가온다. 아이 파 못지않게 토토스를 아끼는 이 소녀도 아침부터 토토스 타기 연습에 매진하는 모양이다.

"정말 대단해! 그런데 무거워 보인다! 기루루, 수고가 많네!"

물론 기루루는 멍한 표정으로 고개를 갸웃거릴 뿐이었다.

루루도 그런 기루루의 모습을 멀거니 바라보기만 한다.

"오, 아스타. 루가에 잘 왔구나. 오늘 장작은 이것뿐이란다."

떠들썩한 소리를 듣고 집에서 나온 미아 레이 아주머니가 쾌활하게 웃었다.

마찬가지로 뒤쪽에서 돌아 나온 레이나 루와 라라 루의 손에 장작이 수북이 쌓여 있다. 이로써 준비는 완벽하다.

"그럼 출발하죠. 모두 짐수레에 타세요."

레이나 루, 라라 루, 실라 루는 하나같이 꺄악 소리를 지르며 짐수레에 올라탔다.

그것을 곁눈질하며 나는 미아 레이 아주머니에게 물었다.

"저, 역시 비나 루의 회복에 시간이 더 걸릴 것 같나요?"

"그렇단다. 이 짐수레를 타고 왔다 갔다는 할 수 있어도 계속

서 있는 것은 무리란다. 처음에 말했다시피 마을에서 일하려면 이틀 정도는 더 걸릴 것 같구나."

"그렇군요. 그럼 동쪽 백성 슈미랄의 방문은——?"

"일단 집에 초대해서 얼굴을 보기로 했단다. 나와 가장이 그 손님의 모습을 확실히 살펴보고 납득이 가면 비나를 만나게 해주기로 했어."

"그렇군요. 신뢰할 만한 사람이라는 건 제가 보증할 테니 부디 잘 부탁합니다."

나는 후유, 숨을 내쉬고 나서 기루루를 광장 출구로 이끌었다.

짐수레가 데굴데굴 움직이자 안에 탄 여자들이 또 꺄악 소란을 피우기 시작했다.

"그럼 출발할게요. 약간 흔들리니 떨어지거나 넘어지지 않도록 조심하세요."

나도 마부대에 올라앉아 가죽 채찍으로 기루루의 엉덩이를 찰싹 때렸다.

기루루가 서푼서푼 걷기 시작했다. 짐을 많이 실었는데도 발걸음은 여전히 경묘했다.

그래도 시간에 여유가 있어 나는 속보가 아닌 상보로 기루루를 걷게 하기로 했다.

루의 촌락에서 역참 마을까지는 사람의 걸음으로는 40분에서 50분, 토토스라면 상보로 20분에서 25분쯤 걸린다. 좁고 구불구불한 내리막길을 조심조심 간다 해도 30분이면 충분하다. 내가 짐수레를 몰다 실수하지 않는 한 평소보다 일찍 도착할 수 있을 것이다.

"아스타, 이렇게 아스타의 신세를 지게 되었는데, 일한 대가를 줄이지 않아도 되겠어요? 왠지 미안해서요."

뒤에서 실라 루가 말을 걸어왔다.

마부대와 짐칸 사이에 칸막이가 없기 때문에 목소리를 조금만 높이면 대화하는 데는 지장이 없다.

"문제없어요. 일은 역참 마을에 도착한 다음에 시작되니, 그 앞뒤 사정에 관해서는 그리 깊이 생각하지 않아도 돼요."

"그런가요? 앞으로는 오가는 데 걸리는 시간이 꽤 단축될 것 같아요. 일을 마치고 집에 일찍 돌아가게 되면 그만큼 장작을 모으는 데 시간을 할애하려고 해요."

실라 루는 성실하구나 싶어 나는 하마터면 미소를 흘릴 뻔했다.

그러나 그 순간 생각을 바꾸었다.

"그런데 장작은 지금 모으는 만큼 확보하면 충분해요. 대신 실라 루에게는 다른 일을 맡겨도 될까요?"

"다른 일이요? 무엇인가요?"

완만한 커브를 그리는 숲가의 길을 나아가며 나는 전부터 생각해둔 것을 제안했다.

"『기바 버거』 패티와 타라파 소스를 만드는 작업, 아니면 『먀무구이』 고기의 토막 내기와 양념을 만드는 작업. 이중 하나를 맡기고 싶은데요, 어때요?"

실라 루는 당황했는지 말이 없다.

그러나 나는 대답을 재촉하지 않고 가만히 기다렸다.

"그렇지만—— 내가 거기까지 손대면 아스타가 손볼 여지가 없어지지 않을까요……?"

"맞아요. 실은 그게 목적이거든요. 실현하려면 시간이 걸리겠지만 언젠가 포장마차 하나를 루가의 힘만으로 꾸려나갔으면 해요."

또다시 말이 없다.

여기서는 덧붙여 말하기로 했다.

"오래 전부터 생각한 거예요. 여관 주인과 직접 포장마차 대여 계약을 하고, 요리 밑 준비를 하며 맛의 품질을 유지하는 거죠. 벌어들인 수입에서 식재료비와 포장마차 대여료를 지불해 장사를 성립시키는, 그런 여러 가지 일을 나 없이 해내면 그 포장마차 매출은 전부 루가의 재산이 되는 거예요."

"…………."

"아직 돈다 루에게도 말하지 않았고, 일을 급하게 진행할 생각도 없어요. 우선 그 전 단계로 요리의 준비 작업을 익혔으면 좋겠거든요. 어때요?"

"어……어째서인가요? 그렇게 하면 파가에서 벌어들이는 동전이 줄어들 뿐, 아스타에게는 아무런 이익도 없지 않나요……?"

실라 루의 목소리가 힘없이 떨렸다.

잔잔한 바람을 뺨으로 느끼면서 누구에게랄 것도 없이 나는 미소 지었다.

"그렇지 않아요. 포장마차 하나를 루가에 맡기면 내 일이 훨씬 편해지니 그만큼 다른 방향으로 장사의 손길을 뻗칠 수 있거든요. ······그러기 위해 공부와 연구도 하고 싶어요."

"공부와 연구라뇨······?"

"잘되면 앞으로 더 많은 여관에 요리를 납품할 수 있을지도 몰라요. 꼭 그게 아니더라도 현재 납품 중인 요리도 재검토하려고요. 『기바 통삼겹조림』은 조리 시간이 너무 오래 걸리고, 치트 절임을 사용하는 요리는 재료비가 비싸잖아요."

"네에······."

"포장마차 요리도 마찬가지예요. 지금은 『먀무구이』 90인분에 『기바 버거』 60인분, 합계 150인분의 요리를 준비하는데, 매일 『먀무구이』가 10인분쯤 남잖아요. 그럼 『먀무구이』와 『기바 버거』를 50, 60인분씩 줄이고, 세 가지 요리를 선보이면 어떨까 하고 생각 중이에요."

"앗, 포장마차를 세 대로 늘린다는 건가요?"

"아뇨, 어디까지나 생각의 하나일 뿐이에요. 어쨌든 지금 상황에서는 밑 준비 작업을 늘릴 수가 없으니까요. 본격적으로 고민하는 건 루가에 포장마차 하나를 맡기게 된 후의 일이라고 생각해요."

자릿세와 포장마차 대여료, 거기다 인건비까지 계산하지 않으면 아무리 포장마차를 늘려도 순이익은 떨어지기만 할 뿐이다.

한편으로는 인기가 많은 현재 메뉴를 유지한 채 다른 메뉴를 조금씩 시도해보고 싶은 욕심도 있다.

세 종류의 요리를 60인분씩 팔게 되면, 결과적으로 더 많은 사람들에게 기바 고기 요리를 맛보게 할 수 있다. 또한 포장마차 두 대로 150인분을 파는 것보다 세 대로 180인분을 파는 것이 다른 포장마차의 운영자들과 보조를 맞출 수 있지 않을까, 하는 생각도 없지는 않다.

아무튼 우리가 기바 고기 요리를 파는 목적은 순이익을 올리는 것이 아니라 기바 고기의 맛있음을 알리는 것―― 장차 요리뿐만 아니라 기바 고기 자체를 판매한다는 장대한 계획의, 이른바 프레젠테이션에 해당하는 행위인 것이다.

"장황하게 들릴지 몰라도 일을 성급하게 진행할 생각은 없어요. 장사를 시작한 지 이제 겨우 한 달 지났으니까요. 요즘에는 특히 세정도 불안정하니 신중히 하려고요. ……그런데 루가에 포장마차 하나를 맡긴다는 계획만큼은 여러분이 일하는 모습을 보면 실현이 어렵지는 않겠다는 생각이에요."

그리하여 루가에서 독자적으로 장사를 하게 되면 만에 하나 내 존재가 없어져도 숲가에 풍요로운 생활을 가져다준다는 큰 뜻을 버리지 않아도 된다. 이것이 애초에 이런 생각을 하게 한 요인 중 하나다.

그러나 사람은 언제 죽을지 모르는 법이다. 설령 나 같은 처지가 아니더라도 그것이 세상의 진리이기 때문에 최대한 손을 써

두는 것은 결코 나쁘지 않다고 생각한다.

게다가 그것이 요인의 하나이긴 해도 최대 요인은 아니었다.

약 한 달 전 포장마차 장사를 개시하고 닷새째 되는 날 처음으로 실라 루가 도와줬을 때 자연스럽게 그런 생각이 들었다. 실라 루의 실력이면 머지않아 포장마차 하나를 맡겨도 되겠구나 하는. 그래서 한 달간 가슴에 담아두었던 그 생각을 있는 그대로 말했을 뿐이다.

어째서 손해 보는 길로만 가려고 하느냐고 미아 레이 아주머니가 어처구니없어한 적도 있다. 그러나 파가의 목적은 숲가에 풍요로움을 가져오는 것이다. 파가에 부(富)가 집중되는 것은 가장인 아이 파가 뜻하는 바가 아니다.

나밖에 할 수 없는 일이라면 얼마든지 힘을 쥐어짜내자. 그러나 나 아닌 다른 사람도 할 수 있는 일이라면 자리를 양보하고, 나는 다른 일에 힘쓰는 것이 효율적이라 생각한다.

그리고 힘을 지닌 사람은 그 힘에 상응하는 대가를 받아야 한다고도 생각한다. 실라 루에게는 대가를 받을 자격이 있을 터였다.

"어때요? 앞으로의 계획은 놔두고서라도 우선 밑 준비 작업을 익혀주기만 해도 나한테는 큰 도움이 되거든요."

"아니…… 그래도, 어떻게 내가…….""

"조리 실력은 문제없다고 생각해요. 원래 타라파 소스는 실라 루 혼자서도 만들 수 있는 데다 햄버그 패티는 유독 잘 만들잖아요. 물론 장사에서 중요한 건 매일 똑같은 맛을 유지하는 거죠. 그 점은 내가 지도해줄게요."

"…………."

"그래도 작업 과정은 『먀무구이』가 더 간단할 거예요. 고기를 토막 내는 것만 익히면 다른 건 어렵지도 않아요. ……솔직히 말해 품이 더 드는 『기바 버거』를 실라 루가 맡아주면 더 도움이 되겠지만요."

"걱정 말아요! 햄버그라면 나도 잘 만드니까요!"

실라 루가 아닌 다른 사람의 목소리가 힘차게 대답했다. 거의 예상은 했지만 그것은 레이나 루의 목소리였다.

"아스타, 먀무 요리는 마을 사람의 입맛에 맞춰 양념을 강하게 한 거죠? 그렇다면 루가에서는 햄버그가 적합할 것 같아요. 우리 입맛에 맞지 않는 요리를 만드는 건 분명히 어려울 테니까요."

"아, 그럴 수도 있겠다."

"게다가 실라 루 혼자서는 아스타를 대신할 각오를 하기는 곤란할 거예요. 나도 그런 각오는 하기 어렵거든요. 그래도 나와 실라 루가 힘을 합치면—— 적어도 아스타의 실력을 반쯤은 대신할 수 있을 거예요!"

"그건 과대평가인데. 두 사람이 힘을 합치면 나보다 맛있는 『기바 버거』를 만들 수 있을 것 같은데?"

"……아스타야말로 우리를 과대평가하고 있어요."

그렇게 대답하면서도 레이나 루의 목소리는 여전히 힘찼다.

"실라 루, 멋대로 이야기를 진행시켜서 미안해. 그런데 나는 해보고 싶어. 내 힘이 어디까지 통용되는지 시험해보고 싶어. 그래서 성공하면 우리는 동전뿐만 아니라, 아궁이 당번으로서 아스타처럼 긍지를 손에 넣을 수 있지 않을까?"

"아궁이 당번으로서의 긍지……."

실라 루의 목소리는 작았지만 아까처럼 떨리지는 않았다.

그리고 잠시 짐수레가 나아가는 달그락거리는 소리만이 울렸다. 역참 마을로 이어지는 좁은 샛길이 보였을 즈음에서야 실라 루는 입을 열었다.

"……우리 힘이 모자라면 그만큼은 아스타가 지도해주는 거죠?"

"네, 물론이에요."

"그럼—— 나도 내 힘을 시험해보고 싶어요."

나는 가슴 뿌듯한 보람을 느끼며 "고마워요" 하고 대답한 뒤 기루루의 걸음을 조금 늦추기 위해 고삐를 잡아당겼다.

◇

역참 마을에 도착해서도 이렇다 할 문제는 없었다.

토토스와 짐수레는 포장마차 뒤에 있는 공간에 세우도록 허락되어 있다. 다만 토토스를 묶어둘 경우에는 토토스가 나뭇잎을 뜯어먹기 때문에 하루에 적동화 두 닢을 추가로 내야 한다.

포장마차 자릿세는 하루에 적동화 한 닢인데 토토스를 묶으면 두 배나 더 들다니. 가격 설정에 의문이 들기도 했지만 워낙 자릿세가 저렴하기 때문에 불만스럽지는 않았다. 정식 토토스 목장에 맡길 경우에는 한나절이라도 적동화 세 닢이라고 하니 이쪽이 그나마 적당한 가격이다.

여하튼 장사는 순조로웠다.

아침 일찍 동쪽과 남쪽 손님들이 가게 앞에 줄을 섰고, 그들이 물러간 뒤에는 서쪽 손님이 띄엄띄엄 찾아왔다. 전체 손님의 40퍼센트씩을 동쪽과 남쪽 백성이 차지하고 나머지 20퍼센트는 서쪽 백성이 차지한다. 이 비율도 좋든 싫든 변하지 않고 있다.

'물론 그런 엄청난 일이 있었는데도 불구하고 손님이 줄지 않았으니 감사할 따름이긴 한데…….'

그런데도 나는 어쩐지 벽에 부딪친 느낌이었다.

그것은 역시 서쪽 손님에 관해서다.

동쪽이나 남쪽 손님들은 지난 한 달 동안 꽤 여러 면면이 다녀갔다. 익숙한 얼굴도 있는가 하면 처음 보는 얼굴도 많았다. 《은항아리》나 반장 같은 건축상처럼 제노스에 오래 머무는 사람은 그리 많지 않은 것이다.

그 대신 새로이 제노스를 찾아온 사람들이 《남쪽의 대수정》과 《현용정》 등 여관에서 소문을 듣고 쉴 새 없이 포장마차를 찾아준다. 여관에 요리를 납품하고부터는 그런 손님이 더 눈에 띄는 것 같다.

그 반면, 서쪽 백성 손님은 늘 오는 사람만 온다. 돈벌이를 위해 다른 마을에서 온 사람이 적지 않다 해도 역시 이곳에 정착해 사는 사람이 압도적으로 많을 테니 그도 당연하다.

요컨대 하루 평균 30명쯤 찾아오는 서쪽 백성 손님은 대부분이 한 달간 꾸준히 찾아주는 단골손님인 것이다.

애초에 제노스의 역참 마을에 사는 서쪽 백성의 인구는 얼마나 될까. 그것은 알 수 없다. 언젠가 아이 파가 수천 명은 된다고 말했지만 그 역시 불확실한 이차 정보다.

다만 이 가도(街道)를 따라 인파가 붐비는 모습과 가도의 서쪽에 펼쳐진 거주 구역에 집들이 즐비한 것만 봐도 1, 2천 명은 훌쩍 넘는다는 것을 알 수 있다. 만 명 단위까지는 아니더라도 역시 수천 명쯤 된다는 것이 타당한 계산이리라.

물론 역참 마을의 모든 주민이 이 노점 구역에서 밥을 먹는 것은 아니다. 이 구역의 고객층은 역참 마을의 숙박객과, 이 가도변 가게에서 일하는 사람들뿐이다. 게다가 여관 식당에서 점심을 해결하는 사람도, 일정 수는 존재할 터이다.

그렇다면 노점 구역의 총 이익은 얼마나 될까?

포장마차 수와 매출로 대략 산출할 수 있다고 생각한다.

이 널찍한 노점 구역에 음식을 파는 포장마차는 얼마나 될까. 아마 최소한 50점포는 될 것이다. 60에서 70점포쯤 될지도 모른다.

그리고 포장마차 매출 현황은 하루에 20인분에서 50인분이라고 들었다. 중간으로 잡으면 35인분이다.

포장마차 수를 대략 60점포라 봐도 35인분을 곱하면 방문객 수는 2,100명이다.

그런데 우리 가게는 두 대의 포장마차로 매일 손님 140명을 끌어모으고 있으니 대단하다고 생각한다.

따라서 문제는 역시 비율이었다.

오가는 사람들을 지켜보면 가장 큰 비율을 차지하는 사람은 역시 서쪽 백성이다. 최소 절반 이상, 60에서 70퍼센트는 서쪽 백성으로 보인다.

그렇다는 것은 적게 어림잡아도 2,100명 중 60퍼센트, 1,260명은 서쪽 백성이라는 계산이 된다.

그중 우리 가게에 오는 사람은 30명이 조금 안 된다. 비율로 따지면 고작 2.4퍼센트쯤.

지금 스스럼없이 포장마차를 찾아오는 서쪽 백성 손님은 결국 그 정도밖에 안 된다.

반대로 이국인 손님을 산출해보면, 840명 중 110명이 된다. 비율로 따지면 13퍼센트를 조금 넘는다.

동쪽이나 남쪽 손님은 10명 중 한 명 이상이 우리 가게에 와준다.

서쪽 손님은 100명 중 두 명밖에 오지 않았다.

아무리 매출이 호조라도 이것이 우리 가게의 실상이었다.

원래 큰 괴리감이 있었던 데다 열흘쯤 전에는 그런 엄청난 일이 벌어졌었다. 그런데도 이렇게 많은 사람들이 숲가의 백성을 외면하지 않고 기바 요리를 먹어주고 있다. 그것은 축복할 만한 일이긴 하나, 다음 한 걸음을 어디로 내디뎌야 할지 좀처럼 그

길이 보이지 않았다.

'……이런 식으로 신경 쓰는 모습이 아이 파의 눈에는 조급해 하는 것처럼 보이는 걸까.'

내 사색인지 망상인지 모를 생각이 걷잡을 수 없이 퍼졌을 무렵 누군가 내 티셔츠 자락을 조심스럽게 잡아당겼다.

"아스타, 괜찮아요? 손님이 왔어요."

함께 『기바 버거』를 담당 중인 레이나 루가 걱정스럽게 나를 올려다본다.

나는 고개를 끄덕여 보인 뒤 뺨을 가볍게 때리고 미소를 지었다.

"미안, 미안. 생각할 게 좀 있어서. ……실례했습니다. 어서 오세요."

그 순간, 내 얼굴에서 웃음기가 쏙 들어갔다.

수염을 기르지 않은 남쪽의 청년이 무뚝뚝한 얼굴로 서 있었기 때문이다.

"아아, 안녕하세요. ……오늘은 무슨 용건이세요?"

레이나 루는 알아보지 못한 듯하다. 그 손님은 어제 왔던 라비스라는 청년이었다.

"오늘은 손님으로 찾아뵈었습니다. 어제 그런 소란을 일으켰지만 음식을 살 수 있겠습니까?"

표정은 언짢아 보이지만 말투와 행동거지는 예의 바름 그 자체였다.

나는 시선을 좌우로 돌려 그 작고 난폭한 아이가 없는지 확인하면서 "물론입니다" 하고 응대했다.

"어제는 저야말로 실례가 많았습니다. 음, 그러면 하나만 드리면 될까요?"

"네."

"그런데 이쪽은 어제 요리보다 고기의 풍미가 좀 더 강하고, 씹는 맛도 독특하거든요. 예전에 남쪽 백성 손님 중 이 풍미와 씹는 맛을 싫어하는 사람도 여럿 있었으니, 구입 전에 시식을 해보시면 어떨까요?"

요즘에는 시식을 원하는 손님도 부쩍 줄었기 때문에 이럴 때는 장사용 패티를 희생할 수밖에 없지만, 뭐 어쩔 수 없다. 적동화 두 닢의 매출보다 신규 손님 개척이 더 중요하다는 점에는 변함이 없다.

그러나 청년은 더 언짢은 표정을 짓고 말았다.

"그렇습니까. ……그 고기의 풍미가 그리 강합니까?"

"으음, 남쪽 손님 중에도 아무렇지 않은 손님도 있지만, 그래도 저쪽 마무를 넣은 요리가 남쪽 손님들 사이에서는 반응이 더 좋거든요."

"……어떻게 합니까?" 하고 청년이 두꺼운 목을 기울였다.

아니, 그걸 왜 나한테 묻느냐고 말하려던 그때 나는 "으악!" 하고 놀라서 소리를 질렀다.

남쪽 백성답게 뻔뻔스러운 청년 뒤에서, 옅고 진한 갈색이 섞인 머리칼과 비취처럼 아름다운 초록빛 눈동자가 서서히 나타났기 때문이다.

"여, 여어, 너도 있었구나. 저기…… 어제는 무례하게 말해서 정말 미안했습니다."

나는 머릿수건을 벗고 허리를 30도쯤 굽혔다.

남쪽 백성인 디알 소녀는 머리칼 일부와 왼쪽 눈만 빼꼼히 내밀어 나를 빤히 노려봤다.

"어떻게 합니까? 맛을 확인할 수도 있다고 합니다만."

청년이 고개를 돌려 그쪽을 보려 했다. 그 순간 소녀는 "바보! 움직이지 마! 보이잖아!" 하고 소리쳤다.

"아니, 저기, 이미 살짝 보였으니 숨는 의미가 없지 않나……?"

내가 작은 목소리로 지적하자, 살짝 드러난 눈가의 흰 피부가 순식간에 붉어졌다.

"……화 안 났어?"

"어?"

"어제 내가 두 대나 때렸는데, 아스타 화 안 났어?"

"응, 뭐, 내가 먼저 결례를 범했잖아. 그래도 폭력 행사는 좀 너무했지만. 자업자득이니 화 안 났어."

붙임성 있게 미소를 띠고 싶은 기분은 아니었지만, 나는 온화하게 그렇게 대답했다. 게다가 화나지 않았다는 것도 거짓 없는 본심이다.

"……정말 화 안 났어?"

"응, 화 안 났어."

"……난 아직 화났는데."

"아아, 그래. 정말 잘못했다고 반성하고 있어."

"……아직도 날 남자라고 생각하는 거야?"

"아니야! 남쪽 백성 여자는 제노스에 당연히 없는 줄 알았어. 정말 반성하고 있으니 용서해주면 안 될까?"

계속 저자세로 나간 것이 통했는지 그제야 소녀는 청년의 뒤에서 모습을 드러냈다.

역시 작고 호리호리하다. 이목구비도 반듯하고 참으로 예쁘장하다. 일단 알고 나니 하나부터 열까지 여자아이였다. 왜 일부러 '여자처럼 예쁘장한 남자'라는 뇌 내 변환을 실행했을까. 인간의 심리는 이해할 수가 없다.

그래도 굳이 말하자면 남자로 오해받기 싫으면 여성스러운 복장을 하면 될 텐데, 하고 생각한다. 조끼와 통바지는 옆에 있는 청년과 똑같은 복장이며 색상도 어둡고 실용적이다.

숲가의 백성도, 서쪽 백성도 여성은 꽤 여성스러운 화려한 옷을 걸치고 있으며 노출도 제법 수위가 높다. 이 소녀의 몸매가 여성스럽냐고 묻는다면, 좀 그렇긴 하지만, 그래도 여성스럽게 차려입으면 누구나 돌아볼 만큼 사랑스러울 것이 틀림없다.

"……그 사람, 꽤 미인이네."

디알 소녀가 험상궂은 눈초리로 레이나 루를 본다.

레이나 루는 곤혹스러운 듯 웃으며 "네?" 하고 고개를 갸웃했다.

"저쪽 사람도 미인이고, 그 옆에 붉은 머리 여자아이도 엄청 귀엽던데. 숲가의 백성은 미인이 많은가 봐?"

"으, 응, 그건 부정할 수 없는 사실일지도 몰라."

"……미인에게 둘러싸이다 보면 나처럼 덜렁대는 사람은 남자로 보이는 게 당연하네?"

"그렇지 않아! 너도 다른 사람 못지않게 예쁘장하게 생겼잖아."

반사적으로 그렇게 대꾸하고 말았다.

그 결과 디알의 흰 얼굴은 더 붉게 물들고, 레이나 루의 동그랗고 귀여운 눈동자는 우리 집 가장처럼 차갑게 빛나며 가늘어졌다.

레이나 루도 그런 눈초리를 할 때가 있구나 하고 나는 속으로 한숨을 내쉬었다.

"바, 바보 아냐? 비위 맞추려고 그렇게 말해봤자 신용만 잃거든? 아스타는 정말 무신경하구나!"

"네. 가끔 나 자신이 싫어질 정도입니다. ……아무튼 혹시 은혜와 원한을 넘어서 내 요리를 다시 먹어줄 마음이 생겼으면 꼭 먹어 봐! 금방 맛보기용 고기를 담아줄 테니…….""

"맛보기는 필요 없어. ……정말 나한테 요리를 팔아주는 거야?"

"팔지 않을 이유가 없지 않나? 사준다면 나야 기쁘지."

그러자 디알은 뺨에 붉은 기를 남긴 채 기쁘다는 듯이, 정말 기쁘다는 듯이 생긋 웃어주었다.

내 가슴에 남았던 마지막 응어리가 스르르 풀린 것은 그 구김

살 없는 미소를 본 순간일지도 모른다. 언동은 다소 교활하지만 어쨌든 자신의 감정에 지나칠 만큼 솔직한 소녀다. 내 주변 사람으로 말하자면 라라 루와 몹시 비슷한 유형일지도 모른다.

그리고—— 그런 사람이 띠는 미소는 참으로 매력적이다. 왠지 바란 반장이 처음 웃는 얼굴을 보였을 때를 떠오르게 한다.

"그럼 팔아! 동전은 몇 닢?"

"구매해줘서 고마워. 값은 적동화 두 닢이야."

"싸네! 그렇게 싸게 팔아서 남는 거 있어?"

"응. 뭐 다른 포장마차랑 비슷하게는."

아이 파가 사냥을 다시 시작한 덕에 날에 따라서는 다른 집에서 고기를 살 필요도 없어졌다. 그 여하에 따라 원가율이 대폭 변동하기는 하나 다른 포장마차보다 조건이 나쁘지도 않다.

참고로 오늘의 고기는 루가가 아닌, 란가에서 구입한 고기였다. 가격도 한 마리에 적동화 12닢이 아니라 120닢이다. 츠바이를 통해 미아 레이 아주머니와 교섭한 결과, 터무니없이 저렴했던 고기 매입가를 바로잡은 것이다.

기바의 크기에 따라 가격은 적동화 100닢에서 140닢까지 폭을 두었다. 그뿐만 아니라 기바의 가죽을 벗기고 머리와 다리를 절단한 몸통 고기, 즉 지육(枝肉)은 반 마리 값으로 매입하기로 결정했다. 매일 기바를 몇 마리씩 일정하게 사냥하는 루가와 달리 작은 씨족의 경우에는 자신들이 먹을 몫도 고려해야 하기 때문이다.

"그럼 하나 줘! 아, 라비스는 정말 안 먹어?"

"네. 저는 숙소를 나오기 전에 간식을 먹었습니다."

청년은 그렇게 대답하며 품에서 작은 헝겊 주머니를 꺼냈다.

거기서 나온 백동화가 포장마차 상판에 짤까닥 놓였다.

"고맙습니다. 잔돈 적동화 여덟 닢입니다."

나는 『기버 버거』를 만들기 시작하고 레이나 루는 잔돈을 꺼 냈다.

그러나 레이나 누가 잔돈을 내밀어도 라비스는 아무런 반응이 없었다.

레이나 루는 뭔가를 알아차렸는지 고개를 작게 끄덕이고 동전 을 상판에 두었다. 그러자 청년이 말없이 적동화 여덟 닢을 가 져간다.

숲가의 백성과는 손도 스치기 싫다는 건가.

숲가의 백성은 자갈의 검은 숲에서 이곳 제노스로 이주할 때 남방 신에서 서방 신으로 섬기는 신을 바꾸었다. 자갈인 중 일 부는 여전히 그것을 이유로 숲가의 백성을 기피한다.

그러나 그 정도로 숲가의 백성을 기피하는 남쪽 백성은 소수 인 데다 그런 사람은 포장마차에 얼씬도 하지 않기 때문에 이런 광경이 처음인 나로서는 왠지 신기했다.

'으음…… 나쁜 사람들은 아닌 것 같은데 대하기가 좀 까다롭 긴 하네.'

그런 생각을 하면서 나는 완성된 『기바 버거』를 디알에게 건

넸다.

"오래 기다리셨습니다. 타라파를 흘리지 않도록 조심해서 먹어."

"응! 고마워!"

디알은 기분이 나아졌는지 함박웃음을 짓고 있었다.

그리고 어제와 마찬가지로『기바 버거』를 덥석 베어 물더니 눈이 보다 행복한 듯이 가늘어졌다.

"맛있다! 역시 맛보기 할 필요가 없었어! 어제랑 똑같이 맛있어, 아스타!"

"그렇게 말해줘서 고마워. 정말 기뻐."

"응, 그런데 이건 고기가 아주 연하네. 이것도 기바 고기지?"

"그래. 이건 다진 고기를 둥글게 뭉쳐서 구운 요리야."

"흐음, 공들여 만들었구나! 이런 요리다운 요리를 역참 마을에서 먹을 줄은 상상도 못 했어."

요리다운 요리라.

그 말에 나는 호기심이 일었다.

"저기, 넌 평소에 성 밑 마을에서 먹고 있지? 거기 요리는 역참 마을과 비교도 안 될 만큼 호화로운가?"

"응? 그야 그렇지! 들어가는 재료부터가 완전히 다르잖아! ……그런데 아스타의 요리는 맛있어. 적동화 두 닢짜리 요리인데 어쩜 이렇게 맛있을까."

생글생글 웃으면서 베어 먹은『기바 버거』의 단면을 내려다본다.

"이 잘게 썬 채소는 티노지? 그리고 삶은 건 타라파 맞지? 싸구려 타라파는 더 시큼할 텐데 이건 달콤하고 풍미도 좋네."

"오호? 신맛이 적은 타라파도 있어? 이건 신맛을 줄이기 위해 잘게 썬 아리아와 같이 삶은 거야. 풍미는 과실주와 먀무 덕분이지."

"과실주라. 그것도 싸구려잖아."

"과실주가 싸긴 하지. 이만 한 병이 적동화 한 닢이니까."

"적동화 한 닢! 웃길 만큼 싸구려네!"

오만불손한 말이다.

역시 입이 험한 것은 타고났으리라. 요리 실력은 칭찬받은 반면 사용 재료에 관해서는 비방을 받다니, 나로서는 참으로 복잡한 심경이었다.

"그런데 이런 싸구려 재료를 가지고 이렇게 맛있는 요리를 만들다니, 아스타의 실력이 어지간히 뛰어나니까 가능한 거 아냐? 아스타 같은 사람이 왜 역참 마을 따위에서 장사를 해?"

"왜냐니, 난 숲가의 백성이니까. 숲가의 백성은 성 밑 마을에서 장사하면 안 되지 않아?"

내 말에 디알의 눈썹이 축 늘어졌다.

여전히 감정의 전환이 엄청나게 빠르다.

"미안. 또 역참 마을 따위라고 말해버렸네. 난 역참 마을을 싫어하지 않아. 오히려 딱딱한 성 밑 마을은 성미에 안 맞아서 매일 이렇게 빠져나올 정도라고. ……그런데 역참 마을의 싼 요리

만큼은 도저히 좋아하지 못하겠더라…….”

“아아, 그래, 딱히 그렇게까지 기분이 상한 건 아니야.”

“요리에 사용한 재료를 싸구려라고 한 것도 기분 나쁘겠다……
미안해.”

“아니, 화 안 났다니까! 자, 식기 전에 어서 먹어!”

“……응…….”

디알은 걱정스레 내 얼굴을 바라보다 이내 기운을 차린 듯 다
시『기바 버거』를 먹기 시작했다.

그때 가죽 망토를 걸친 키가 큰 무리가 이쪽으로 오고 있었다.
하마터면 한숨이 나올 뻔했다. 타이밍이 나쁘다. 아니, 그보다
양쪽 모두 하루의 시간 배분이 어느 정도 정해져 있는 것이리
라. 예상대로 그 무리는《은 항아리》였다.

디알은 별생각 없이 포장마차 앞에서 물러나려다가 모자 밑으
로 나온 은발을 보고 흠칫 놀란 듯이 멈춰 섰다.

“아스타, 다섯 개씩, 부탁합니다.”

“매번 고맙습니다. ……저기, 어제 한 약속은 유효한 거 맞지?”

걱정이 되어 내가 디알에게 묻자 “시끄러워!” 하고 언짢은 대
답이 돌아왔다.

그리고 소녀는 화난 얼굴로 키가 큰 슈미랄을 올려다봤다.

“저기! 당신한테 해둘 말이 있는데!”

슈미랄은 말없이 디알을 내려다본다. 침착 그 자체인 무표정
으로.

이런 기질의 차이도 적대국 관계가 된 요인인지, 디알이 더 짜증스럽게 눈썹을 올렸다.

그러나 다음 순간 그 작은 입에서 나온 것은 "미안합니다!" 하는 사과의 말이었다.

"난 시무인이라면 질색을 하지만, 서쪽 영토에서 시무인을 모욕하는 말을 입 밖에 낸 건 잘못일지도 몰라. 그러니 미안합니다!"

마치 "바보 멍청아!" 하고 욕하는 듯한 어조의 "미안합니다!"였다.

그래도 분명히 이 소녀에게는 최대한의 타협선이었으리라.

슈미랄은 같은 표정인 채 작게 고개를 끄덕였다.

"시무, 자갈, 전쟁, 끝나는 날, 나, 기다립니다. 나, 자갈, 미워하는 마음, 없습니다."

"그야 나도 자갈이긴 해도 서쪽의 제랜드 태생인걸. 전쟁에 대해 잘 모르지만…… 아, 됐어, 됐어! 자꾸 말 시키지 마! 또 무례하게 말할 것 같단 말이야!"

디알은 자신의 입에 뚜껑을 덮듯이 『기바 버거』를 베어 먹었다. 그리고 이제 불만 없지? 하는 눈빛으로 나를 쏘아봤다.

물론 나는 불만 없었다. 순순히 미안하다고 말할 수 있는 아이는 착하다고 생각한다.

"……당신, 어제, 성 밑 마을, 노란색 숙소, 봤습니다. 혹시, 당신, 철물점, 상단입니까?"

슈미랄이 『기바 버거』를 기다리며 조용히 물었다.

디알은 반감이 깃든 눈초리로 머리 하나만큼 큰 슈미랄의 얼굴을 쏘아봤다.

"말 시키지 말라고 했잖아! ……그래. 제랜드에서 왔으니 당연히 철물점이지."

"제랜드, 철, 유명합니다. 제랜드에서, 칼, 산다, 들어서, 나, 장사, 없어졌습니다."

"아아, 그 영감님한테 칼을 팔아먹던 시무인이 당신이었어? 그거 안타깝네! 칼이나 냄비 만들기라면 자갈은 시무 따위한테 지지 않는다고!"

자랑스럽게 가슴을 펴고 단언한 뒤 걱정스럽게 나를 돌아본다.

"……저기, 방금 그 말은 험담 아니었어. 알지?"

"그래, 뭐, 그렇게까지 조심할 필요는 없어."

게다가 방금 그 문답은 슈미랄이 먼저 시작한 것이다.

아마 좋아서 자갈 백성에게 잡담을 꺼내지는 않을 테니, 이는 분명히 슈미랄에게 필요한 대화일 것이다.

"우리, 매년, 칼, 팔고 있었습니다. 그러나, 이제 필요 없다, 들었습니다. ……당신들, 팔기 때문이군요."

"으응? 아, 우리 아빠랑 그 영감님이랑 특별한 약정을 맺었나 보던데. 내용은 나도 모르겠고 알아도 장사의 경쟁자한테는 한 마디도 해줄 수 없지! ……그런데 당신도 철물점이었구나?"

"철물점, 다릅니다. 우리, 칼, 항아리, 유리, 천, 뭐든지 팝니다."

"흐음? 어쨌든 앞으로는 장사의 방향을 바꿔야겠네! 철은 자갈의 특산품인 데다 특히 제랜드는 철을 팔아서 번창한 마을이 거든! 이것저것 손대는 시시한 장사꾼한테 질 수야 없지!"

디알은 위세 좋게 떠들 때마다 내 표정을 살폈다.

그 모습에 나는 괘씸함보다 흐뭇함을 더 크게 느꼈다. 그리고 장사꾼이 치열하게 경쟁하는 것은 올바른 모습이라고도 생각한다.

"좋은 칼, 만든다, 힘쓰겠습니다. ……그런데, 한마디, 해도 됩니까?"

"뭔데? 당신은 시무인치고 꽤 수다스럽네?"

"대화, 좋아합니다. 서쪽 말, 더 익히고 싶습니다. 노란색 숙소의 노인, 약속, 깹니다. 우리, 칼, 준비, 헛수고였습니다. 당신들, 조심하다, 좋다고 생각합니다."

"응? 뭔 어설픈 소리를 하고 있어! 계약서를 작성하지 않으면 거래가 물 건너가도 할 말이 없는 거 아냐? 당신, 그런 생각으로 용케 상단을 하고 있네?"

"계약서, 작성했습니다. 그런데, 약속, 깨졌습니다. 불만 있으면, 성 밑 마을, 통행증, 회수한다, 들었습니다. 곤란하기 때문에, 약속, 포기한다, 결정했습니다."

슈미랄의 말에 디알의 예쁘장한 얼굴이 험악한 형상으로 변했다. 그래 봤자 밥 먹을 때 건드려진 강아지 정도의 형상이었지만.

"뭔 소리래? 그 영감님이 그런 악랄한 놈이었어? 하긴, 귀족이라기보다는 변두리 장사꾼처럼 탐욕스러워 보이기는 하더라.

……그런데 왜 그런 정보를 장사의 경쟁자인 우리한테 알려주는 건데?"

"왜…… 이유, 특별, 없습니다."

그렇게 말하고 슈미랄은 눈을 살짝 가늘게 떴다.

기쁘거나 즐거울 때만 보이는 눈이다.

"다만, 당신, 사과해주었습니다. 보기 드문 자갈의 백성, 생각했습니다. 그래서, 말하고 싶다, 생각했습니다."

"흐음! 이상해!" 하고 디알은 고개를 홱 돌렸다.

그러고는 슈미랄을 힐끔 살핀다.

"……그래도 뭐, 일단 아빠한테 조심하라고 말해둘게. 거짓인지 진짜인지 모르는 상태에서는 당신한테 고맙다는 말은 못 하지만!"

"고맙다, 불필요합니다. 서로, 좋은 칼, 만듭시다."

그리하여 이 대화가 끝나고 슈미랄도 자신의 『기바 버거』를 먹을 수 있게 되었다.

그나저나 나로서는 슈미랄에게 루가의 방문 허락이 떨어졌다는 소식을 한시 바삐 전하고 싶었지만, 그것은 이 호전적인 소녀가 가고 난 다음에 해야 한다.

그래서 일단은 잡담으로 대화를 이어보기로 했다.

"성 밑 마을에서 장사하는 것도 제법 만만치 않아 보이네요. ……그런데 슈미랄은 귀족을 상대로 장사하는 사람이었네요?"

"네. 운입니다. 노인, 많은 칼, 사주었습니다. 채소칼, 고기칼,

많습니다."

"아, 칼이라는 게 조리칼이었어요?"

그렇다면 지금도 내 곁에 한 자루가 놓여 있다. 슈미랄에게 백동화 18닢을 주고 구입한 훌륭한 채소용 칼이다.

"그 영감님은 맛있는 음식이라면 사족을 못 쓰던데! 아는 음식점도 많은 것 같고, 심지어 우리한테 마련해준 저택에 요리사까지 거주하게 했다니까. 성질은 고약해도 손님으로서는 고급 부류라고!"

디알도 질세라 끼어들었다.

"너는 그 귀족님 저택에 산다고? 그것참 놀랍네."

"뭐, 그렇지! 이야기가 잘되면 성의 병사가 쓰는 칼과 창도 우리 집이 납품하지 않을까. 아, 이건 아직 말하면 안 되는데!"

허둥지둥 입을 틀어막는 소녀의 모습에 나는 쓴웃음을 지었다.

"입 밖에 내지 않을 테니 걱정 마. 귀족님과 다툼이라니 딱 질색이니까."

"응, 약속이다? 성질이 고약해 보이는 영감님이었거든! 귀족 입장에서는 평민의 생명 따위 동전보다 가볍기도 하고."

그러고 나서 디알이 갑자기 눈동자를 반짝이기 시작했다.

"그래! 아스타를 그 영감님한테 소개해줄까? 귀족의 요리사로 고용되면 평생 편하게 살 수 있잖아!"

"아니, 아니, 아니! 난 이 역참 마을에 체질에 딱 맞아! 귀족님 입맛에 맞는 요리도 못 만들 것 같고!"

"과연 그럴까? 아스타라면 그 저택 요리사들 못지않게 잘 만들 것 같은데."

디알은 불만스레 뺨을 부풀렸다.

"하긴, 그 성질이 고약해 보이는 영감님과는 얽히지 않는 편이 나을지도. 괜히 트집 잡히면 성가실 것 같고. ……아―아, 그래도 거기 있는 놈들한테 아스타의 요리를 맛보여주고 싶었는데. 귀족이면 나보다 훨씬 놀라지 않겠어? 기바 고기가 이렇게 맛있다니, 하면서!"

성 밑 마을의 귀족님이라니 내게는 구름 위의 존재다. 지금은 역참 마을을 공략하는 것만 해도 벅차다.

그나저나 성질이 고약한 귀족 영감님이라.

슬며시 불길한 예감이 들어 그냥 확인만 해두자고 생각했다.

"그런데 그 귀족님은 이름이 뭐야? ……아니, 알려주기 뭣하면 말 안 해도 되고."

"으응? 이름? 뭐였더라. 츠룬이나 타란, 뭐 그런 이름이었던 것 같은데."

그렇다면 다행이다, 하고 가슴을 쓸어내렸다.

나로서는 간접적으로라도 얽히고 싶지 않은, 얽혀서는 안 된다고 생각하는 귀족님이 있다. 게다가 이 소녀가 어떤 성격인지 알게 된 이상 이제 와서 스파이니 뭐니 의심하고 싶지도 않다.

제노스의 성 밑 마을에 귀족님이 몇 명이나 있는지는 몰라도 그렇게 딱 적중할 리는 없지, 하고 생각하는데 슈미랄이 "아닙니다" 하고 입을 열었다.

"노란색 숙소의 노인, 투란 백작, 불립니다. 투란 지역, 제노스의 북쪽, 영토입니다. 과수원, 후와노 밭, 많습니다."

"아, 맞다! 투란이었지! 그렇구나, 그게 이름이 아니라 작위였어?!"

"네. 투란 백작가, 당주, 사이크레우스입니다. 제노스, 삼제후, 한 명입니다."

슈미랄이 조용히 말했다.

나는 해가 중천에 뜰 무렵이구나 싶어 하늘을 올려다봤다. 그러고 나서 혼신의 힘을 다해 한숨을 내쉬었다.

2

"나, 사이크레우스 경, 잘 모릅니다. 장사 이야기, 언제나, 시종, 했습니다."

장사를 마치고 숲가로 돌아가는 길이었다.

정식으로 루가의 손님으로 인정받은 슈미랄은 여자들과 함께 짐수레를 타고 설명해주었다.

"사이크레우스 경, 두 번, 만났습니다. 대화, 적습니다. ……하지만, 방심할 수 없는 노인, 생각했습니다. 그랬더니, 약속, 깨졌습니다."

"그랬군요. 약속을 깬 것도 모자라 불만 있으면 통행증을 회수하겠다니, 수법이 악랄하기 짝이 없네요."

"네. 그래서, 사이크레우스 경, 장사, 끝난다, 아쉽지 않습니다. 나쁜 인연, 끊고 싶다, 생각합니다."

인연을 끊을 수 있는 관계라면 그것이 가장 좋을 것이다.

그러나 숲가의 백성으로서는 마음에 들지 않는다는 이유로 인연을 끊을 수도 없는 노릇이다. 성 사람들과의 회담이 드디어 내일로 다가온 것이다.

카뮤아 요슈와 멜프리드가 사이크레우스의 죄를 폭로하기 위해 대책을 강구하고 있지만 아직 결정적인 수단을 찾지 못한 듯하고, 숲가의 백성은 애초에 그들과는 뜻을 같이하지 않았다. 숲가의 백성 입장에서도 사이크레우스라는 인물이 '적'이라는 것이 확정되면 공동 투쟁의 가능성이 남아 있기는 하나, 여전히 사이크레우스는 슨가를 이용했'을지도 모르는' 막연한 영역에 속해 있다.

그리고 그런 사정을 빼고 생각하면 사이크레우스는 제노스 성의 지배층을 대표하는 사람이며 슨가 사람 39명의 신병 인도를 주장하는 상대이기도 하다.

사이크레우스는 숲가에서도 죄인으로 판단한 슨로 슨은 물론 디가와 도드, 미다와 야밀, 츠바이와 오우라── 더 나아가서는 투르 딘과 그 아버지를 포함한 분가 사람들까지 죄인이라며 제노스 성으로 넘겨야 한다고 주장한다.

'뭐, 그쪽 문제는 내일 회담 결과를 기다릴 수밖에 없지만……

하필이면 사이크레우스와 관련된 사람이 포장마차 손님으로 오다니.'

자신을 철물점 딸이라고 밝힌 소녀 디알. 들은 바에 따르면 그녀는 상단의 장인 아버지 곁에서 한창 장사 수완을 배우는 중이라고 한다.

그리고 그 아버지라는 사람은 상당한 거상으로, 벌써 몇 년 전부터 제노스의 성 밑 마을과 거래를 해왔고 지난번 방문으로 마침내 유력 귀족인 사이크레우스와의 상담(商談)을 성사시켰다고 한다.

이번에는 사이크레우스에게 주문받은 상품, 즉 그가 슈미랄과의 약속을 어기고 의뢰한 조리칼 등을 가지고 이틀 전 밤에 제노스에 도착했다. 다음 날 자유 시간을 얻은 디알이 수행원 라비스를 데리고 역참 마을로 발걸음해 우리 포장마차를 발견한 것이다.

이야기를 들은 바로는 딱히 수상한 구석은 없었다. 우리 포장마차는 역참 마을의 최북단에 위치해 있기 때문에 북쪽에 있는 성 밑 마을에서 온 사람들 눈에 잘 띄는 입지이기도 하다.

그러나 이 만남이 우연이든 아니든 나로서는 적절한 거리를 두고 예의 바르게 대응할 수밖에 없다. 문제는 디알 쪽에서도 그런 온건한 사고방식을 갖추었느냐 하는 것이다.

기루루의 운전에 집중하는 한편, 역시 나로서는 한숨을 금할 길이 없었다.

"아스타, 기운 없다. 나, 걱정입니다. 사이크레우스 경, 무슨 일입니까?"

"네, 그냥 좀…… 숲가의 백성에게도 사이크레우스라는 인물은 깊은 인연이 있는 상대거든요."

"인연? 성의 귀족, 숲가의 백성, 인연입니까?"

여기서는 "네" 하고만 대답해두기로 했다. 속사정을 밝히면 슈미랄을 괜한 소동에 말려들게 할 것 같았기 때문이다.

잠시 침묵이 흐른 뒤 슈미랄은 "그렇습니까" 하고 낮게 말하고는 내내 입을 다물고 있었다.

그러는 사이 루의 촌락이 보였다.

광장 입구에 짐수레를 멈추고 마부대에서 내리자, 다른 사람들은 짐칸 뒷부분으로 내리기 시작했다. 장을 봐야 한다는 리스도라와는 마을에서 헤어졌기 때문에 슈미랄, 레이나 루, 라라 루, 실라 루 이렇게 네 명이다.

향초를 말리는 사람, 기바의 털가죽을 무두질하는 사람, 장작을 패고 있는 사람 등 루의 촌락에는 참으로 많은 여자들과 아이들이 숲가의 일에 힘쓰고 있었다. 슈미랄의 방문은 이미 전해졌을 테니 이렇다 할 소란도 없었다.

다만 슈미랄에게 향해지는 시선은 결코 따뜻하지 않았다. 특별히 싸늘하거나 적의가 가득하지도 않지만, 왜 동쪽 백성이 숲가의 마을에 왔을까 하는 의심이 가득 차 있다. 평소 토토스나 짐수레의 방문에는 환성을 지르던 아이들도 다를 바 없었다.

호기심과 그보다 강한 미심쩍음과 불안감. 적은 아니되 아군도 아닌 이방인에게 향해지는 의심의 눈초리다. 나도 아이 파에게 숲가의 복장을 받기 전까지는 이웃 사람들에게 똑같은 눈초리를 받았다.

역참 마을에서 숲가의 백성이 의심의 눈초리를 받는 것과 같이 숲가에서는 마을 사람이야말로 이런 눈초리를 받는다. 이번에는 사전에 미리 말해두어 그나마 나은 편이리라. 카뮤아 요슈는 하필이면 사냥을 나가기 전 신경이 곤두서 있던 남자들과 맞닥뜨려 칼이 겨누어지기도 했다.

숲가의 백성과 마을 사람의 상호 이해의 길은 아직 멀다는 것, 이것이 엄연한 사실이었다.

"어? 다루무 오빠?" 하고 라라 루가 엉뚱한 목소리로 말했다.

그 말대로 다루무 루가 정면에 있는 루 본가에서 나와 이쪽으로 천천히 걸어오고 있었다.

사냥꾼 옷을 걸치고 크고 작은 칼을 찬 사냥꾼의 모습이다.

수확제를 마친 뒤 루의 촌락은 휴식기에 들어갔다. 앞으로 보름간은 사냥꾼의 일을 쉬고 지친 몸을 쉬게 한다고 들었다. 그럼에도 불구하고 다루무 루는 사냥꾼 복장을 몸에 걸쳤다. 라라 루 일행이 의아한 얼굴을 하는 것은 그 때문이리라.

"무슨 일이야? 칼까지 차고 어디 가?"

우리와의 거리가 약 3미터로 좁혀졌을 때 다루무 루는 멈춰섰다.

언제나 깊은 곳에서 빛나는 그 눈이 가족과, 가족이 아닌 손님을 천천히 둘러본다.

"⋯⋯자자의 촌락이다. 오늘부터 며칠간 줄로 슨 일행을 감시하기 위해 루와 사우티에서 인력을 빌려주기로 했다."

"뭐어?! 그래서 다루무 오빠가 또 동원되는 거야? 오빠는 슨의 촌락에서 돌아온 지 얼마 되지도 않았잖아! 분가 남자들이나 루티무, 레이 등 다른 곳도 많잖아?!"

"루티무와 레이에서도 한 명씩 동원되었어. 루에서는 내가 가기로 정해졌을 뿐이다."

"그러니까 왜 다루무 오빠냐고! 돈다 아버지는 험한 일을 너무 다무루 오빠한테만 떠맡기는 거 아냐?"

라라 루는 몹시 불만스러운 표정이었다. 레이나 루도 걱정스러운 얼굴이고 실라 루는 누구보다 슬픈 얼굴을 하고 있었다.

다루무 루는 다소 의아하다는 듯이 고개를 갸웃하고 나서 발소리가 나지 않는 사냥꾼의 걸음걸이로 사푼사푼 다가왔다. 그리고 이번에는 가족만 번갈아 보면서 입을 열었다.

"아버지는 상관없다. 내가 원한 것이니 호들갑 떨지 마."

"스스로 원했다고? 왜?! 반달 만에 돌아와서 아직 사흘도 안 지났잖아! ⋯⋯내 생일에도 집에 없었으면서."

라라 루가 이 무뚝뚝한 둘째 오빠를 이토록 따를 줄이야, 뜻밖이었다.

다루무 루는 시끄럽다는 듯 눈살을 찌푸리면서도 여동생의 붉은 머리에 손을 톡 얹었다.

"이번에는 그리 오래 걸리지 않을 거다. 내일 회담인지 뭔지가 잘 해결되어야겠지만. ……어쨌든 나는 자자가에 볼일이 있어."

"자자가에? 왜? 북쪽 일족에 아는 사람도 없잖아?!"

"꼬치꼬치 귀찮은 녀석이군. 나는 그저── 슨가의 멍청한 아들들의 얼굴을 보고 싶을 뿐이야."

그렇게 내뱉고 다루무 루는 실라 루 쪽을 봤다.

그러나 이내 눈길을 돌리고 "그럼" 하고 걸음을 옮긴다.

나는 영 내키지 않았지만 "잠깐만요!" 하고 소리쳤다.

"볼일이 있다는 건 디가와 도드한테 말인가요? 도대체 무슨 용건이에요?"

라라 루 일행과는 다른 의미에서 나는 걱정이 되었다.

디가와 도드는 돔가에서 도망친 죄로 다시 포로의 몸이 되었다. 이제 와서 그들과 얼굴을 마주한다 한들 다루무 루에게 무슨 이득이 있다는 걸까. 좀처럼 속내를 알 수 없는 다루무 루이기에 나는 불안감이 피어올랐다.

"……네놈과는 상관없는 일이다, 파가의 아스타."

다루무 루는 돌아보려고도 하지 않았다.

나는 더 불안해져 기루루의 고삐를 누군가에게 맡기고 그 뒤를 쫓을까도 싶었지만, 그보다 빨리 내 팔을 붙잡아 막는 손길이 있었다.

나를 말린 사람은 실라 루였다.

실라 루가 내 귓가에 대고 말했다.

"가게 놔두세요. 다루무 루에게는 분명히 필요한 일일 거예요."

"실라 루가 무슨 이유인지 안다는 거예요?"

라라 루 자매의 시선을 신경 쓰며 나도 속삭여 물었다.

그러나 실라 루는 여전히 슬픈 표정으로 고개를 가로저었다.

"저는 감히 다루무 루의 고통을 알지 못합니다. 그러나 그 연회 날 밤, 다루무 루가 그러더군요. 자신은 나약하다고── 육체뿐만 아니라 마음이 나약하다고요. 이 나약함은 어쩌면 씨족의 크기에 의존해 타락한 슨가의 남자들과 같은 걸지도 모른다고요. 다루무 루는 그렇게 말했어요."

자신의 나약함을 직시하기 위해 디가와 도드를 만나야겠다는 걸까.

역시 나로서는 잘 이해되지 않는 심정이다.

어쨌든 사명을 띠고 자자가로 향하는 다루무 루를 막을 방법이 없었다. 석연치 않은 마음을 뒤로한 채 우리도 걸음을 옮겨야 했다.

본가 앞에서 짐수레를 세우고 거기에서 기루루를 풀어 집 옆의 나무에 묶어두었다. 그러고는 집 앞에 잠시 서 있었다. 레이나 루가 덧문을 열자 뜻밖의 인물이 튀어나왔다.

"오오, 이제야 돌아왔냐! 기다리느라 목이 빠지는 줄 알았다!"

"다, 단 루티무?! 아니, 여기는 무슨 일로?"

맙소사, 그는 단 루티무였다.

집 입구를 막는 모양새로 그가 크하하 하고 웃는다.

"오늘 희귀한 손님이 온다기에 구경하러 왔을 뿐이다! 어차피 그 후에는 내일 회담에 앞서 논의할 예정도 있고!"

"그, 그 역할은 가즈란 루티무가 맡지 않았나요? 이럴 때 가장과 후계자 중 어느 한쪽이 집에 남는 것이 관례잖아요."

"밤에는 집에 돌아갈 테니 문제없다! 사냥꾼 일도 없고 심심했단 말이다!"

고잉 마이 웨이, 즉 나는 내 길을 가련다는 말을 온몸으로 실천하는 단 루티무는 내가 지적하든 말든 개의치 않고 계속 호쾌하게 웃었다.

그리고 반들반들한 대머리를 쓰다듬으며 "흠흠" 하고 슈미랄 쪽으로 눈을 돌렸다.

"자네가 동쪽 백성 손님인가! 음! 시무인을 보는 건 오랜만인데 여전히 시커멓군! 머리는 노인처럼 새하얀데!"

고잉 마이 웨이를 넘어서 방약무인의 극치였다.

나는 두통을 일으킬 뻔했지만 슈미랄은 털끝만큼도 동요하지 않았다.

"동쪽 백성, 《은 항아리》 단장, 슈미랄 디 사둠티노입니다. 오늘, 방문, 허락, 감사합니다."

"나는 루의 친족인 루티무의 가장 단 루티무다! 나는 제삼자이니 긴장할 필요 없네, 손님!"

제삼자면 제삼자답게 조심스럽게 굴 줄도 모른단 말인가.

조심스러움은커녕 단 루티무는 "들어와, 들어와" 하고 목청을 돋우며 그제야 집 안으로 들어갔다.

안에서 기다리고 있던 사람은 가장 돈다 루와 그의 아내인 미아 레이 아주머니, 그리고 지자 루와 가즈란 루티무였다.

"가장 돈다, 동쪽 왕국의 손님 슈미랄을 데려왔습니다."

레이나 루가 일동을 대표해서 조용히 보고했다.

그리고 레이나 루는 슈미랄에게 손을 내밀었다.

"손님 슈미랄. 오는 도중 설명한 대로 쇠붙이를 맡아둬도 되겠습니까?"

"네."

슈미랄은 우선 그 큰 키에 걸친 가죽 망토에 손을 뻗었다.

망토 속에 걸친 것은 숲가의 복장과 흡사한 소용돌이무늬가 들어간 옷이었다.

목과 팔에는 금속과 돌 장신구를 많이 달았고, 허리에는 초승달처럼 굽은 도검을 차고 있었다. 그 도검과, 속주머니에 철침을 비롯해 연필처럼 가는 소도까지 장치된 망토를 레이나 루에게 맡긴 뒤 슈미랄은 실내를 향해 가볍게 인사했다.

단 루티무보다 훤칠한 키에 골격 자체는 늘씬한 동쪽 백성이다.

근육이 탄탄하게 붙은 긴 팔다리와 꼿꼿한 자세 때문인지 허약한 느낌은 전혀 들지 않는다. 슈미랄은 위험한 장기 여행을 견뎌낼 만한 완력과 체력을 갖춘 상단의 장이다. 숲가의 백성 중에서도 특히 뛰어난 힘을 지닌 루와 루티무의 사냥꾼을 앞에 두고 슈미랄은 조금도 주눅든 기색이 없었다.

"동쪽 손님, 올라오시지요. 우선 우리와 인연을 맺어줘야겠어."

거실 상석에서 미아 레이 아주머니가 상냥하게 미소 지었다.

나는 슈미랄과 함께 신발을 벗고 실내로 들어갔다. 안내 역할을 한 여자들은 칼과 망토를 가장 옆에 내려놓고 장작을 모으러 밖으로 나갔다.

"동쪽 백성, 《은 항아리》 단장, 슈미랄 디 사둠티노입니다. 오늘, 방문, 허락, 감사합니다."

슈미랄이 말석에 무릎을 꿇고 아까 했던 말을 되풀이했다.

"내 옆에 턱 버티고 앉아 있는 양반이 루의 가장 돈다 루. 그 맞은편에는 장남 지자 루. 당신을 마중한 루티무의 가장 단 루티무와 그의 장남 가즈란 루티무. 그리고 나는 가장의 아내 미아 레이 루라고 한단. ……오늘은 나와 가장의 딸 비나 루를 위해 발걸음해주어 고맙구나, 동쪽 손님 슈미랄. 그리고 아스타도."

나는 슈미랄과 함께 말없이 고개 숙여 인사했다.

미아 레이 아주머니는 싱글벙글 웃고 있지만, 돈다 루는 여전히 그 눈빛만으로 무시무시한 느낌인 데다 지자 루도 속내를 짐작하게 해주지 않는다. 이럴 때면 에비스님(복을 가져다준다고 알려진 일본의 일곱 신인 칠복신 중 장사 번창의 신이며, 싱글벙글 웃는 얼굴로 낚싯대와 도미를 들고 있다)처럼 복스럽게 웃고 있는 단 루티무와, 늘 침착하고 온화한 가즈란 루티무의 존재가 무엇보다 든든했다.

"용건으로 들어가기에 앞서 분명히 해두고 싶은데, 손님 슈미랄, 당신은 왜 그렇게까지 비나의 몸을 걱정하나? 레이나에게 들었겠지만 비나는 크게 다치지 않았거든. 잘되면 모레쯤에는 마을에 나갈 수도 있을 텐데?"

"그렇지만, 모레, 확실 않다, 들었습니다. 나, 사흘 뒤 아침, 제노스, 떠납니다. 다음, 돌아온다, 반년 뒤입니다. ……모레, 만나지 못한다, 반년, 만나지 못합니다."

"그게 당신에게 어떤 지장을 초래한다는 거지? 당신과 내 딸은 딱히 깊은 인연을 맺은 것도 아닐 텐데?"

"지장, 없습니다. ……다만, 만나고 싶다, 생각했을 뿐입니다."

슈미랄은 무릎을 가지런히 모으고 앉은 채 똑바로 미아 레이 아주머니를 쳐다봤다.

미아 레이 아주머니보다 유쾌한 표정인 단 루티무가 또다시 크하하 하고 웃었다.

"숲가의 여자에게 푹 빠진 마을 사람이 있을 줄은 꿈에도 몰랐군! 요컨대 자네는 비나 루를 색시로 맞이하고 싶다, 이건가? 동쪽 손님이여."

듣는 사람에게 식은땀을 흘리게 할 만큼 거침없는 말이었다.

슈미랄은 자신의 감정을 확인하려는 듯 눈을 조금 가늘게 떴다.

"색시── 어려운 이야기입니다. 나, 비나 루, 신, 다릅니다. 나, 시무의 자녀, 비나 루, 셀바의 자녀입니다."

"호오호오. 그럼 같은 신의 자녀라면 주저 없이 청혼했다는 말이냐?"

"그 가정, 무의미합니다. 비나 루, 신비로운 여성, 시무의 나라, 없습니다. 비나 루, 매력, 틀림없이, 숲가의 백성, 때문입니다."

"흠흠. 하긴, 그만큼 용모가 반듯한 여자는 숲가에서도 찾아보기 힘들거든! 이국인인 자네가 매료되어도 이상할 건 없지!"

"용모?" 하고 슈미랄이 고개를 살짝 갸웃했다.

"용모, 매력, 관계없습니다. 비나 루, 매력, 틀림없이, 마음입니다."

"호오? 나는 그만큼 그 아이와 이야기를 나눈 적이 없어서 마음은 잘 모르겠군! 그런데 용모가 아름답다는 사실에는 변함이 없을 텐데?"

"아름답다…… 비나 루, 용모, 아름답습니까?"

나는 기절초풍하는 줄 알았다.

그러나 슈미랄의 눈동자는 진지함 그 자체였다.

"시무 백성, 날씬함, 아름답다, 생각합니다. 비나 루, 날씬하다, 없습니다. 시무 백성, 비나 루, 아름답다, 생각하지 않습니다."

"뭐라! 하긴, 날씬하다고 하기는 힘든 체형이지만 여자로서는 이상적인 살집이 아니더냐?! 손님이여, 그토록 관능미 넘쳐흐르는 여자는 그리 흔치 않아!"

"어유, 그만해, 단 루티무. 오랜 친구인 당신이 그런 말을 하면 나와 가장은 어떤 얼굴을 해야 돼?"

"걱정 마! 내 마음은 죽은 아내에게 송두리째 바쳤으니! 이제 와서 새장가를 갈 생각은 없다!"

단 루티무는 가가대소하고, 미아 레이 아주머니는 "그런 문제가 아닌데" 하고 한숨을 짓는다.

그때 지자 루가 새로이 입을 열었다.

"동쪽 손님이여. 그렇다면 당신은 왜 내 동생 비나 루에게 마음을 쏟는 건가? 인연도 멀고, 색시로 맞이할 만한 매력도 느끼지 않는다면 그토록 마음을 쏟을 만한 이유가 없다고 생각되는군."

"매력, 느낍니다. 비나 루, 신비롭습니다. 외모, 아름답다, 아닌데, 비나 루, 가련합니다."

감정을 조금도 내비치지 않은 채 슈미랄은 담담히 말을 이어 갔다.

"아뇨, 외모, 그것도 매력, 있지요. 비나 루, 눈동자, 예쁩니다. 웃는 얼굴, 예쁩니다. 목소리, 예쁩니다. ……혼인, 어렵다. 그러나, 비나 루, 매력, 느낍니다."

"매력을 느껴도 혼인으로 이어지지 않는 남녀의 인연에는 의미가 없을 터. 마을에서는 어떨지 몰라도 숲가에서는 그것이 진실이다."

"흠! 웬일로 의견이 일치하는군, 지자 루! 나도 그건 동감이다! 흔치 않은 예로써 남자와 여자 사이에 우의(友誼)가 존재할지 모르나, 손님이여, 자네는 비나 루에게 뭘 원하나?"

단 루티무가 턱수염을 훑으며 몸을 쑥 내밀었다.

"비나 루를 색시로 맞이할 생각도 없고, 자네가 숲가에 데릴사위로 들어올 생각도 없다면 인연을 깊게 맺는 데 무슨 의미가 있나? 자네는 비나 루의 친구가 되고 싶은가? 아니면 하룻밤의 사랑을 성취할 셈속인가?"

슈미랄은 처음으로 말을 머뭇거렸다.

그리고 "모릅니다" 하고 대답했다.

"그저, 만나고 싶다, 생각했습니다. 그저, 만나지 않은 채, 제노스 나간다, 괴롭다, 생각했습니다. 그뿐입니다. ……생각, 얕다, 부끄럽습니다."

"생각은 얕군! 감정은 깊은 것 같은데!"

그렇게 말하고 단 루티무는 진심으로 유쾌한 듯이 껄껄 웃었다.

"마을 사람이 잘 알지도 못하는 감정에 이끌려 숲가를 찾아오다니, 놀랍도다! 돈다 루, 자네 딸의 매력은 끝이 없군!"

"주절주절 시끄럽다. 네놈도 손님이 아니더냐. 분수 좀 알아라."

돈다 루가 처음으로 입을 열었다.

그 시퍼런 불같은 눈이 슈미랄을 매섭게 쏘아본다.

"동쪽 백성이여. 지난 80년간 숲가의 백성이 동포가 아닌 자와 피의 인연을 맺은 적은 한 번도 없다. 동쪽 백성은 물론 서쪽 백성도 말이다."

"네."

"그리고 숲가에서는 하룻밤 사랑이니 뭐니 하는 개수작은 허락되지 않는다. 남자와 여자 사이에 허락되는 것은 혼인의 정뿐이다."

"네."

"알아들었으면 좋을 대로 하라."

돈다 루는 훌쩍 거체를 일으켰다.

"딸의 몸을 걱정해 이런 장소까지 발걸음한 행위에 대해서는 루의 가장으로서 감사의 뜻을 표한다. ……파가의 아궁이 당번이여, 네놈도 비나를 위해 왔느냐?"

"아, 네."

"흥. ……어이, 방으로 안내해줘. 나는 사우티와 자자 놈들이 올 때까지 한숨 자둬야겠으니."

마지막 말은 미아 레이 아주머니에게 한 말이었다.

미아 레이 아주머니는 배우자의 더할 나위 없이 언짢은 듯한 얼굴을 올려다보면서 "알겠어, 가장" 하고 생긋 웃는다.

"뭐야, 자는 거냐? 자네는 정말 잠을 좋아하는군! 그사이 누가 우리를 대접하나?"

돈다 루는 "시끄럽다" 하고 내뱉은 뒤 거실 오른편에 위치한 안쪽으로 이어지는 통로로 사라졌다.

그 거대한 뒷모습을 지켜보며 미아 레이 아주머니도 자리에서 일어났다.

"손님 슈미랄, 딸 방으로 안내하마. 지자는 잠시 단 루티무 부자를 상대해주렴."

그리하여 우리는 돈다 루가 사라진 쪽과 반대인 왼쪽 통로로 향하게 되었다.

지바 할머니의 침소도 오른쪽이었을 테니 왼쪽으로 가는 것은 처음이었다. 그 당시 기억과 마찬가지로 통로는 직선으로 10미터쯤 이어지고, 안쪽 벽에 덧문 세 개가 똑같은 간격으로 늘어서 있었다. 미아 레이 아주머니는 그중 가장 가까운 문을 손등으로 두드렸다.

"비나, 가장이 허락해 손님 슈미랄을 데려왔단다. 아스타도 같이 왔는데, 들여보내줄래?"

침묵.

약 10초간의 침묵이 흐른 뒤 미아 레이 아주머니가 다시 노크를 하려던 참에 덧문이 힘차게 옆으로 밀리며 열렸다.

"여어, 아스타! 손님이랑 같이 아버지한테 뚜들겨 맞지 않아 다행이야!"

비나 루가 아닌 루도 루였다.

게다가 그의 팔에는 지자 루의 사랑스러운 아들 코타 루가 안겨 있다. 검은빛을 띤 순진한 눈동자가 신기한 듯 나와 슈미랄을 번갈아 본다.

"자, 코타는 맡기는 편이 낫겠지?"

"그래. 코타, 이번에는 할머니랑 놀자꾸나."

미아 레이 아주머니가 함박웃음을 지으며 품에 안은 코타 루에게 볼을 비볐다. 코타 루는 기분이 좋은지 "아우—" 하고 소리를 낸다.

"아, 그 지바 할머니처럼 새하얀 머리를 보니 기억이 나네. 손님, 나는 루가의 막내아들 루도 루야. 잘 부탁해."

"나, 슈미랄 디 사둠티노입니다. 나, 당신, 본 기억 있습니다."

"어, 나도 호위역으로 꽤 오래 역참 마을에 내려갔었거든. ……그럼 미리 말해두겠는데, 아버지는 당신 말을 믿고 비나 누나와 만나는 걸 허락했어. 이 신뢰를 배신하면 내가 당신을 처치해야 해."

루도 루는 자신의 허리 언저리를 툭툭 치며 말했다.

테이 슨과의 일로 새로 구입한 소도를 차고 있었다.

"당신도 제법 실력이 뛰어나 보이는데 내 적수는 못 돼. 그래도 시무인은 독을 쓴다는 소문이 있으니, 조금이라도 수상한 짓을 하면 가차 없이 베어버리겠어. ……아무튼 비나 누나한테 손이 닿을 만큼 가까이 접근하지는 않겠다고 약속할 수 있어?"

"네. 약속, 지킵니다."

"그래, 부탁할게. 나도 집을 피로 더럽히기는 싫거든. ……그리고 아스타한테 괜한 짓을 해도 마찬가지야."

그런 일은 있을 수 없다고 생각하면서도 이것은 필요한 조치라고 생각하기로 했다.

만약 내 눈이 단춧구멍처럼 뚫려 있기만 해서 슈미랄이 루가 사람을 해치려는 것도 눈치채지 못하고 데려왔다면 빤히 보고서도 비나 루를 위험에 노출시킨 셈이 된다. 돈다 루 가족 입장에서는 이래 봬도 슈미랄을 상당히 신용해서 내린 조치이리라.

"그럼 들어가. 원래 누나들이 쓰는 방이니 여자 냄새가 나는 건 각오하라고."

루도 루가 방으로 들어가 우리도 겨우 그 방에 발을 들여놓을 수 있었다.

여자 냄새는 나지 않는다. 그 대신 방 안은 꽃향기로 가득했다.

지바 할머니의 침실과 마찬가지로 방 크기는 다다미 여섯 장 크기다. 가구다운 가구는 벽 한 면을 차지하는 커다란 진열장 정도밖에 보이지 않는다. 그런데도 여자 방답게 묘하게 화사한 분위기가 감돌아 나를 안절부절못하게 만들었다.

벽이라는 벽에는 고운 색조의 천이 둘러쳐 있다. 그 위에 온갖 생화가 장식되어 있어 그윽한 향기가 물씬 풍겼다.

진열장에는 여자의 장신구가 진열되어 있다. 아마 연회 의상에 쓰이는 물건일 것이다. 멀리서 봐도 금속과 돌의 반짝임이 보인다. 비단색으로 빛나는 것은 머리나 허리에 두르는 베일이나 숄일 것이다.

그리고 벽에는 장식용인 한 장짜리 천뿐만 아니라 소용돌이무늬의 하늘하늘한 옷감도 걸려 있었다. 여자들이 평상복을 세탁하고 갈아입는 옷인 듯했다.

이곳은 자매들이 함께 쓰는 방일 것이다. 갈아입는 옷만 해도 꽤 여러 벌이 걸려 있다. 모양은 속옷이나 수영복에 가까워도 원래 남들 눈에 노출되는 숲가의 복장이기 때문에 괜히 내가 부끄러워할 이유도 없지만, 역시 금단의 동산에 발을 들여놓은 듯한 감각은 떨칠 수가 없었다.

그리고 금단의 동산 주인은 방 안쪽에서 우아하게 누워 있었다.

침상용 요를 여러 장 겹쳐 깔고 그 위에 요염한 몸을 누인 비나 루였다.

오른손으로 머리를 받치고 우리 쪽으로 몸을 돌린, 석가모니 열반상과 같은 자세다. 별것 아닌 포즈인데도 몸매의 굴곡이 심상치 않아 그것만으로 엄청나게 섹시하다.

그 눈은 변함없이 졸린 듯이 게슴츠레하고 입가에는 표정다운 표정도 없다. 그리고 다쳤다고 하는 오른쪽 발목에는 회색 헝겊이 칭칭 감겨 있다. 발목에 약초 같은 것을 발랐는지 걸음을 옮기자 꽃향기와는 다른 청량하고 자극적인 향기가 어렴풋이 나는 듯했다.

"칠칠치 못한 모습이라 미안…… 계속 앉아 있었더니 엉덩이가 아파서……."

"아뇨, 신경 쓰지 마세요. 정말 큰일 날 뻔했어요, 비나 루."

나는 방 가운데에 앉았다.

슈미랄도 내 옆에 앉고, 루도 루는 이미 비나 루와 조금 가까운 위치에서 우리 쪽을 향해 앉았다.

"비나 루. 갑자기, 방문, 죄송합니다."

슈미랄이 조용히 고개를 숙였다.

비나 루는 대답하지 않았다.

기분 탓인지 심기가 좋지 않은 눈초리다. 역시 슈미랄을 환영하는 분위기가 아니다.

그 후에는 잠시 정적이 흘렀다. 슈미랄과 비나 루는 서로를 바라본 채 입도 뻥끗하지 않았다.

달팽이가 기어가듯 시간이 천천히 흘러가고 이윽고 그 침묵을 견디지 못한 루도 루가 입을 열었다.

"아니, 당신 말이야, 용건이 있어서 비나 누나를 만나러 온 거 아냐? 이따가 자자와 사우티 녀석들이 올 테니 나도 너무 오래 있지는 못하는데."

"시간, 없습니까?"

"아니, 아직 조금은 괜찮은데."

"귀중, 시간, 고맙습니다."

또다시 침묵이 흐른다.

이번에 입을 연 사람은 비나 루였다.

"저…… 용건 없으면 그만 물러가줄래……?"

역시 비나 루치고는 쌀쌀맞은 목소리다.

슈미랄은 이상하다는 듯 고개를 갸웃거렸다.

"용건, 지금, 이루고 있습니다."

"무슨 소린지…… 입 다물고 내 모습을 바라보는 게 당신 용건이야……?"

"네. 나, 사흘 뒤 아침, 제노스, 떠납니다. 그 전, 비나 루의 모습, 눈, 마음, 새겨 넣고 싶다, 생각했습니다."

만약 유창한 말솜씨였다면 거드름 피우는 말로 들렸을지도 모른다.

그러나 내게는 성실하고 조심스러운 슈미랄이 온 힘을 다해

진심을 전하려는 것처럼 들렸다.

하지만 비나 루의 표정은 여전히 심기가 불편해 보인다.

"흐음. 그런데 비나 누나도 이제 혼자 걸을 수 있게 되었으니, 모레쯤이면 마을에 내려갈 수 있지 않아? 그럼 오늘 이것도 헛걸음이잖아."

과묵한 누나 대신 루도 루가 그렇게 말하자 슈미랄은 만족스럽게 눈을 가늘게 떴다.

"모레, 또 만나면, 기쁩니다. 상처, 낫는 것, 바랍니다."

"영문을 모르겠어…… 혼담이라면 거절하면 되는데, 이런 경우에는 어쩌면 좋을지……."

비나 루는 머리를 받치지 않은 왼손으로 밤색 머리를 쓸어 올린다.

"혼담도 아니고…… 하룻밤 사랑을 위해서도 아니고…… 우의를 맺기 위해서도 아니라니…… 그럼 당신은 정말 뭣 때문에 왔을까……?"

뭣이? 하고 나는 앞으로 폭 고꾸라질 뻔했다.

그러나 슈미랄의 모습에는 변함이 없다.

슈미랄은 비나 루에게 시선을 고정한 채 오른쪽 손목에 감았던 장신구 하나를 풀기 시작했다.

"비나 루, 선물, 폐입니까?"

"…………."

"재액, 물리친다, 수호의 돌입니다. 비나 루, 건강한 삶, 바랍니다.”

그것은 은으로 세공된 체인 같은 것으로, 군데군데 새끼손톱 크기의 분홍색 돌이 박혀 있었다.

내가 아이 파에게 선물한 파란 돌 목걸이와 체인이 엮인 느낌이 약간 비슷하다.

“……비나 누나, 어쩔 거야? 받을 거면 내가 일단 맡아둘게.”

대답하지 않는 비나 루의 모습을 곁눈질하며 루가 루가 말했다. 비나 루는 아까 돈다 루와 비슷한 분위기로 훌쩍 상체를 일으켰다. 그러고는 다리를 모아 옆으로 앉고 나직하게 물었다.

“어째서……? 변변한 인연도 맺지 않은 당신에게 그런 선물을 받을 이유는 없을 텐데……?”

“비나 루, 건강한 삶, 바라고 싶을 뿐입니다. 나, 떠난 뒤, 비나 루, 또 다친다, 슬픕니다.”

“…………”

“보답, 불필요합니다. 비나 루, 행복, 바랍니다.”

“받을 수 있는 건 그냥 받으면 되잖아. 필요 없어지면 버리면 그만이고.”

이 전개에 싫증 난 모습의 루도 루가 하품을 하면서 말했다.

약간 고개를 숙인 비나 루는 긴 앞머리 너머로 슈미랄의 모습을 쏘아본다.

“당신, 날 놀리는 거야……?”

슈미랄은 연거푸 눈을 깜빡였다.

"놀린다? 모릅니다."

"어째서 내 행복을 바랄까……? 뚱뚱한 여자는 취향도 아니면서……?"

역시! 하고 나는 생각했다.

루도 루는 황갈색 머리를 헝클어뜨리며 "뭐야, 다 까발리기야?" 하고 중얼거린다.

이 사이좋은 남매는 아까 거실에서 오간 대화를 전부 훔쳐 들은 것이 틀림없다.

"어차피 나는 뚱뚱해…… 그러니 아무에게도 시집가지 못하고 힘이나 뽐내는 아줌마가 될 거야……."

"아니, 남자들이 혼담을 청할 때마다 닥치는 대로 거절한 사람은 누나잖아."

"그래…… 그러니 이제 나 좀 내버려둬……."

비나 루는 뒷벽에 맥없이 기대었다.

그 모습을 보고 루도 루는 "흐음" 하고 매끈매끈한 아래턱을 쓰다듬었다.

"슬슬 한계가 오네. 손님, 미안하지만 이쯤에서 그만하지?"

"네" 하고 슈미랄은 눈을 내리깔고 손에 든 장신구를 꽉 움켜쥐었다.

자리에서 일어나 말없이 비나 루에게 인사를 한 뒤 뒤돌아 나왔다.

"미안하네. 어제는 열도 좀 났고, 가뜩이나 이틀씩이나 집에

틀어박혀서인지 비나 누나도 마음이 쇠약해졌어. ……뭐, 원래
성품이 연약하긴 하지만."

루도 루가 그렇게 설명한 것은 방을 나와 덧문을 닫은 뒤였다.

"특히 연애 문제에 취약하거든. 저 외모 때문에 비나 누나는
옛날부터 수십 명이나 되는 남자들한테 구애를 받았어. ……그
런데 그놈들을 거절 할 때마다 죽을 만큼 침울해졌어. 결국에는
남자를 얼씬도 못 하게 하는 이상한 여자가 되었다니까."

루도 루는 대단히 불행한 비나 루의 과거를 아무렇지도 않게
털어놓으면서 흰 이를 드러내고 씩 웃는다.

"그런데 당신처럼 비나 누나의 외모를 두고 예쁘지 않다, 아
름답지 않다고 말한 남자는 처음이라 화를 내는 건지, 슬퍼하는
건지, 아까 엿들었을 때부터 머리가 터지는 줄 알았다니까. 그
러니 오늘은 더 이상은 무리야."

"……네."

"그거, 내가 비나 누나한테 전해줄까?"

루도 루가 슈미랄의 오른쪽 주먹을 내려다본다.

그러나 슈미랄은 "아뇨" 하고 고개를 가로저었다.

"모레, 비나 루, 건넵니다. 만나지 못할 때, 포기합니다."

"그래? 슈미랄, 당신, 재미있는 남자구나."

루도 루는 슈미랄의 가슴팍을 콕 찔렀다.

"당신이 숲가에 데릴사위로 들어오면 재미있겠는데. 뭐, 어렵
겠지만. ……그래도 당신이 비나 누나의 행복을 진심으로 빌어

준다면 무슨 일이 생기든 당신을 원망하지는 않아. 그럼 또 봐."

3

"어? 미아 레이 루 혼자 계세요?"

거실로 돌아가자 그곳에는 손주를 어르는 미아 레이 아주머니의 모습밖에 없었다.

"그래, 손님이 몰려오는 바람에 앉을 곳이 마땅치 않아 밖으로 나갔단다."

손님이 몰려왔다고?

하지만 이곳은 열두 명 플러스 젖먹이가 사는 루의 본가다. 그라프 자자와 다리 사우티 일행이 왔다 해도 용량 초과가 될 리는 없다.

"족장들과 별도로 낯선 남자들이 우르르 들이닥쳤단다. 왠지 묘하게 격분한 것 같던데, 험한 일로 번지지는 않겠지. ……아, 그렇지, 그중에 아이 파도 끼어 있더구나."

"네? 아이 파가요?"

한층 영문을 모르겠다.

어쨌든 우리는 슈미랄이 맡겨둔 칼과 망토를 받은 뒤 같이 밖으로 나갔다.

밖에는 험상궂은 숲가의 남자들 십수 명이 기다리고 있었다. 확실히 루 본가가 비좁아질 만한 인원이다.

"······용건은 끝났는가?" 하고 아까 방으로 들어갔던 돈다 루가 곁눈으로 쏘아본다. 옆에는 거실에서 동석했던 지자 루, 단 루티무, 가즈란 루티무, 그리고 언제 도착했는지 다리 사우티와 그라프 자자가 나란히 서 있다. 또 그 족장들이 수행원을 한 명씩 거느리고 있어 다 합쳐 여덟 명이었다.

그들과 대치하는 모양새로 남자 여섯 명과 아이 파가 줄지어 있었다.

아이 파가 내 쪽을 보고 "수고" 하고 말하듯 고개를 끄덕여 보인다. 그 침착한 표정을 보고 그제야 나는 어깨에서 힘을 뺐다.

"그쪽이 루가에 온 손님인 동쪽 백성인가?"

낮게 울리는 목소리로 그렇게 말한 사람은 자자가의 가장이자 세 족장 중 한 명인 그라프 자자였다.

사람이 아무리 많아도 기바의 털가죽을 두개골부터 뒤집어쓴 자자가의 사내들은 유독 눈에 띄었다. 게다가 이 사람은 돈다 루 못지않게 장대한 체격의 소유자다.

"루가에서 누구를 손님으로 초대하든 자유이나, 지금은 중요한 협의 중이다. 물러가거라."

"네. 나, 돌아갑니다. 가장 돈다 루, 오늘, 감사했습니다."

그라프 자자의 안광을 사푼히 받아넘기고 슈미랄은 돈다 루에게 인사했다.

그러고는 신속히 발걸음을 옮기려는 슈미랄의 팔을 순간 나도 모르게 붙잡고 말았다.

"슈미랄, 잠깐만요. 저기, 나랑 더 이야기하지 않을래요?"

왜 그 말이 튀어나왔는지는 나도 모른다. 다만 슈미랄을 이대로 내버려둘 수가 없었다.

"아스타, 이야기, 상관없습니다. 나, 기쁩니다."

"어, 그럼 어떻게 할까……."

일단 저지르기는 했지만 아이 파까지 참석한 이 소란을 그냥 두고 볼 수도 없는 노릇이었다.

내가 머뭇거리고 있자 슈미랄이 가는 손가락으로 루가의 옆에 세워둔 짐수레 쪽을 가리켰다.

"나, 기다립니다. 목소리, 들리지 않고, 모습, 보이는 장소, 있습니다."

"아, 그래주면 나야 고맙죠."

과연 세계를 누비는 상단장의 담력이라고 해야 할지, 슈미랄은 수많은 숲가의 남자들이 쏟아내는 의심의 눈초리에 전혀 개의치 않고 거침없는 발걸음으로 짐수레를 향해 걸어갔다.

그 모습이 충분히 멀어지고 난 뒤 그라프 자자는 이름 모를 남자들에게 몸을 틀었다.

"……네놈들이 주장하는 바는 대강 알겠다. 요컨대 네놈들의 대표자 몇몇을 내일 회담에 동행시키라는 이야기로군?"

"그렇다. 세 족장이여, 승낙해주겠는가?"

그라프 자자의 질문에 대답한 사람은 새끼 원숭이 같은 얼굴에 몸집이 작은 남자, 스도라의 가장이었다.

자세히 보니 낯익은 얼굴이 여럿 있었다. 아이 파를 사이에 두고 반대쪽에 서 있는 사람은 포우의 가장이며 그 옆은 아마도 란의 가장일 것이다. 혹시 그들은 모두 작은 씨족의 족장이 아닐까.

"우리는 우리가 정한 족장들의 결정에 따른다. 족장들의 힘과 판단을 결코 가벼이 여기는 것이 아니다. 다만 슨가가 족장 집안이었을 무렵처럼 아무것도 통보받지 못한 채 그저 순순히 따르는 것이 아니라, 족장들과 같은 것을 보고, 같은 것을 듣고, 그런 다음에 힘을 합쳐나가고 싶은 생각이다."

스도라 가장의 말을 이어받은 사람은 포우의 가장이었다.

돈다 루와 비슷한 나이 또래의 키가 크고 비쩍 마른 남자다.

"흠. 즉 내일 회담뿐만 아니라 세 족장이 무릎을 맞댈 때마다 자리를 함께하고 싶다는 건가?"

세 족장 중 한 명인 다리 사우티가 젊은 나이에 어울리지 않게 관록 넘치는 모습으로 물었다. 그도 체격으로는 나머지 족장들에게 뒤지지 않는다.

이렇게 가까이서 비교해가며 보니 새로이 족장 집안으로 정해진 사람들과 그렇지 않은 사람들 간에 상당한 격차가 느껴졌다.

우선 목에 걸고 있는 기바의 엄니와 뿔 개수부터가 비교가 안 되었다. 그리고 몸에 걸친 복장 자체는 차이가 없는데도 작은 씨족 사람들은 어딘가 허름해 보였다.

그리고 가장 차이 나는 점은 역시 체격과 분위기다.

족장 집안 사람들은 친족인 루티무 사람들도 포함해서 모두 늠름하고 힘이 넘쳐흘렀다. 그에 비해 작은 씨족 사람들은 숲가의 사냥꾼에 걸맞은 야성미나 박력을 가졌으면서도 왠지 모르게 궁핍한 분위기가 풍긴다.

작은 씨족 사람들은 찢어지게 가난한 환경에 처해 있다. 그것이 체격과 분위기에 영향을 주는 것이리라.

그중에서도 유달리 몸집이 작은 스도라의 가장이 겁내지도 않고 "그렇다" 하고 다리 사우티에게 대답했다.

"그리고 족장들의 말을 들은 자가 그 소식을 근처 집에 전하는 것이다. 남쪽에서 북쪽으로, 북쪽에서 남쪽으로 전달해가면 1년에 한 번밖에 없는 가장 회의를 기다릴 것 없이 숲가의 백성 모두가 족장의 생각을 알 수 있다."

"그 말인즉슨 우리가 슨가처럼 타락할까 우려된다는 말이 아닌가."

그라프 자자가 엄숙하고 위엄 있게 말한다.

딱히 위압하는 것도 아닌데 그가 입을 열기만 하면 형언할 수 없는 긴장감이 감도는 듯했다.

그런데도 스도라의 가장은 주눅 든 기색도 없이 "아니다" 하고 부인했다.

"루, 사우티, 자자가 서로를 보고 있으니 족장 집안인 세 집이 동시에 타락할 일은 없을 터. 그런데 나는 일전에 소동이 있었을 때, 파가의 아스타 일행을 지키기 위해 루의 남자와 함께 역참 마을로 내려갔다. 그때 다양한 이야기를 들을 기회를 얻었다."

"그리고 스도라 가장이 들은 그 이야기를 우리 포우와 란도 듣게 되었다. ……그라프 자자는 성 사람에게 정나미가 떨어져 이모르가 숲가를 버려야 한다고 내뱉었다던데, 그게 사실인가?"

스도라와 포우 가장의 말에 그라프 자자는 눈을 슬며시 가늘게 떴다.

"버려야 한다고는 말하지 않았다. 그러나 인간의 긍지를 버릴 정도라면 이 땅에서의 생활을 버려도 어쩔 수 없다고는 생각한다."

작은 씨족의 족장들이 크게 술렁였다.

그중 포우의 가장이 강렬한 눈으로 그라프 자자를 응시했다.

"놀라운 말이군. 80년 세월을 살아온 이 땅을 버려도 어쩔 수 없다니── 제노스 성의 귀족들이 그 정도로 무도하단 말인가?"

"내가 말을 섞은 이는 사이크레우스라는 노인뿐이다. 숲가의 백성이 칼을 바치는 것은 제노스 영주이되 그 노인이 아니다. ……그러나 그 노인이 칼의 주인이었다면 나는 주저 없이 칼을 회수하는 길을 택했을 터."

그라프 자자의 눈이 육식수처럼 이글이글 타오른다.

"그리고 생각했다. 앞으로도 영원히 제노스 영주와 직접 만나지 않고 이 울화통 터지는 영감탱이를 군주의 대리인으로 떠받들어야 한다면, 결국 사냥꾼의 긍지가 훼손되고 언젠가는 자츠 슨이나 줄로 슨처럼 영혼이 썩을지도 모른다고. 그렇다면 차라리 내 손으로 《기바 사냥꾼》의 긍지를 버리고 새로운 땅에서 새로운 긍지를 구하는 길이야말로 옳지 않나 하고 말이다."

"하지만 고작 한 번의 대면으로 성마른 짓을 해서는 안 된다는 참견을 우리가 하기도 전에 그라프 자자는 스스로 자신의 경솔한 발언을 뉘우쳤으니 그 점에 관해서는 걱정할 필요 없다고 말해두겠다."

다리 사우티의 말에 그라프 자자는 "쳇" 하고 혀를 찼다.

"더 밝히자면 그라프 자자의 말도 일리는 있다. 제노스와 우리가 원하는 길이 다르다면 함께 걸어갈 수 없을 터. 만약 제노스 영주가 조금도 틀림없이 사이크레우스와 뜻을 같이한다면, 정말 우리 손으로 모르가 숲을 버리는 길을 택해야 할 수도 있다. ……따라서 영주의 진심도 모르는 상태에서 결단을 내릴 수는 없다는 말이다."

"사이크레우스라는 자가 그토록 지독한가? ……그렇다면 더더욱 우리도 족장들과 연락을 긴밀히 해야 하지 않겠나? 아무것도 모른 채 모르가 숲을 버리도록 명령을 받아도 쉬이 따를 수 없을 것 같으니."

스도라의 가장이 음침한 목소리로 중얼거렸다.

"문제는 그뿐만이 아니다. 파가의 장사에 관해서도 족장들과 한마음으로 뭉쳐야 한다고 생각한다."

느닷없이 우리 집 이름이 튀어나와 나는 흠칫 놀랐다.

아이 파는 잠자코 서 있고, 그 옆의 포우의 가장이 그답지 않게 열성적으로 몸을 내밀었다.

"파가의 장사에 관해서는 세 족장 사이에서도 의견이 분분하지 않은가? 루가는 파가에 힘을 빌려주고, 사우티는 그것을 잠자코 지켜보며, 자자는 그 행위 자체에 반대하고 있다. 그렇다면 앞으로 자자의 주장이 옳게 여겨져 파가의 장사가 금지될 가능성도 아예 없지는 않지 않은가?"

"그게 불만이라는 건가?"

"아니다. 족장들이 그렇게 생각한다면 왜 그리 생각하는지를 정확히 알아야 한다고 생각했을 뿐이다."

란의 가장이 포우 가장의 말을 이어받았다.

"더욱이 우리가 무슨 생각을 하는지도 족장들은 정확히 알아야 한다고 생각한다."

이번에는 스도라의 가장이 말을 보태었다.

"지금 이 자리에는 스도라, 포우, 란, 라츠, 가즈, 베임 이렇게 여섯 씨족이 있다. 이들의 집은 파가에서 그리 멀지 않은 곳에 위치해 있으며, 베임을 제외하고는 파가의 행위를 옳다고 여겨 피 빼기와 맛있는 음식 만드는 법을 지도받았다. 그러나 파가에서 멀리 떨어진 씨족 사람들은 가장 회의가 끝난 뒤에도 예전과 다를 바 없는 생활에 처해 있을 터."

"그래서 불편한 점이라도 있는가?"

침착하기 짝이 없는 다리 사우티의 말에 스도라의 가장은 "있다" 하고 고개를 끄덕였다.

"가장 회의 때는 파가의 동향을 조용히 지켜보자는 결론이 내려졌다. 파가의 행위가 숲가에 약이 될지 독이 될지를 가려내야 한다고. 그런데 그 현황을 알 기회가 1년에 한 번뿐인 가장 회의라는 것은 턱없이 부족하다. 가장 회의가 끝난 지 약 20일밖에 지나지 않았건만, 우리 생활에는 벌써 놀라운 변화가 일어났다."

"파가에 고기를 판 덕에 풍요로운 생활을 얻었다는 의미인가?"

"풍요로운 생활까지는 아니다. 그러나 숨 막히도록 많은 동전을 얻게 된 것은 사실이다. 솔직히 말하면 육포를 넘겼을 뿐인데 이토록 많은 동전을 받아도 되는지, 처음에는 나도 고민했을 정도였지. 그 반면 베임의 가장은 이것이 숲가의 백성에게는 걸맞지 않은 풍요로움이 아니겠느냐고 생각을 굳히더군."

베임가는 처음 듣는 이름이었다.

자자의 친족뿐만 아니라 작은 씨족 중에도 파가의 행위를 의문시하는 집이 있었으니 그중 하나일 것이다.

"파가는 숲가에 풍요로움을 가져오기 위해 장사를 시작했다고 말했다. 요컨대 장사는 숲가의 백성 모두와 관련된 문제인 셈이지. 그렇다면 파가의 행위를 긍정하는 자뿐만 아니라 부정하는 자도 파가의 행위를 정확히 알고, 이것이 숲가에 약이 될지 독이 될지를 제대로 생각해야 하지 않겠는가?"

점점 스도라 가장의 독무대가 되었다.

체격이 훨씬 큰 족장들 앞에서 자그마한 몸집의 스도라 가장이 계속 설명했다.

"나는 이렇게 생각한다. 같은 숲가의 백성인데도 루와 자자,

사우티는 지나치게 풍요롭다. 부유한 백성은 가난한 백성의 됨됨이를 모르고, 가난한 백성은 부유한 백성은 됨됨이를 모른다. 파가의 가장이 공정하게 느껴지는 것은 어린 시절에 가난을 알고 지금은 제 힘으로 풍요로운 생활을 쟁취했기 때문이 아닌가."

그 말에 아이 파는 당연히 극도로 불쾌한 표정을 지었다. 우리 가장은 남의 칭찬을 순순히 받아들이지 못하는, 매우 고상한 인격을 지니셨다.

"가난한 백성의 됨됨이라. 아무리 풍요로운 씨족일지라도 그렇지 않은 씨족을 업신여기지는 않을 터인데."

의아하다는 듯 두꺼운 목을 갸웃하는 다리 사우티를 스도라의 가장이 강한 눈빛으로 응시한다.

"그럼 묻겠다. 사우티의 가장은 굶주림으로 아이를 잃은 적이 있는가? 눈앞에 매달려 있는 과실을 따서 아내에게 먹이면 마른 젖이 나올지도 모른다. 그런 생각을 하며 갈수록 야위어가는 젖먹이를 보면서 내 무력함을 한탄한 적이 있는가?"

"……아니, 없군."

"그렇다면 우리가 얼마나 슨가를 증오했는지 이해할 수 있겠는가? 놈들은 기바를 잡지도 않고 포상금으로 흥청망청 살면서 급기야 숲의 은혜마저 손을 댔다. 그런 놈들을 우리가 어떤 심정으로 용서하기로 결심했는지 풍요로운 씨족 사람들이 그걸 아느냐 말이다."

다리 사우티는 입을 다물었다.

스도라의 가장은 일단 숨을 크게 들이쉰 다음 조용히 말했다.

"그러나 족장 집안을 타락시킨 것은 숲가의 백성 모두의 나약함이며 죄라는 돈다 루의 말은 나도 공정하게 느껴지더군. 가장회의 때마다 루가는 슨가에 엄니를 드러냈건만, 나는 아무 힘도 되지 못했다. ……그래서 나는 돈다 루의 말이 옳다고 판단했다. 그가 어떤 심정으로 하는 말인지 들었기 때문에 슨가 사람을 용서하자는 마음이 생겼단 말이다. 아마 그 말을 듣지 않은 채 그저 슨가 사람을 용서한다는 결과만 들었다면 나는 세 족장의 말에 따르지 않았을 것이다."

"…………."

"나는 족장들이 우리를 바른 길로 인도하리라 믿는다. 그러나 가능하면 같은 것을 보고, 같은 것을 듣고, 그런 다음에 같은 길을 걷고 싶다. ……슨가가 멸망하고 새로운 족장 집안이 탄생했으며, 파가는 역참 마을에서 장사를 시작했다. 이렇게 다양한 변화가 한꺼번에 일었으니 우리도 과거 생활에 머물러 있기만 해서는 안 되지 않겠나?"

스도라 가장의 말을 마지막으로 잠시 묵직한 침묵이 흘렀다.

침묵을 깬 사람은 말없이 그들의 이야기를 듣고 있던 돈다 루였다.

"……어쨌든 지금 네놈들의 요구는 숲가의 앞날에 관련된 족장들의 모임에 네놈들의 대표자를 참석시키라는, 그 한 가지라는 거로군?"

"그렇다. 족장들이 그 이야기를 친족들에게 전하듯이 우리도 다른 씨족에 그 이야기를 전달하고 싶다."

"설마 이 자리에 있는 일곱 명을 전부 참석시키라는 것은 아닐 테지?"

"물론이다. 참석은 두 명이면 충분할 터. 허락한다면 포우와 베임의 가장에게 부탁할 생각이다."

"흥. ……그 요청을 군이 반대할 이유는 없을 터."

돈다 루는 곁에 있는 두 족장에게 말했다.

"걱정되는 점은 단 하나. 분에 넘치는 일에 머리를 쓰느라 사냥꾼의 일을 소홀히 해서는 안 된다는 것이다."

"음. 피 빼기와 요리 기술 습득의 경우에도 해당되는 말이로군. 가장 회의 때도 논의되었다시피 풍요로운 생활 때문에 일을 소홀히 해서는 안 되지."

다리 사우티가 온화하게 대답하는 반면, 그라프 자자는 말없이 콧방귀를 뀌었다.

이리하여 족장들은 작은 씨족 가장들의 제안을 받아들인 듯했다.

◇

"오늘 갑자기 그 가장들이 집에 쳐들어 왔더군. 족장들과 대화하고 싶으니 나도 동행해달라고 부탁받았어."

짐수레 진동에 몸을 흔들리며 아이 파가 말했다.

"전부터 스도라와 포우, 란의 가장들끼리 아까 그 이야기를 해왔던 듯하다. 오늘 족장들이 루의 촌락에 집결한다는 소식을 듣고 그 김에 마음을 굳힌 모양이더군."

"그랬구나. 베임가는 아까 처음 들었는데, 우리 장사를 맹렬히 반대하나 봐?"

나는 기루루의 고삐를 조절해가며 물어봤다.

마부대 바로 뒤에 자리 잡은 아이 파가 내 머리 위에서 고개를 가로젓는 기척이 난다.

"상관없다. 스도라 가장의 설명에 따르면 베임가가 반대 입장이긴 해도 그건 지금까지의 생활이 크게 바뀌는 것에 대한 불안감 때문일 거라고 하더군."

"그 스도라 가장은 괜찮을까? 이제 와서 하는 말인데, 지난번 육포의 대가가 처음치고는 너무 큰 금액이었잖아."

"그것도 문제없다. 자신들이 그 많은 동전을 얻은 건 육포를 일곱 씨족에서만 준비할 수 있었기 때문이라는 걸 제 입으로 말했으니. ……그렇기 때문에 더 많은 씨족이 파가에 힘을 빌려주고 다 같이 부를 나눠야 한다는 말도 하더군."

부를 최대한 균등히 분배해야 한다는 것은 나와 미아 레이 아주머니의 공통된 생각이며 이미 스도라 가장과 그 일행에게도 전달되었다. 그 생각의 연장선상에 있는 의견이자 제안인 것이다.

"어쨌든 다른 씨족에 피 빼기 기술부터 전수해서 부가 공평하게 골고루 나눠지도록 하고 싶다. 그리고 파가의 행위에 찬성하는 자도, 반대하는 자도 이 행위가 숲가의 약이 될지 독이 될지를 제대로 지켜봐야 하며── 또한 자신들이 이런 생각에 이른 것을 세 족장에게 전달해야 한다는 이야기였지."

"흠흠."

"그리고 세 족장의 의향도 궁금했을 터. 족장들은 뭘 어떻게 생각하는지, 자신들도 그것을 알아둬야 한다고. 그래서 오늘 루의 촌락에까지 오게 되었어."

"응, 잘 알겠어. 숲가의 백성답다면 숲가의 백성다운 생각인데 비교적 나도 충분히 공감되는 내용이야. 그런 의미에서는 숲가의 백성답지 않은 참신한 발상이라고 할 수도 있겠다."

"그건 필시 스도라의 가장이 괴짜이기 때문일 터. 결국 포우와 란의 가장을 그런 생각으로 꾀어낸 것도 스도라의 가장이니 말이야."

스도라의 가장이라.

숲가의 남자치고는 드물게 몸집이 작고 새끼 원숭이처럼 생겼으며, 가난한 집에 식구가 적고 친족이 끊긴, 그러면서도 강렬한 눈빛을 지닌 장년의 남자였다.

그의 아내가 포장마차 장사를 돕고 있고, 심지어 그는 테이 슨의 손에서 나를 구해준 은인이기도 하다. 테이 슨이 진심으로 내 목숨을 빼앗으려 했는지 여부는 차치하고라도 그가 은인이라는 사실에는 변함이 없다.

"그런데 작은 씨족의 대표자는 스도라가 아니라 포우와 베임의 가장이라니. 난 아이 파가 뽑히지 않을까 설렜는데."

"파가는 비교적 식구가 적어 집안일에도 노고가 따르니 그런 무거운 짐을 지게 해서는 안 된다며 스도라의 가장이 말해주더군. 또 같은 이유로 자신도 집을 떠나기 힘든 처지인 데다 당면의 대표자에는 파가의 행위에 찬성하는 집과 반대하는 집 가장을 한 명씩 뽑아야 합당하다고 하여 포우와 베임이 뽑혔어."

"응, 참으로 논리적이야. 스도라의 가장은 머리가 잘 돌아가는구나."

당장 내일 회담부터 포우와 베임의 가장이 동행하게 되었다. 그들은 현재 루가에서 이루어지는 마지막 협의에도 참석하고, 나머지 가장들은 다른 씨족에 이야기를 전하기 위해 우리와는 반대 방향인 남쪽 길로 내려갔다.

혈연관계가 없는 씨족에는 관심도 없고 간섭도 하지 않았던 숲가의 백성이 스스로의 의지로 다른 씨족과 인연을 맺으려 한다. 게다가 그것은 오백여 명이 살기에는 지나치게 광대한 숲가의 마을에 원시적이나마 연락망을 깔려는 시도이기도 하다.

그들은 부인했지만, 역시 그 근간에는 족장 집안인 슨가에서 십수 년씩이나 다른 씨족과의 교류를 끊고 몰래 타락했다는 사실로 인해 비로소 의식을 개혁하게 되지 않았을까.

"납득되었나? 그럼 슬슬 내 의문도 풀어줘야겠어."

아이 파가 마부대 쪽으로 몸을 내밀었다.

"……저 동쪽 백성을 왜 우리 집에 초대한 거지?"

짐칸에는 아이 파뿐만 아니라 슈미랄도 같이 타고 있었다.

아이 파가 목소리를 낮출 필요도 없이 슈미랄은 짐칸 제일 뒤쪽에 앉아 바깥 경치를 구경하고 있었다.

"아니, 그냥 이래저래. 슈미랄이 기운 차렸으면 해서 저녁 식사에 초대해봤어."

그랬더니 슈미랄은 내가 상상했던 것보다 훨씬 기뻐하는 눈빛을 보였다.

비나 루와의 만남이 그런 식으로 끝나 적잖이 실망했을 것이다. 만약 비나 루의 발목이 모레까지 낫지 않으면 이대로 긴 이별을 하게 된다.

"……설마 재워주려는 건 아니겠지?"

"에이, 슈미랄도 상단 동료에게 말없이 밤을 지새울 수는 없다고 했으니 그 점은 걱정하지 않아도 돼. ……아, 그래서 말인데, 돌아갈 때 짐수레로 역참 마을까지 바래다줄래? 내가 밤길에는 운전을 못 해서."

"흥. 속내도 모르는 자를 집에서 재우기보다는 나을 터. 이 짐수레가 있으면 가족도 아닌 자와 살이 닿을 일도 없겠군."

아이 파는 그렇게 말하며 아주 싫지만은 않은 표정을 지었다. 자기 마음대로 짐수레를 운전하게 되어 기쁜가 보다.

그렇게 짐수레로 20분쯤 달리자 파가가 보이기 시작했다.

기루루 덕분에 이동 시간을 단축했지만 루가에서 워낙 많은 시간을 소비한 탓에 결국 평소보다 늦게 귀가하고 말았다. 그래도 뭐, 저녁식사 참가 멤버가 한 명 늘어난 정도라면 별문제 없을 것이다.

"도착했어요. 슈미랄, 여기가 파가예요."

내 집입니다, 라는 말은 낯간지러워서 하지 못하는 나였다.

짐칸에서 내린 슈미랄이 루가보다 몇 배는 더 작은 파가를 올려다본다.

"역시, 모두, 남쪽, 양식이군요."

"네? 뭐가요?"

"집입니다. 양식, 남쪽입니다."

남쪽이란 물론 남쪽 왕국 자갈이다.

그런데 어디가 남쪽 양식이라는 걸까? 제노스의 역참 마을에서도 약간은 목재 외의 재료를 사용하긴 해도 기본적인 구조는 숲가의 마을과 큰 차이 없을 터였다.

그때 문득 생각이 났다. 그러고 보니 역참 마을의 건물은 대부분 자갈 백성이 지었고, 그래서 자갈 백성인 반장 아저씨 일행이 보수 작업을 하러 제노스에 온 것이다.

'일본 가옥의 대부분이 서양식 건물이다, 뭐 이런 말인가? 잘 모르겠네.'

그런 생각을 하며 식재료와 쇠 냄비를 아궁이로 옮기고 있는데 기루루를 나무에 묶고 있던 아이 파가 "당연하지" 하고 힘차게 말했다.

"우리 선조는 80년 전 이 숲가로 이주해왔다. 그로부터 얼마간은 남쪽의 검은 숲에서 살았던 때와 마찬가지로 풀을 엮어 집을 지었으나 이 지역에는 비가 많이 내려 풀집이 금방 썩었다고 하더군. 그래서 제노스에 머물던 남쪽 백성을 숲가에 초빙해 이처럼 집을 튼튼하게 짓는 법을 배운 것이다."

"과연. 흥미롭습니다."

정말 흥미롭다.

일전에 슨의 촌락에 갔을 때 돔 모양으로 건조된 제사당을 봤다. 그렇다면 그런 돔 모양의 건물이 숲가의 백성에게는 표준이었다는 걸까. 나중에 지바 할머니에게 그 무렵의 이야기를 들어보고 싶다.

"그리고, 숲가의 백성, 복장, 동쪽, 양식이군요. 그 직물, 동쪽 백성, 제노스, 가져온 것입니다."

"흠? 그야 숲에서 짐승의 눈에 띄면 안 되니 이런 색조의 복장을 선택했을 터."

"네. 그런데, 모르가 숲, 넓다, 그리고, 풍요롭습니다. 실, 재료, 나무, 많이 있다, 아닙니까? 숲가의 백성, 실, 잣는 기술, 없습니까?"

"아니, 그 역시 이주했을 당초에는 직접 천을 짰지만 그 실을 뽑아낼 수 있는 나무의 열매가 기바의 먹이라는 것을 알게 되어 나무껍질을 벗기는 일도 금지되었다고 한다. ……너는 사소한 것에 마음을 쓰는 성격이군, 동쪽 백성이여."

"죄송합니다. 숲가의 백성, 흥미롭습니다. 질문, 불쾌합니까?"

"……딱히 불쾌할 것은 없다. 다만 보기와 달리 수다스러운 사내이구나 싶었을 뿐이다."

"그것, 남쪽 백성, 상인의 딸, 같은 말, 들었습니다."

"상인의 딸?"

나는 순간 가슴이 철렁했지만, 슈미랄은 내가 디알에게 얻어맞는 장면은 목격하지 못했다. 그 생각에 이르러 겨우 가슴을 쓸어내렸다.

그래도 그녀의 존재를 아이 파에게 털어놔야 할 것이다. 다른 것은 제쳐놓더라도 사이크레우스와 가까운 관계의 사람은 조심할 필요가 있기 때문이다.

아무튼 대인관계에 다소 어려움을 겪는 아이 파인데도 슈미랄과 대화를 나누는 것은 그리 부담스럽지 않은 모양이다. 그것은 내 입장에서 적잖이 기쁜 오산이었다.

◇

그리고 약 90분이 지난 뒤 우리는 막 어둑해지기 시작한 집 안에서 저녁을 먹었다.

"오래 기다리셨어요. 입맛에 맞으면 좋겠어요."

밑 준비 작업과 동시 진행으로, 그럭저럭 평소와 같은 시간에 저녁을 완성할 수 있었다. 아직 밑 준비 작업은 30퍼센트쯤 더 남앚지만 슈미랄이 가고 난 뒤에 분발하면 된다. 잠자는 시간까지 아껴야 할 만큼의 작업량은 아니므로 딱히 문제될 것은 없다.

"향기, 훌륭합니다."

고기 요리는 마당에 있는 아궁이에서 만들었다. 내가 완성된 요리를 들고 안으로 들어가자 슈미랄이 기쁜 듯이 눈을 가늘게 떴다.

그러나 상석에 앉은 아이 파는 한쪽 무릎을 세운 자세로 얼굴을 찌푸리고 있다.

"……어렴풋이 눈치채고는 있었는데, 아스타, 너 또 그 붉은 열매를 사용했군."

"응, 그런데 못 참을 정도로 맵게 하지는 않았으니 괜찮아. 딱 보기에도 『기바 치트』보다 안 매워 보이지?"

"어디가 말이지? 시뻘겋잖은가."

"괜찮다니까. 시뻘건 색은 타라파 때문이잖아."

그리고 특별 취급하면 서운해 하니 말하지 않을 작정이지만, 아이 파의 것만 덜 맵게 조리했다.

나는 우거지상을 하고 있는 아이 파에게 웃어 보이며 마지막으로 부엌 아궁이에 데워둔 수프를 떠와 자리에 앉았다.

사이드 메뉴는 늘 그렇듯이 구운 포이탄과 타우유를 넣은 『기바 수프』다. 건더기로는 기바의 뒷다리 살, 아리아, 찻치, 기고를 넣었다. 켄친지루(볶은 두부, 우엉, 표고를 넣어 끓인 장국)에 가까운 맛이라 혹시 《남쪽의 대수정》에서도 환영하지 않을까 슬며시 생각해본다.

메인 메뉴는 치트 열매를 넣은 구이 요리.

이름은 뭘로 할까. 마구 갖다 붙이면『기바소테 아라비아타풍』정도가 되려나. 치트 절임을 넣은『기바 치트』에 뒤지지 않는 메뉴를 개발해야겠다는 마음에서 연구 중인 요리다.

치트 열매는 붉은 고추처럼 붉은색과 매운맛을 지닌 식재료다. 모양은 동그랗고 크기는 콩만 하다. 그것을 두세 알 넣으면 붉은 고추 하나만큼 맵기 때문에 재료값 부담도 적다.

우선 치트 열매와 먀무를 다지고 쇠 냄비에 기바 기름을 둘러 약한 불에서 볶는다. 원래는 올리브유를 대신할 식물성기름이 있으면 좋은데, 이것만은 역참 마을에서 발견하지 못했다. 성밑 마을에는 존재할지 살짝 궁금하다.

다음으로 약한 불에서 볶아주다 마늘 같은 먀무에서 향기가 올라오면 중간 불 아궁이로 옮겨 얇게 저민 기바 등심과 아리아를 넣어 재빨리 익혀준다. 다 구워지면 다른 냄비에 만들어둔 타라파 소스에 넣고 잘 섞어주면 완성이다.

메뉴를 개발할 때마다 타라파에 의존하고 있다고나 할까.『타라파 스튜』와『기바 버거』에 이어 타라파 소스를 사용하는 것은 이번이 세 번째다. 더 다양한 변화를 주고 싶기도 하지만 토마토 같은 타라파와 고추 같은 치트 열매의 궁합을 생각하면 지금은 이것이 최선이다.

레이나 루 일행에게 밑 준비 작업을 넘기고 나면 빈 시간에 여러 식재료를 맛보고 연구해야겠다. 어쨌든 타라파 소스를 미리 집에서 끓여 가면 《현옹정》에서의 조리 시간을 대폭 단축할 수 있다.

주의할 점은 불 조절이다. 치트 열매에서 매운맛이 충분히 우러나오게 하려면 시간을 들여 뭉근히 끓여야 하므로 조급해해서는 안 된다. 그것만 잘 지키면 나머지 조리법은 매우 단순하다.

"다음 달부터 이 요리를 《현옹정》에 납품할 생각이에요. 그래서 슈미랄이 제노스를 떠나기 전에 맛볼 수 있어 얼마나 기쁜지 몰라요."

"나, 더 기쁩니다."

기쁘지 않은 것은 나뿐인가, 하고 아이 파는 입을 한일자로 굳게 다물었다.

그러나 오늘은 눈물이 날 만큼 맵지는 않을 터이다. 아이 파의 것만 치트 양을 줄였을 뿐만 아니라 씨도 다 발라냈기 때문에 맛이 순하다. 이거라면 아이 파도 진심으로 기뻐해주지 않을까 나는 내심 기대했다.

"그럼 식기 전에 어서 드세요."

아이 파는 오물오물 기도를 읊고, 나는 "잘 먹겠습니다", 슈미랄은 "받겠습니다" 하고 제각각 다른 인사말을 마치고 드디어 저녁식사가 시작되었다.

우선 나는 나무 숟가락으로 메인 디쉬부터 먹었다.

그런데 먹자마자 "어?" 하고 고개를 갸웃거리게 되었다.

토마토 같은 타라파 소스는 잘게 썬 아리아와 과실주와 함께 끓였기 때문에 풍미와 단맛이 훌륭하다. 거기에 치트의 매운맛과 먀무의 향기가 더해져 『기바 치트』에 뒤지지 않는 깊은 맛을 낼 수 있었다고 생각한다.

그리고 그 깊은 맛 속에서 기바 고기가 존재감을 뽐낸다. 고기 결이 곱고 연한 육질이 강점인 등심을 썼기 때문에 씹는 맛도 기분이 좋다. 아삭아삭 씹히는 맛이 살짝 남은 아리아도 좋은 포인트가 된다.

그러나 왠지 기억보다 수수한 맛이다.

맵기는 맵다. 맛있기도 맛있다. 하지만 아이 파 몫으로 치트를 적게 넣어 순한 맛으로 만든 것과 비슷하게 느껴진다.

요리 중에 맛을 너무 많이 본 탓에 혀가 제 구실을 못하는 걸까. 나는 요리의 완성도가 불안해져 슈미랄에게 물어봤다.

"저, 죄송한데요, 혹시 양념 맛이 약하지 않은가요?"

"아니오. 맛있습니다."

슈미랄도 기바소테부터 먹고 있었다. 그 눈이 기쁜 듯이 가늘어지는 것을 보고 나는 안심했다.

그렇다면 아이 파는 어떨까 싶어 시선을 향하자── 아이 파는 나무 접시를 품에 안고 어깨를 바들바들 떨고 있었다.

"……속임수였군, 아스타여."

"응? 뭐가? 전에 먹은 것보다 안 맵잖아."

말하고 나서 아차 싶었다.

내가 한입 먹은 것이야말로 매운맛이 부족하지 않았던가.

"어, 설마, 내 접시랑 네 접시를 헷갈렸나?!"

아니, 아무리 나라도 그렇게까지 정신머리가 없지는 않다. 슈미랄은 물론 아이 파가 좋아해주길 바라며 설레는 마음으로 요리에 힘썼다.

도대체 어떻게 된 일일까, 고개를 갸웃거리고 있는데 슈미랄도 이상하다는 듯 고개를 기울였다.

"아스타, 아이 파, 맛, 따로였습니까?"

"네. 아이 파의 접시에만 치트를 적게 넣었거든요……."

"아이 파, 접시, 교환했습니다."

"네?"

"아스타, 아궁이, 국, 뜰 때, 등, 돌리고 있었습니다. 그때, 아이 파, 접시, 교환했습니다."

"네에?! 아이 파가 왜 그런 짓을?!"

"아궁이, 재, 튀어와, 아스타, 접시, 떨어졌습니다. 아이 파, 재, 떠낸 뒤, 접시, 교환했습니다."

둥실둥실 떠다닌 아궁이 재가 내 접시에 떨어지고 그것을 알아차린 아이 파가 재를 떠낸 다음 자신의 접시와 교환해주었다는 말인가.

참으로 마음씨 고운 가장이 아닌가!

그런 마음씨 고운 가장에게 이런 운명을 초래하다니, 이곳 세계의 신은 심보가 여간 고약한 것이 아니다.

"미안해, 아이 파! 원래 이게 네 접시였는데. ……아야, 아파, 아프다고!"

아이 파가 내 왼쪽 볼을 힘껏 꼬집었다.

꼬집으면서 눈물을 글썽이는 아이 파였다.

"맛을 통일하지 않아 이 사달이 났지 않은가! 쓸데없이 마음 쓰지 말란 말이다, 멍청한 놈!"

"아니, 다 똑같은 맛으로 했으면 결국 그 매운맛을 먹게 되었을 거 아냐? ……아니, 아파, 아프다고, 아프다니까!"

"내 입이 더 아프다!"

볼살이 뜯겨나가는 줄 알았다.

그러나 마음씨 고운 우리 가장은 그 직전에 내 볼을 놔주었다.

나도 아파서 눈물이 고이는 바람에 친애하는 가장과 똑같은 모양새가 되었다. 서로가 서로를 배려했는데도 이런 꼴을 겪다니, 나는 세상의 부조리를 한탄할 수밖에 없었다.

이런 내 옆에서 아이 파는 "흥!" 하고 어린아이처럼 콧소리를 내더니 손등으로 눈가를 훔친다. 그 귀여운 모습을 바라보며 슈미랄은 "두 사람, 행복하군요" 하고 온화하게 말했다.

"나, 가족, 끊어졌습니다. 아스타, 아이 파, 행복, 생각합니다."

"네? 슈미랄도 가족을 잃었다고요?"

"네. 어머니, 나, 태어나자마자, 돌아가셨습니다. 아버지, 3년 전, 돌아가셨습니다. 그로부터, 나, 《은 항아리》 단장, 물려받았습니다."

"아아, 선대 단장이 슈미랄의 아버님이셨군요."

아이 파와 나무 접시를 바꾼 뒤 그 매운맛을 실컷 만끽하면서 나는 그렇게 말했다.

"《은 항아리》, 내 아버지, 만든 상단입니다. 나, 10년, 일, 계속하고 있습니다. 제노스의 성 밑 마을, 일, 허락되었다, 5년 전입니다. ……사이크레우스 경, 그때, 알게 되었습니다."

아직 촉촉한 눈으로 수프를 후루룩거리던 아이 파가 움찔 눈썹을 치켜올렸다.

"동쪽 백성이여, 자네가 성 밑 마을의 사이크레우스라는 귀족과 아는 사이란 말인가?"

"네. 성 밑 마을, 요리사, 통해, 사이크레우스, 알게 되었습니다. 5년 전부터, 사이크레우스, 많은 칼, 사주었습니다."

아이 파가 힐끗 노려보기에 "나도 오늘 처음 알았어" 하고 선수를 쳤다.

그런데 슈미랄은 왜 또 그 이야기를 꺼낸 걸까.

"사이크레우스 경, 약속, 깹니다. 나쁜 소문, 많습니다. 소문, 정말, 모릅니다만, 내 친구, 요리사, 사이크레우스 경, 두려워했습니다. 사이크레우스 경, 매우 강한 힘, 지니고 있습니다."

"……그게 어쨌다는 거예요?"

"사이크레우스 경, 거역한다, 위험합니다. 나, 숲가의 백성, 걱정입니다."

슈미랄은 아까 족장들과의 대화를 전혀 듣지 못했을 터였다.

그러나 역참 마을에서 숲가로 오는 길에 내가 이런저런 질문을 한 까닭에 뭔가 불온한 분위기를 감지한 것이다.

"……어쨌든 자네와는 상관없는 이야기다, 동쪽 백성이여. 자네는 아스타의 벗이라고 들었다. 그렇다면 더더욱 발을 들여서는 안 되는 영역이라는 것이 있을 터."

아이 파는 작게 고개를 흔들고 기바소테의 나무 접시를 손에 들었다.

"게다가 자네는 며칠 뒤면 제노스를 떠난다고 하지? 쓸데없는 일에 신경 쓰지 말고 제 앞날이나 걱정하면 된다."

"네. ……그렇게 해야 한다, 알고 있습니다."

슈미랄은 서운한 듯 눈을 내리깔았다.

아이 파는 "흥" 하고 가볍게 콧방귀를 뀌더니 붉은 소스에 범벅이 된 소테를 입에 넣는다.

그러고는 또 눈물을 머금는다.

"어라? 아직도 매워? 진짜 안 맵게 만들었는데."

"……처음에 너무 매워서 혼났더니 괜히 더 얼얼하다."

아이 파는 앉은 자세로 용케 내 무릎을 퍽퍽 걷어찼다.

그런데도 나무 접시를 내려놓을 생각은 않고 눈물을 훔치면서 두 입, 세 입 먹고 또 먹는다.

"으음…… 맛있을지도 모르지만, 역시 잘 모르겠군…… 처음부터 이걸 먹었으면 분명히 맛있다고 느꼈을 터……."

"진짜? 그럼 내가 엄청나게 기쁠 텐데."

자연스레 미소가 지어졌다.

그러자 아이 파가 더 강력한 힘으로 발길질을 해왔다.

"아스타, 아이 파, 행복, 생각합니다" 하고 슈미랄이 같은 말을 되풀이했다.

"그 행복, 소중, 해주십시오. 나, 여행지, 두 사람, 행복, 기도합니다."

아이 파는 타라파 소스처럼 벌겋게 달아오른 얼굴로 "시끄럽다!" 하고 빽빽거렸다.

그로부터 슈미랄이 파가를 떠나기까지 시간은 느릿느릿 정답게 흘러갔다.

제3장 ★★★ 투란 백작 사이크레우스

1

이튿날 파란 달 30일이었다.

마침내 숲가의 족장들과 제노스의 귀족 사이크레우스의 두 번째 회담이 보름 만에 개최되었다.

이날부로 뭔가가 종식되는 것이 아니다.

오히려 시작의 날이 될 것이다.

뒤틀리고 일그러진 숲가와 제노스의 관계를 바로잡기 위해, 사이크레우스라는 수수께끼 같은 남자의 정체를 폭로하기 위해 돈다 루 일행은 숲가의 앞날을 양어깨에 짊어지고 마을로 내려간다.

사이크레우스는 정말 슨가를 이용해 제 욕심을 채웠을까.

슨가 사람들을 모조리 성으로 넘기라는 그 말의 진의는 어디에 있을까.

카뮤아 요슈와 멜프리드는 어떻게 움직일까.

숲가의 백성은 앞으로도 모르가 숲에서 사냥꾼으로 살아갈 수 있을까.

파가는 앞으로도 역참 마을에서 장사를 계속할 수 있을까.

종식의 날은 되지 않을지언정 이날이 터닝 포인트가 된다는 것에는 의심의 여지가 없었다.

어쨌든 우리가 할 일에 변화는 없었다.

평소대로 마을로 내려가 평소대로 음식을 파는 것. 만일을 위해 호위역으로 사냥꾼 두 명이 동행했을 뿐, 다른 것은 평소와 똑같았다.

역참 마을 사람들은 회담이 열리는 줄도 모르기에 손님 수에도 전혀 변화가 없었다. 개점 전부터 서른 명이 줄을 서 아침 일찍 붐비는 시간을 보내고 나서 두 명씩 휴식을 취했다. 그 후에는 하나둘씩 찾아오는 손님의 대응에 쫓겼다. 모든 것이 여느 때와 다름없는 평상 운행이다.

"자, 이제 아버지 일행이 숲가에서 내려올 때가 됐나."

포장마차 뒤에서 한가롭게 입을 연 사람은 루도 루였다. 이번에도 역참 마을 사람들에게 최대한 겁을 주지 않기 위해 인상이 부드러운 그가 선발된 것이다.

다른 호위역은 두 포장마차 사이에 서서 아주 자연스럽게 거리를 바라보고 있었다. 우리 파가의 가장 아이 파다. 어차피 루가는 친족이 다 같이 휴식기에 들어갔으므로 인력이라면 얼마든지 내줄 수 있는 상황이긴 하나, 아이 파가 자원해서 또 호위역을 맡아준 것이다.

다만 이번만큼은 호위역이 무용지물로 끝날 것이다. 호위역은 제노스 성과의 관계가 회복 불능의 수준으로 끝장나지 않는 한

나설 차례가 오지 않을 것이다.

뒤집어 생각하면, 그런데도 만일을 위해 호위를 붙여야겠다고 판단할 수밖에 없는 이 상황이야말로 성 사람들과 확실한 신뢰 관계를 쌓지 못했다는 증거이기도 하다.

"아, 루도 루다!" 하고 활기찬 목소리가 돌연 거리에 울려 퍼졌다.

그렇게 외치고 포장마차를 향해 조르르 달려온 사람은 채소 가게 주인 돌라 아저씨의 귀여운 딸 탈라였다.

그 모습을 보고 뒤쪽 짐수레 근처로 물러가 있던 루도 루도 "여!" 하고 걸어 나왔다.

"오랜만이네, 꼬맹이. 아침에는 가게에 안 보이더라?"

"응! 아빠 심부름으로 여관을 돌았거든!"

짙은 갈색 머리와 눈동자를 한 작은 소녀 탈라는 반가운지 방글방글 웃고 있다. 개점 초기부터 단골손님인 이 소녀는 포장마차 관계자인 숲가의 백성에게는 거의 공포심을 느끼지 않는다.

"……루도 루, 자리를 지켜. 뒤에서 공격해오면 어쩔 셈이지?"

아이 파가 나직하게 주의를 주었다.

그러나 루도 루는 "으응?" 하고 납득이 가지 않는다는 듯이 고개를 기울였다.

"그렇게 예민하게 굴 것까지는 없지 않나? 엄중한 경계가 필요했다면 처음부터 세 명이든 네 명이든 동원했을 거 아냐."

"그렇다 해도 자리에 있는 인원으로 최선을 다하는 것이 당연할 터."

"괜찮아. 토토스와 짐수레가 벽처럼 막아주고 있잖아. 뒤에서 누군가 오면 금방 알아차릴 거고."

"기루루를 방패로 삼다니 말도 안 된다! ……됐다, 내가 뒤쪽으로 가지."

이 대화로도 짐작할 수 있듯이 아이 파는 혼자 아침부터 긴장감을 유지하고 있었다.

이번에는 자츠 슨과 테이슨 때처럼 누군가 습격해오리라는 예상은 하고 있지 않다. 게다가 회담은 해가 중천에 떴을 때부터 시작될 예정이기에 지금과 같은 오전이라면 험한 일이 벌어질 요인도 없다.

나는 아이 파의 모습이 신경 쓰여 도무지 견딜 수가 없어, 루도 루와 함께 탈라와 잡담을 시작한 라라 루에게 포장마차를 맡기고 뒤쪽으로 향했다.

"아이 파, 왜 그래? 마을에 내려오고 나서부터 좀 이상해 보인다?"

아이 파는 나무에 묶인 기루루의 목을 쓰다듬으며 곁눈으로 나를 쏘아본다.

"……아침부터 이따금 묘한 시선이 느껴지더군. 악의와 적의가 담긴 독침 같은 시선이었어."

"뭐어? 정말? ……그런데 숲가의 백성을 그런 눈으로 보는 사람이 아예 없지는 않잖아."

"아니, 전부 한 사람의 시선처럼 느껴졌단 말이다. 그 사람의 모습은 어디에도 보이지 않았지만."

그렇다면 누군가 숨어서 우리를 감시하고 있다는 걸까.

아이 파의 기분 탓이길 바라면서도 그 진지한 표정을 봤더니 낙관할 수 있는 문제가 아닌 듯했다.

"그런데 성 녀석들이 이제 와서 우리를 감시한다는 것도 좀──."

그렇게 말한 순간 포장마차 쪽에서 라라 루의 "꺄악!" 하는 비명 섞인 목소리가 들려왔다.

"무슨 일이야, 라라 루?!"

나는 황급히 포장마차로 돌아갔다.

포장마차 앞에는 키 큰 사람이 있었다.

그 옆에 탈라가 멍하니 서 있고, 루도 루도 제 자리를 지키고 서 있었다. 라라 루 본인도 허리에 손을 얹고 섰으며 불길한 낌새는 어디에도 없었다.

"아─아, 아까워! 말해두겠는데, 손을 미끄러뜨린 건 너다? 그럼 동전을 돌려줄 수도 없단 말이야."

도대체 무슨 일이 일어난 걸까.

나는 등 뒤에 찰싹 붙어 있는 아이 파와 함께 포장마차 가까이 갔다.

"으악, 이게 뭐야?"

비명의 이유는 금방 알 수 있었다. 철판 위에 완성품 『먀무구이』가 쏟아져 있었다.

구운 포이탄 생지가 흐트러져 고기와 아리아, 채 썬 티노가 무참히 흩어져 있다. 라라 루는 쏟아진 재료가 눌어붙지 않도록 나무 주걱으로 철판 구석을 향해 밀어내면서 우리에게 화난 얼굴을 보였다.

"보다시피 이 손님이 애써 만든 요리를 떨어뜨렸다니까! 아까워 죽겠네!"

나는 시선을 그 손님에게 향했다.

모자 달린 가죽 망토를 걸쳤고 180센티미터가 넘는 큰 키에 마른 체형. 모자 밑으로 드러난 입가의 피부가 검은 것으로 보아 동쪽 백성 손님이다.

순간 슈미랄인가 싶었지만 그 예상은 싱겁게 빗나갔다. 손님이 모자를 뒤로 젖히고 미안해하며 고개를 숙였는데, 뒷덜미에서 하나로 묶어 길게 늘어뜨린 머리색이 은색이 아니라 밤색이었다.

"죄송합니다. 무심코 떨어뜨리고 말았습니다. 당신, 나쁘지 않습니다."

말하는 것도 슈미랄보다 유창하다.

동쪽 백성은 풍채와 용모가 서로 비슷하다. 이 손님도 갸름한 얼굴에 기름한 눈, 오뚝한 코에 얇은 입술이라는 전형적인 시무인의 얼굴인 데다 키도 훤칠하고 몸도 말랐다. 그런데 엷은 색의 머리와 더 엷은 다갈색 눈동자는 시무인 중에서도 몹시 드문 것 같았다.

그나저나 요리를 철판에 떨어뜨리다니 거의 처음 보는 실수였다.

동쪽 백성 손님은 슬픈 듯이 눈을 가늘게 뜨면서 망토 앞섶을 헤쳐 오른쪽 상반신을 드러냈다. 말랐는데도 근육질인 오른쪽 위팔에 붉은 피가 희미하게 배어난 붕대가 감겨 있었다.

"오른팔이 불편해서, 왼팔로 받아야겠다, 생각했습니다. 왼팔, 조금 서툴러서, 떨어뜨렸습니다. 철판, 더럽혀 죄송합니다."

약간 더듬거리긴 해도 슈미랄보다 서쪽 말을 능숙하게 하는 동쪽 백성은 처음 봤다.

그리고 길게 늘어뜨린 머리가 보기 드문 색깔이라 그런지, 슈미랄과 분위기가 살짝 비슷한 것처럼 느껴진다.

요컨대 내게는 호감도 높은 손님이었다.

"마음 쓰지 마세요. 어, 그럼 잠시만 기다려주세요."

땅바닥에 떨어뜨리지도 않았는데 이 『먀무구이』를 그냥 버리기에는 너무 아깝다.

그러나 가장 중요한 구운 포이탄이 철판의 기름과 국물에 섞여 원래 모양을 재현하기는 어려워 보인다. 또한 속 재료 쪽은 채 썬 티노가 흩어져 뭉그러졌다.

'좋아, 그럼 아예 철저하게 뭉개줘야겠다.'

우선 구운 포이탄에서 속 재료를 최대한 털어내 도마로 옮겼다. 그 포이탄을 주방칼로 잘게 썰어 시식용 나무 접시에 먹음직스럽게 담았다.

다음으로 철판에 남은 속 재료를 가운데로 모아 먀무와 과실주 국물을 나무 숟가락에 반만 부어 골고루 섞어준다. 양배추 같은 티노가 숨이 죽기 시작하면 이제 된 것이다.

그것도 나무 접시로 옮겨 담아 잘게 썬 포이탄과 대강 휘저어 섞는다.

"어떠세요? 보기에는 별로 깔끔해 보이진 않지만 맛은 별 차이 없을 거예요."

보기에는 중화요리의 볶음 요리처럼 생겼다. 내 기준에는 충분히 먹을 수 있게 생겼지만 글쎄 어떨까.

예상대로 손님은 기쁜 듯이 입가에 미소를 지었다. 감정 노출을 창피하게 여기는 시무인의 웃는 얼굴에 나도 모르게 심장이 두근거렸다.

"고맙습니다. 동전, 헛되이 되지 않았습니다. 대단히, 감사합니다."

동쪽 백성 손님은 다친 오른손으로 나무 접시를 약간 불안하게 받치면서 내가 건넨 나무 숟가락으로 즉석 먀무덮밥을 먹기 시작했다. 물론 밥은 들어 있지 않지만.

그 얼굴이 한결 만족스럽게 미소를 머금었다.

"무척 맛있습니다. 기바 고기, 맛있군요."

"고, 고맙습니다."

그러고 보니 애초에 시무인은 서쪽 말을 잘하지 못해 슈미랄이 아닌 동쪽 백성과 대화를 하는 것은 처음인 것 같다.

"나, 오른팔을 다쳤습니다. 일, 당분간 할 수 없습니다. 그래서, 동전, 훨씬 소중합니다. 나, 정말 감사하고 있습니다."

먀무덮밥을 게눈 감추듯이 먹어치운 뒤 손님은 그렇게 말했다.

"나, 산쥬라 합니다. 당신, 이름 괜찮습니까?"

"네. 저는 파가의 아스타라고 해요."

"파가의 아스타. 나, 부상 나을 때까지 제노스에 머뭅니다. 매일, 이 포장마차에 간식을 사러 오겠습니다."

"고맙습니다. 그렇게 말씀해주셔서 정말 기뻐요."

"나야말로, 맛있는 요리, 알게 되어 기쁩니다."

희미하게 미소 짓는 손님, 동쪽 백성 산쥬라의 모습을 루도 루는 라라 루 옆에서, 아이 파는 내 옆에서 꼼짝 않고 지켜봤다.

"이봐, 당신, 꽤 실력 있어 보이는데, 어쩌다 다치게 된 거야?"

호기심을 참지 못했는지 루도 루가 입을 열었다.

산쥬라가 이상하다는 듯 그쪽을 돌아본다.

"나, 토토스를 타고 여행을 하고 있습니다. 그 토토스, 바위밭에서 발을 헛디뎠습니다. 나, 토토스에서 떨어져, 뾰족한 바위에 오른팔을 부딪쳤습니다."

"아아, 과연. 그거라면 당신처럼 실력이 뛰어난 사람이 다친 것도 납득이 가네."

산쥬라는 더욱 이상하다는 듯이 눈을 깜빡였다.

"나, 그냥 방랑자입니다. 검사, 아닙니다."

"흐음? 그래도 당신은 제법 강하잖아."

"……여행, 위험이 따릅니다. 도적, 야수, 매우 위험합니다. 몸을 지키기 위해, 조금은 실력을 연마합니다."

산쥬라는 그렇게 말하고 수줍게 웃었다.

그러고는 빈 나무 접시를 내게 내밀었다.

"오늘, 정말 고마웠습니다. 파가의 아스타와의 만남, 아버지인 서방신 셀바에게 감사합니다."

"네? 산쥬라는 동쪽 백성 아닌가요?"

"네. 내 어머니, 동쪽 백성입니다. 그러나 나는 서쪽 왕국에서 자랐습니다. 나, 서쪽 백성입니다."

산쥬라는 서쪽과 동쪽의 혼혈이었구나.

그렇다면 왜 서쪽 말이 조금 서툰 걸까 하는 의문이 남았지만, 너무 꼬치꼬치 캐물을 수도 없는 노릇이었다. 이 세계에서 혼혈이란 적잖이 복잡한 출신임을 나타낸다.

"그럼. 내일, 또 오겠습니다."

산쥬라는 모자를 다시 쓰고 남쪽 방향으로 걸음을 옮겼다.

왠지 가슴 따뜻한 한때였구나 싶어 나는 혼자 흐뭇해했다.

그러나 그리 생각하지 않는 모습의 두 사람이 교환하는 매우 살벌한 대화가 귀에 들어왔다.

"으음, 마을에도 저런 실력자가 있구나. ……이봐, 아이 파. 너라면 녀석한테 이길 수 있다고 생각해?"

"조건이 비슷하면 지지 않아. 하나 한순간의 방심도 허락하지 않는 승부가 되겠지."

물론 아이 파와 루도 루였다.

아이 파의 쌀쌀맞은 대답에 루도 루는 "체엣!" 하고 못마땅해했다.

"아이 파는 그런데도 이길 수 있다고 딱 잘라 말하네? 나는 잘 모르겠어…… 이래저래 이길 수 있을 것 같기도 한데……."

"글쎄. 실력은 너와 비슷해 보이는 남자였다."

"뭐야, 그럼 나보다 아이 파가 더 강하다는 거잖아!"

"그럼 아닌 줄 알았나?"

살벌한 정도가 더 심해졌다.

지난번처럼 험악하게 대치할 낌새가 느껴져 나는 "자자, 진정들 해" 하고 물을 끼얹었다.

"그 사람은 그냥 손님이니 괜히 이상한 생각은 하지 말아줘. 실력이 좋을지는 몰라도 온화하고 상냥한 사람이었잖아."

"흥. 고작 그 정도 대화로 적인지 아군인지 어떻게 안다는 거지? 너야말로 사람을 너무 쉽게 믿는군."

"그건 아이 파 말이 맞아. 만약 그런 놈들이 마을에 우글거리면 호위역 두 명으로는 부족하다고."

그렇게 말한 뒤 루도 루는 황갈색 머리를 마구 헝클었다.

"뭐, 그런 놈들이 마을에 우글거리지 않다는 건 마을을 조금만 돌아다니면 알 수 있지만. 그런데 그 카뮤아 요슈라는 아저씨도 그렇고, 눈이 회색인 귀족 놈도 그렇고, 마을 사람도 너무 쉽게만 보면 안 되겠어."

그러고 보니 아이 파와 루도 루는 루가의 투기회(鬪技會)에서 여덟 명의 용자로 뽑힐 만큼 실력자다. 그 실력이 실전에서 얼마나 반영될지는 모르지만 그런 두 사람에게 높이 평가받은 아까 그 산쥬라는 손님도 실력이 이만저만한 게 아니라는 뜻이리라.

　'……그나저나 험한 일에 관여할 만한 사람처럼 보이지는 않았는데.'

　그런 생각을 하고 있는데 마치 꿰다놓은 보릿자루가 된 탈라가 "탈라도 슬슬 돌아가야겠다!" 하고 호들갑을 떨었다.

　"음, 그럼 먀무 하나랑 기바버거 세 개 줘!"

　"네 개나 먹어? 이야, 대단한데?"

　"아니야! 포목점이랑 냄비 가게 아저씨한테 줄 거야!"

　탈라가 뾰루퉁해하자 루도 루가 깔깔거리며 웃는다.

　그리하여 겨우 밝은 분위기로 돌아와 한 번 어깨를 으쓱한 아이 파가 뒤쪽 위치로 가려던 참에 새로운 손님이 찾아왔다. 옅고 진한 갈색이 섞인 머리칼을 지닌 소녀 디알과 그의 수행원 라비스였다.

　그 모습을 보고 아이 파가 걸음을 딱 멈추었다.

　"어, 어서 오세요. 오늘은 이쪽 요리를 먹으려고?"

　"응! 하루씩 번갈아가며 먹기로 결심했거든. 그래서 오늘은 이쪽!"

　디알이 생글생글 웃는다. 그 모습을 아이 파가 내 어깨 너머로

주시하고 있는 것이 기적으로 느껴진다.

실은 어젯밤 슈미랄이 파가를 떠난 뒤 나는 이 소녀의 존재를 아이 파에게 털어놓았다. 사이크레우스의 저택에 초대된 상단의 일원이라는 사실을 알려야 한다고 생각했고, 게다가 아이 파가 호위역으로 역참 마을에 내려오면 얼굴을 마주칠 가능성도 있다. 그렇다면 괜한 오해와 엇갈림이 생기기 전에 내 입으로 모조리 실토하는 게 낫겠다 싶어 결심한 것이다.

그 판단이 옳았는지 아닌지, 나로서는 긴장되는 장면이었다.

"음…… 오늘은 사람이 많네?"

디알이 수상하다는 듯 이리저리 훑어본다.

그 아름다운 초록빛 눈동자가 아이 파의 모습을 포착한 순간, 그 눈동자에 반항심의 불꽃이 활활 타올랐다.

"사람 많은 거야 상관없는데, 거기 당신은 왜 나를 그런 눈으로 쏘아보는 건데? 내가 당신한테 뭐 했어?"

"……내게는 아무 짓도 하지 않았지만 내 가족에게는 손을 올렸다더군, 남쪽 백성 처녀여."

아이 파가 나직하게 말하며 내 옆으로 걸어 나왔다.

마침내 식은땀이 절로 흐르는 상황이 펼쳐진다.

"혹 아스타에게 손을 올린 사람이 자네가 아니란 말인가? 이 역참 마을에서 남쪽 백성 처녀를 보는 게 워낙 드문 일이라 그렇게 판단했는데."

"뭐? 내가 아스타를 후려갈긴 거? 그게 당신이랑 무슨 상관

173

인데?"

"상관있다. 아스타가 내 집의 가족이니."

곁눈질로 확인해보니 아이 파는 딱히 분노의 감정을 드러내지도 않았다. 다만 그 얼굴은 어마어마하게 심기가 불편해 보이며 파란 눈동자에도 온화하지 못한 빛이 번뜩인다.

"물론 아스타에게도 잘못이 있다는 것은 인정할 수밖에 없다. 하나 상처가 생길 정도의 폭력이 옳은 것 같지는 않군. 앞으로는 행동을 조심해주길 바란다."

"가족——가족이라니 무슨 말이야?! 혹시 두 사람 부부야?!"

"아, 아니, 부부는 아닌데. 한 집에 사는 식구야. 혈연관계는 없어도 소중한 가족이지."

내 대답에 디알은 한층 짜증스러운 표정을 지었다.

"부부도 아닌 가족은 또 뭔데? 이 여자가 아스타를 키운다는 거야? 서쪽 왕국에서는 북쪽 백성 외에 노예를 소유하는 건 금지 아닌가?"

"노, 노예도 반려견도 아니야. 음, 어떻게 설명해야 하나……."

"설명 따위 필요 없다. 아무튼 자네는 뒷손가락질 받지 않게 행동을 조심하라, 남쪽 백성 처녀여."

"어휴, 시끄러. 당신 따위한테 아스타와 있었던 일에 대해 이러쿵저러쿵 듣기 싫거든! 나는 분명히 아스타한테 사과했고, 아스타도 날 용서해줬어! 당사자도 아니면서 왜 참견질이야?"

"그러니까, 앞으로 행동을 조심하면 죄를 묻지 않겠다고 말하는 거다. 말귀를 못 알아먹는 처녀로군."

왠지 대혼전이 빚어졌다.

게다가 아이 파가 마을 사람과 입씨름을 하다니 처음 있는 일이다. 내가 몸을 던져서라도 사태를 수습해야 하지만── 거참, 어쩌다 이렇게 되었는지.

"자자, 우선 진정들 하자! ……저기, 디알, 내가 너한테 무례하게 굴면 설령 너랑 내가 화해를 했다 해도 네 가족이 따끔하게 한마디쯤 하고 싶어 하지 않을까? 아이 파가 화내는 건 그런 심정 때문이니 부디 이해해줬으면 좋겠어."

"어, 그래도……."

"그리고 아이 파. 날 걱정해주는 건 고마운데, 지난번 일은 이미 끝났다고 설명했잖아. 우리는 서로의 무례를 사과하고 반성하고 있으니 앞으로는 괜찮을 거야."

"한데……."

매우 불만스러운 표정을 지으면서도 두 사람은 입을 다물어주었다.

그러나 그 침묵은 5초도 가지 않았다.

"하기야 손을 올린 내 잘못이긴 한데! 애초에 아스타가 무례하게 말한 게 잘못이잖아! 그런 아스타한테 설교 들을 이유는 없어!"

"그래. 소란의 계기를 만든 건 너 자신이지 않나. 너야말로 누구보다 반성이 필요하군."

그리고 아이 파는 내 귓가에 대고 덧붙였다.

"……도대체 저 여자의 어디가 남자로 보인다는 거지? 옷을 남자처럼 입었을 뿐 어딜 봐도 연약한 처녀이지 않나."

그러고는 포장마차 뒤에서 발길질을 해댔다.

"남자로 잘못 봤다고 하기에 어지간히 우락부락하게 생긴 여자구나 싶었건만── 아스타여, 네 눈알은 뭣 때문에 두 개나 박혀 있지?"

"너무하네. 말이 좀 심한 거 아냐?"

나도 속삭이며 반론하자 아이 파는 "흥!" 하고 고개를 홱 돌렸다.

문득 고개를 드니 라라 루가 카뮤아 요슈처럼 빙그레 웃으면서 이 광경을 관찰하고 있었다.

"그, 그럼 한 개만 주문하는 거지? 금방 만들어줄 테니 조금만 기다려!"

나는 정신을 차리고 『먀무구이』를 만들기 시작했다.

그사이 루도 루는 줄곧 디알의 뒤에 서 있는 라비스의 모습을 주시하고 있었다. 라비스도 루도 루를 주시했다.

어쩌면 이 청년은 사냥꾼의 복장으로 칼과 손도끼를 차고 있는 루도 루와 아이 파를 경계하는지도 모른다. 그러나 루도 루는 긴장한 기색 없이 그저 자신을 향한 불온한 눈초리에 대처할 뿐이라는 분위기였다.

"오오, 아스타, 아직 포장마차에 남아 있었군!"

그때 건축상 무리가 우르르 나타났다.

맨 앞에 선 알다스가 여느 때처럼 쾌활하게 웃었다.

"어서 오세요! 요즘 많이 바쁘신가 봐요?"

"응, 작업 기일이 내일이거든. 하루라도 연장되면 우리가 손해라 정신을 바짝 차려야 하지."

알다스는 웃는 얼굴로 굵은 눈썹을 축 늘어뜨렸다.

"뭐, 아스타의 요리를 먹을 수 있다면 언제까지고 제노스에 남고 싶긴 한데. 여관과 토토스 목장에 지불할 돈을 생각하면 그런 말은 입에도 못 담고…… 아아, 정말 유감이군! 급한 일이 들어오지 않는 한 제노스는 1년에 한 번밖에 올 기회가 없으니 말이야."

"했던 말을 하고 또 하고 언제까지 그럴 작정인가? 아내와 자식이 고향에서 목 빠지게 기다리는데."

시무룩한 얼굴의 반장이 밑에서 알다스의 배를 쿡 찔렀다.

그러고는 나를 향해 돌아선다.

"……아스타여, 육포는 얼마나 남아 있나?"

"네? 육포요? 어디 보자, 오늘은 이것밖에 없는데요."

육포는 하루에 2킬로그램 정도만 준비해놓는다.

가죽 자루의 속을 보여주자 반장은 "모자란데" 하고 중얼거렸다.

"이걸 누구 코에 붙여? 내일까지 열 배는 더 필요한데."

"여, 열 배요? 그 많은 육포를 어디다 쓰시게요?"

"당연히 고향으로 돌아가는 길에 먹어야지! 여덟 명에서 반달은 넘게 가야 하니 이것의 열 배는 더 필요한데."

반장은 그렇게 말하고 내 얼굴을 힐끗 쏘아봤다.

"준비할 수 있겠나? 안 되면 카론 육포를 사야 하는데."

"가, 가능할 겁니다. 숲가로 돌아가서 확인하지 않는 이상 확답은 못 드리지만요."

그러나 거액의 주문이 들어올 것에 대비해 이웃 씨족 사람들에게 미리 양해를 구해두었다. 그렇지 않아도 루티무와 레이에서는 신선육과 육포가 남아돌 지경이라고 한다. 기루루라는 기동력을 얻은 지금이라면 숲가의 마을을 돌면서 육포를 20킬로그램쯤 모으는 것은 어렵지 않다.

"그런데 반장님은 기바 고기의 풍미를 별로 안 좋아하시잖아요. 육포는 짠맛과 향초 냄새가 강하긴 해도 기바 고기 풍미가 제법 남아 있거든요……."

"내가 그런 것도 모를까 봐? 모처럼 돈 되는 이야기를 망칠 작정이냐?"

반장은 언짢다는 듯 말하더니 텁수룩한 머리를 긁적였다.

"……매일 이것만 먹었더니 기바 풍미도 익숙해졌다. 어차피 카론 육포와 같은 값이면 기바 육포도 상관없다고 생각했을 뿐이야."

"그래, 아스타의 요리를 못 먹으니 하다못해 기바 육포라도 씹어야 마음을 달랠 수 있지."

"그런 허튼 생각이나 하는 건 자네 하나라고!"

알다스의 농담에 고함으로 대구한 뒤 반장은 또 머리를 쥐어

뜯었다.

"어쨌든 최대한 준비해줘. 모자라면 카론을 살 테니. ……내일은 해가 중천을 지났을 무렵에 올지도 모르니, 가게 보는 처녀들한테 단단히 일러두기나 해."

"아, 내일은 낮 시간 지나서 오신다고요?"

그렇다면 나와는 지금이 이별의 순간이 될지도 모른다.

나는 머릿수건을 벗고 건축상 아저씨들에게 머리 숙여 인사했다.

"그럼 오랫동안 저희 가게를 이용해주셔서──."

"그만두지 못해! 평생 못 보는 것도 아닌데!"

그 순간 반장이 소리를 질러대며 적동화 두 닢을 포장마차 상판에 탁 내려놨다.

"우리는 최소한 1년에 한 번은 이곳 제노스에 온단 말이다! 그때마다 그 복장 터지는 인사를 할 작정이냐? 제노스에는 매일 수십 수백 명에 달하는 남쪽 백성이 들락날락하는데 웬 유난이냐?"

"네. 그렇지만 이렇게 문턱이 닳도록 찾아주시는 여러분의 존재가 저한테 엄청난 격려가 되었어요. 정말── 진심으로 감사합니다."

반장이 뭔가 말하려 했지만 이내 고개를 돌리고 말을 잇지 못했다.

뒤에서 기다리고 있던 동료가 유쾌하게 웃는다.

"파란 달이 끝나도 우리는 이 포장마차를 찾아올 거다! 반장 몫까지 기바 고기를 실컷 먹어줄 테니 걱정 말라고!"

"시끄럽다! 모가지를 확 날려줄까 보다?!"

"그러면 내일 안으로 일을 못 마치는데? 이제 그만 우리도 점심 좀 먹게 해줘."

이들 중에는 현지에서 고용한 목수도 섞여 있는 모양이다. 그러고 보니 아까 반장은 여덟 명이서 고향으로 돌아간다고 했지만, 건축상 무리는 총 열 명쯤 될 터였다.

'그럼 이 사람들도 혼혈이라 제노스에 정착해 사나? 아니면 남쪽 백성인데도 제노스에 자리 잡고 살며 일당을 버는 건가?'

나는 그런 것조차 알지 못했다.

하지만 이 사람들이 모두 소중한 손님이라는 사실에는 변함이 없다.

"흐음, 당신은 곧 네르위아로 돌아가는구나?"

옆으로 물러나 있던 디알이 흥미로워하며 끼어들었다.

언짢은 듯이 입을 꾹 다물고 있던 반장이 눈살을 찌푸리며 그쪽을 봤다.

"아아, 제랜드의 딸내미로군. 뭐야, 결국 자네도 기바 요리를 먹고 있잖아."

"응! 먹어봤더니 무지하게 맛있더라! ……누린내 나니, 질기니 하고 트집 잡은 게 창피할 만큼."

"흥. 그래 봤자 내가 당한 창피가 더 크다."

그렇게 말하며 반장은 다시 내 얼굴을 쏘아봤다.

그 얼굴은 변함없이 언짢아 보이긴 해도 녹색 눈동자에는 매우 부드러운 빛이 떠올라 있다.

"아스타여, 우리는 내년에 또 찾아올 거다. 비난의 눈초리가 거세겠지만 잘 견디라. 다시 왔을 때 가게를 접기라도 하면 숲가의 마을까지 쫓아가서 닦달을 할 테다!"

"네. 내년에 또 제 요리를 드셔주신다면 정말 기쁠 거예요."

주책맞게도 눈물이 나올 것만 같았다.

1년 후—— 나는 이 사람들과 재회할 수 있는 운명일까?

알 수 없지만 신이 아닌 나로서는 최선을 다하는 수밖에 없다.

그러고 있는 사이 해가 머리 위로 높이 솟구쳤다. 이제 제노스 어딘가에서 성 사람들과 숲가의 족장들이 회담을 시작할 무렵이다.

2

오늘 회담도 그럭저럭 무사히 마쳤습니다—— 하고 가즈란 루티무가 알려주었다.

숲가의 참석자는 여섯 명이었다. 세 족장인 돈다 루, 다리 사우티, 그라프 자자와 가즈란 루티무, 포우의 가장, 베임의 가장을 포함한 면면이었다. 족장과 동행할 예정이었던 사우티와 자자의 남자들 대신 작은 씨족의 대표자가 간 것이다.

원래 이쪽 인원을 여섯 명으로 통보했고, 저쪽에서는 족장 외에 누가 오든 관심이 없어 보여 인원을 이렇게 구성하게 되었다.

장소는 지난번과 마찬가지로 사이크레우스의 개인 저택이었다.

다만 성 밑 마을은 아니었다. 돌담에 둘러싸인 성 밑 마을의 북쪽에는 광대한 과수원과 그 과수원을 에워싸듯 가옥이 들어선 구역이 있다. 성 밑 마을 남쪽에서 장사를 하는 우리에게는 그야말로 낯선 그곳이 사이크레우스가 지배하는 영토, 투란 백작령이었던 것이다.

그 투란 백작령 한쪽에 유난히 거대한 사이크레우스의 저택이 세워져 있다. 사이크레우스는 숲가의 백성을 성 밑 마을로 불러들이기를 꺼려했기 때문에 슨가가 족장 집안이었던 시절부터 그 저택을 면담 장소로 이용했다고 한다.

저택은 목재보다 석재를 더 많이 사용한 제법 훌륭하고 큰 건물이었다고 한다.

숲가의 족장들은 그 건물의 큰 거실에서 약속보다 이른 시간부터 사이크레우스 일행이 도착하기를 기다렸다.

약속 시간은 해가 중천에 솟았을 때.

그때가 되기 직전에 카뮤아 요슈와 멜프리드가 먼저 나타났다.

두 사람뿐이었다. 저택 밖에 수행 병사들이 대기하고 있을지도 모르지만, 큰 거실에는 그 두 사람만 모습을 드러냈다.

카뮤아 요슈는 여느 때처럼 망토를 걸쳤고 멜프리드도 흰 가죽 갑옷의 무사 복장을 하고 있었다. 저택 입구에서 칼을 압수당한 숲가의 백성과 달리 그들은 칼을 허리에 찬 상태였다.

시간은 느릿느릿 흘러 성 쪽에서 해가 중천에 떴음을 알리는 종소리가 희미하게 들렸다. 그때 안쪽 문이 열리고 사이크레우스가 스무 명에 가까운 위병을 거느리고 큰 거실에 모습을 드러냈다고 가즈란 루티무가 설명해주었다.

◇

"흥…… 내가 여러분들을 기다리게 했나보군……."

그렇게 말하고 사이크레우스는 가죽을 씌운 큰 의자에 앉았습니다.

우리는 실내 중앙에 서 있었습니다. 사이크레우스와 함께 나타난 위병들은 자기 키만한 창을 들고 있었는데, 그중 절반이 그의 양옆과 뒤쪽 벽을 따라 죽 늘어섰습니다.

나머지 절반인 열 명이나 되는 위병을 양옆에 거느린 모양새로 사이크레우스는 우선 멜프리드를 향해 시선을 옮기더군요.

"참 별나기도 하지, 멜프리드 님…… 이런 사소한 일에 관여해봤자 귀하에게는 아무런 이익도 없을 텐데……."

노골적으로 멜프리드의 동석을 반기지 않는 모습이었습니다.

"나는 언젠가 제노스를 다스려야 하는 몸이다. 따라서 제노스의 안녕이 걸린 이번 일을 사소히 여기지 않는 것이 도리일 터, 투란 백작 사이크레우스여."

멜프리드는 그렇게 대답했습니다.

그를 대면한 것은 처음입니다만, 참으로 걸물처럼 보이더군요.

실내에서는 투구를 벗고 있어 그의 얼굴을 확인할 수 있었습니다. 나이는 나보다 조금 많아 보이고, 엷은 갈색 머리에 이목구비가 뚜렷하고 수려한 얼굴은 확실히 귀티가 넘쳐 그야말로 귀족답더군요.

그러나 그 잿빛 눈은—— 아스타 일행의 말대로 달빛처럼 차갑고 맑게 번뜩였습니다.

전사로서의 역량도 굉장할 것으로 생각됩니다.

아니, 나는 아이 파와 루도 루만큼 사람 보는 눈을 갖추고 있지 않아 확실한 것은 모릅니다. 다만 상당한 실력자라는 것이 느껴졌습니다.

아무튼 다시 사이크레우스에 대해 이야기하지요.

그는 멜프리드의 말을 듣자마자 히죽히죽 웃어댔습니다.

그는 내내 그렇게 웃었습니다.

필시 웃음으로써 자신의 감정을 감추려는 것이겠지요.

"제노스 후작 마르스타인의 장남인 귀하가 누추한 헝겊 쪼가리로 얼굴을 감추고 마을 사람으로 변장하다니, 별나기 그지없다고밖에 말할 수가 없군……. 그리고 그것은 근위병단 단장으로서의 재량을 벗어난 행위가 아닌가, 멜프리드 님이여……?"

"듣기 거북한 말이긴 하나, 나는 내 일을 내팽개치고서 그 일을 한 것이 아니다. 여가 시간을 어떻게 쓰든 내 자유가 아니겠는가, 투란 백작 사이크레우스여. ……그보다 이 자리는 숲가의 족장들과 대화를 하기 위한 자리일 터. 우선 귀하의 일부터 다

하는 것이 어떤가?"

사이크레우스는 얼굴을 한층 일그러뜨리며 웃고는 우리 쪽으로 몸을 틀었습니다.

기분 나쁜 남자입니다.

몇 번 얼굴을 마주하든 역시 그 인상에는 변함이 없습니다.

참으로 고급스러운 옷차림을 하고 있더군요. 얇고 촉감이 부드러워 보이는 새하얀 옷인데, 머리끝에서 발끝까지 한 장짜리 천으로 되어 있고 목과 손발만 밖으로 나와 있습니다. 잘 설명하기 힘들지만 목과 팔에는 금속과 돌 장신구를 두르고 있는 것이 꼭 여자의 연회복처럼 화려해 보였습니다.

그러고 보니 몸집도 여자처럼 작고 말랐습니다. 머리가 유난히 커서 적잖이 불균형해 보이는 것이 여자라기보다는 어린아이 같은 체격이라고 하는 편이 적절할 것 같군요.

피부색은 묘하게 검푸르고 눈알은 늘 충혈되어 있어 건강하지 않은 인상을 받았습니다.

그라프 자자는 그를 '노인'이라고 불렀습니다만, 나이는 그리 많지 않을지도 모릅니다. 다만 병자처럼 바싹 마르고 건강하지 않은 피부색 때문에 몹시 늙어 보였습니다.

그런데── 까칠하고 쭈글쭈글한 얼굴 중에서도 색이 엷은 눈만큼은 형형히 빛나더군요.

나는 그 눈이 몹시 부담스러웠습니다.

솔직히 말하면 강한 혐오감을 불러일으키는 눈이었습니다.

이유는 모릅니다.

족장들은 "줄로 슨을 쏙 빼닮은 탐욕스러운 눈초리다"라고 말하더군요.

나도 동감합니다. 다만 이유가 그것만은 아닐 거라는 생각이 들었습니다.

내 가슴에 오간 것은 말이 통하지 않는 짐승과 마주한 듯 기묘한 답답함—— 그런 기분이었을지도 모릅니다.

어쨌든 우리가 사이크레우스라는 인물을 꺼려하는 것은 그의 횡포한 말투보다는 눈초리야말로 원인이 아닌가 싶습니다.

"그럼 말씀에 힘입어 성가신 일부터 해치워야겠군…… 숲가의 족장이여, 대죄를 범한 슨가 사람들을 어떻게 조처하기로 했는가……?"

"우리 결론은 변함이 없다. 그 이상의 벌이 필요한 것은 일족을 잘못된 방향으로 인도한 줄로 슨뿐이라 생각한다."

다리 사우티가 대답했습니다.

돈다 루와 그라프 자자는 분노와 혐오의 감정이 앞서기 때문에 이날은 다리 사우티와 내가 중심이 되어 대화를 하기로 했습니다.

사이크레우스는 언짢다는 듯이 웃었습니다.

"원래 약정보다 긴 시간을 주었는데도 결국 고집을 꺾지 않았다는 말인가…… 이러면 말미를 준 보람도 없군…….."

"그렇지 않다. 우리는 며칠을 내리 생각하고 수없이 의논하여 더 굳센 마음으로 오늘에 임한 것이다. 우리가 낸 결론이 옳지 않다고 한다면 더 옳은 말로 우리를 이끌어주었으면 한다."

다리 사우티는 냉정했습니다.

사이크레우스는 웃더군요.

"내 생각은 지난번 말했다시피 죄에는 벌을 내려야 한다는 그 한마디뿐이네…… 죄를 범하도록 명령한 자와 명령을 받은 자, 그 죄의 무게가 다르다는 것은 자명하나 그것은 제노스 성의 법무관만이 판단할 수 있네……."

"지난번에도 똑같은 말을 들었다. 그러나 숲가의 마을의 죄인에 대해서는 숲가의 백성이 직접 심판할 권리가 주어진 것 아니었나? 본래 우리가 숲가의 죄인을 어떻게 다스리든 성 사람이 이의를 제의해서는 안 될 터."

"그건 그대들이 정한 숲가의 규율이 제노스의 법보다 엄격했기 때문이네…… 만약 그대들이 규율에 따라 모든 죄인의 머리 가죽을 벗겼다면 우리가 참견할 여지도 없었을 것 아닌가……?"

사이크레우스는 끈적하게 달라붙는 말투로 그렇게 말했습니다.

"숲가의 백성에게는 스스로를 통제하는 힘이 있음을 인정해 동포를 심판하고 벌하는 권한을 주었네…… 그렇기 때문에 제노스 법보다 가벼운 벌로 동포의 죄를 사하겠다는 그대들의 주장을 그냥 넘어가줄 수가 없군……."

"왜지? 심판이란 죄의 무게를 재는 행위가 아닌가? 그래서 우리는 슨가 사람들의 죄를 심판하고 한 명 한 명에게 나아갈 길을 제시했다."

"그 심판이 미흡했기 때문에 벌을 면한 죄인 놈들이 숲가에서 탈출해 새로운 죄를 더하지 않았던가……?"

당연히 자츠 슨과 테이 슨을 가리켜 하는 말입니다.

"죄인에게 마땅한 응보를 내려야만 제노스의 치안을 유지할 수가 있네…… 바로 이번 일로 증명되지 않았는가……? 숲가의 백성답지 않은 유약함으로 죄인을 처단할 각오를 다지지 못하겠다면 더 많은 실수를 거듭하기 전에 모든 것을 우리 손에 맡기는 것이 좋겠군……."

나는 이때 끼어들기로 마음먹었습니다.

그라프 자자의 옆얼굴에서 격한 노기를 느꼈기 때문입니다.

"저도 의견을 말씀드리고 싶군요. ……죄인을 처단할 각오라 하셨습니다만, 분별없이 죄인의 생명을 빼앗는 것이 과연 옳은 각오일까요? 우리는 슨가의 행위를 조사하고 자츠 슨과 줄로 슨에게는 죽음의 벌을, 다른 사람들에게는 바르게 살 수 있는 길을 주어야 한다고 판단했습니다."

"흥…… 숲가의 규율은 절대적이라는 것이 숲가의 백성의 불문율 아니었던가……? 그 규율을 어기고 죄인을 사하다니, 숲가의 백성답지 않은 유약함에 의문이 생기는군……."

"물론 규율은 중히 여겨야 합니다. 하지만 가령 억지로 입을 벌려 숲의 은혜를 먹은 사람이 있을 경우, 그자의 머리 가죽을 당장 벗겨야 한다고 생각하십니까? 저희는 그렇게 생각하지 않았다는 겁니다."

사이크레우스는 입가를 일그러뜨려 우리 모습을 차례로 둘러 봤습니다.

"지난번 회담 때도 든 생각인데, 그대의 혀끝은 누구보다 가볍게 잘 돌아가는군, 숲가의 젊은 사냥꾼이여…… 차라리 그대 같은 인물이 족장으로서 백성을 이끄는 편이 숲가의 백성의 미래도 밝지 않겠나……?"

사이크레우스는 항상 이런 말로 족장들의 분노를 부추깁니다.

그라프 자자가 노성을 지르기 전에 나는 대답했습니다.

"당치도 않습니다. 저는 족장들의 말을 대변할 뿐입니다. 당신이 제노스의 영주 마르스타인의 말을 대변하는 것과 같습니다."

사이크레우스가 잠시 입을 꾹 다물더군요.

그러나 그 얼굴은 여전히 히죽거렸습니다.

"물론 자츠 슨 일행의 도망을 허락한 것은 확실히 우리 실수입니다. 그 결과 역참 마을 사람들의 안녕을 위협하게 되었습니다. 당신 말대로 자츠 슨과 줄로 슨 두 사람만큼은 기다릴 것 없이 당장 처단했다면 지난번 재액을 미연에 방지할 수 있었을 겁니다."

같은 말을 반복해봤자 결말이 나지 않으므로 나는 그렇게 말해봤습니다.

"하지만 그 덕분에 우리는 많은 진실을 알 수 있었습니다. 사이크레우스여, 당신은 그 일에 대해 어떻게 생각하십니까?"

"그 일이라니, 뭘 말하는 건가……?"

"물론 자츠 슨과 테이 슨이 상단으로 변장한 무리를 습격한 일과, 그들이 10년도 훨씬 전부터 그런 악행을 저질러왔다고 자백한 일 말입니다."

사이크레우스는 입술을 치켜올리고 웃었습니다.

징그러운 미소였지요.

"어처구니가 없군…… 어차피 죽음에 직면한 죄인 놈들의 헛소리가 아닌가……? 그런 헛소리를 경솔하게 진실이라고 인정할 수야 없지……."

"네. 과거의 죄와 관련해서는 여전히 아무런 증거도 없습니다. 그런데 그들이 상단으로 변장한 무리를 습격한 일과, 마침 10년 전에도 똑같은 사건이 발생한 것은 틀림없는 사실입니다. ……그리고 원래 역참 마을에도 그 범인은 숲가의 백성이었다는 풍문이 돌았다고 하더군요."

"풍문은 풍문일 뿐…… 진실이 아니다……."

"그렇습니까? 10년 전 사건에는 숲가의 백성이 범인이라는 증거도 있다고 들었습니다만."

사이크레우스는 또 잠시 입을 꾹 다물었습니다.

10년 전에 습격받은 상단 일원이 숲가 사냥꾼의 목걸이를 쥔 상태로 죽어 있었지요. 그 사실을 우리가 알아낸 것이 예상 밖이었나 봅니다.

우리에게 그 이야기를 한 카뮤아 요슈와 멜프리드는 말없이 그 문답을 듣고 있었습니다.

"그 밖에도 숲가의 백성이 수많은 죄를 범했는데도 결코 심판을 받은 적이 없다고 하더군요. 그 모든 것도 진실에 뿌리를 내리지 않은 풍문입니까?"

"풍문이네…… 그런 풍문에 현혹되다니, 정말이지 숲가의 백성답지 않군……."

잠시 뜸을 들이고 사이크레우스는 그렇게 말했습니다.

"수많은 죄가 뭘 가리키는지는 몰라도 10년 전에 상단이 습격당한 일이라면 물론 나도 잘 알고 있지…… 그런데 그 흉악한 사건의 범인들은 벌써 처단되었네, 숲가의 젊은 사냥꾼이여……."

"과연. 그렇습니까."

그 일은 사전에 카뮤아 요슈에게 들었기 때문에 나도 놀라지 않을 수 있었지요.

그런 내 모습을 지켜보며 사이크레우스가 눈빛을 조금 강하게 하더군요.

"그 사건의 범인은 제노스 부근을 근거지로 삼고 있던 《붉은 수염당》이라는 도적 집단이었네…… 그 도적놈들은 한 명도 남김없이 잡아들여 처단했지…… 그 진실에 의심을 품을 여지는 없을 텐데, 숲가의 젊은 사냥꾼이여……."

"도적 집단이라. 그럼 습격당한 상인이 쥐고 있던 사냥꾼의 목걸이는 대체 뭐였습니까?"

"그런 사소한 건 내 알 바 아니네…… 그런데 기바의 뿔과 엄니라면 서쪽 왕국에도 얼마든지 유통되고 있지…… 다름 아닌 그대들이 동전을 얻기 위해 팔아넘기지 않았나……?"

제노스에서는 일절 취급하지 않지만, 우리가 동전과 교환한 기바의 뿔과 엄니가 장신구 재료로 여러 마을에서 팔리고 있다고 하더군요.

따라서 그 엄니와 뿔을 사거나 빼앗으면 누구든 사냥꾼의 목걸이를 만들 수 있다는 겁니다.

"그 상단은 모르가 숲을 빠져나가 가도로 나가려 했네…… 그리하여 도적단 《붉은 수염당》이 그 죄를 숲가의 백성에게 덮어씌우려 획책했을지도 모르지…… 참으로 얄팍한 책략이 아닐 수 없지만 그런 망언에 속아 넘어가는 자 또한 제 우매함을 부끄러이 여겨야 할 터……."

"흐음. 하지만 그것으로 역참 마을 사람들을 납득시키기에는 역부족 아니겠습니까?"

그때 처음으로 카뮤아 요슈가 입을 열었습니다.

사이크레우스가 탁한 눈초리로 그를 노려보더군요.

"《붉은 수염당》으로 말할 것 같으면, 사람을 죽이는 행위를 금기시하고 귀족에게 빼앗은 동전을 가난한 사람에게 나눠주고 다닌다는, 이른바 의적으로 유명한 무리이지 않습니까. 10년 전이면 저는 아직 신출내기 《수호자》에 불과했지만, 그들의 용맹은 인근 마을에까지 떨쳐졌단 말입니다. 그런 《붉은 수염당》이 상단원을 몰살하고 죄를 남에게 뒤집어씌우려 했다니, 당시 사람들로서는 좀처럼 믿기가 어려웠을 테지요."

"……의적이라는 말은 속임수야…… 그래 봤자 무법자 집단이
지……."

"노려지는 대상인 귀족 입장에서야 그렇겠지만 시정 사람들은
그리 생각하지 않았지요. 이제 와서 생각하면 서민이 영웅시하
던《붉은 수염당》이 숲가의 백성을 대신해 처단된 탓에 당시 사
람들은 숲가의 백성을 더욱 꺼리게 된 걸지도 모릅니다."

카뮤아 요슈는 평소와 다름없이 의뭉스럽게 웃고 있었습니다.

사이크레우스도 여전히 웃는 얼굴이었지만 그 핏발 선 눈에서
못마땅한 기색이 비치는 듯했습니다.

"그대는 멜프리드 님의 시종이 아닌가……? 시종이라면 분수
를 알아야 할 터……."

"오늘 저는 과묵한 친구의 대변인이기도 하거든요. 제 말이
멜프리드의 뜻에 어긋날 경우 지체 없이 지적해줄 테니 걱정하
실 것 없습니다."

사이크레우스는 멜프리드 쪽으로 시선을 옮겼습니다.

멜프리드는 말이 없습니다.

"그럼 다시 아까 이야기로 돌아가면, 숲가의 젊은 사냥꾼 가
즈란 루티무가 말한 대로 역참 마을에는 숲가의 백성이 온갖 죄
를 범해왔다는 풍문이 돌고 있습니다. 마을 처녀를 납치하고 농
작물을 약탈한 것도 모자라 여행객을 습격했다는 풍문입니다.
기이하게도 그 모든 일이《붉은 수염당》을 필두로 하는 도적이

저지른 죄로 여겨져 그들이 처단되었지요. 그래서 당시 역참 마을에서는 《붉은 수염당》 당원이 처단될 때마다 또 숲가의 백성이 죄를 범했구나 하는 풍문이 도는, 본말전도의 사태까지 발생했다고 하더군요."

"…………."

"다만 그런 소동도 지난 10년간 거의 가라앉았습니다. 10년 전 《붉은 수염당》의 당수가 처단되어서인지 혹은 슨가의 선대 가장 자츠 슨이 병에 걸려 쓰러져서인지 그 진상은 전부 어둠 속에 있지요."

이쯤부터 사이크레우스의 표정이 변하더군요.

여전히 웃고 있기는 하나── 뭐랄까, 내 눈에는 썩은 고기를 먹는 문토가 웃고 있는 것처럼 보였습니다.

문토가 웃는 장면을 본 적도 없는데 말입니다.

"그래서…… 그대가 하고 싶은 말이 도대체 뭔가, 북쪽 백성처럼 차려입은 검사여……?"

"짐작하신 대로 저는 북쪽과의 혼혈입니다. 섬기는 신은 서방 신이지만요. ……뭐, 그런 사소한 건 차치하고. 숲가의 백성에게는 그런 불명예스러운 혐의가 걸려 있었습니다. 그 어떤 악독한 짓을 저질러도 숲가의 백성에게는 죄를 묻지 않을 뿐더러 그 죄는 무고한 사람의 생명으로 죗값이 치러졌습니다. 뭐, 지난 10년간 《붉은 수염당》의 이름은 잊혔지만 그 풍문은 뿌리 깊게 남아 있었지요. 지난번 자츠 슨과 테이 슨이 죄를 자백하기 전까지 말입니다."

"…………."

"애초에 《붉은 수염당》이 기바가 어슬렁거리는 모르가 숲의 한가운데를 습격 장소로 택하는 것부터가 부자연스럽습니다. 제가 같은 입장이었다면 적어도 숲에서 가도로 나온 직후를 노렸겠지요. 거기라면 기바에게 습격당할 위험도 적고, 무엇보다 숲가의 백성에게 죄를 덮어씌운다는 계략도 통했을 테니까요. 역시 당사자들이 자백한 대로 10년 전 사건의 범인은 자츠 슨 일행이었다고 보는 것이 자연스럽지 않겠습니까?"

"그걸 거론한들 무슨 소용인가…… 죄를 범한 슨가의 선대 가장 일행도, 《붉은 수염당》의 면면도 모두가 죄인으로 처단되었네…… 이제 와서 들춰봤자 아무 증거도 찾아내지 못할 터……."

사이크레우스는 색이 칙칙한 입술을 혀로 천천히 축이며 대꾸했습니다.

"그런데 증거가 무슨 필요가 있는가……? 어차피 놈들이 죄인이라는 사실에는 변함이 없네…… 《붉은 수염당》은 귀족과 거상을 습격한 악랄한 도적단이었고, 슨가의 선대 가장 일행은 모르가 숲의 은혜를 훼손한 것도 모자라 숲가의 마을에 불까지 질렀지…… 모든 죄가 심판되어 죄인 놈들은 이미 죽었다…… 그럼 모든 일이 해결된 것 아닌가……?"

"해결이라. 흐음, 그렇다면 10년 전에 상단이 습격당한 일을 전후해서 자행된 다른 대죄에 관해서는 어떻게 생각하십니까?"

카뮤아 요슈는 방긋 웃으며 그렇게 물었습니다.

그 역시 어떤 동물의 웃는 얼굴 같더군요.

"오래전 일이긴 하나 잊으신 건 아니겠지요? 제노스와 인연이 깊은 바너엄 성에서 온 사절단이 전멸된 사건과, 호민병단의 전(前) 단장이 살해된 사건 말입니다. 그 두 사건도 범인이 《붉은 수염당》이라고 판정되었지요."

"…………."

"그렇다는 건 마을에서는 그것도 숲가의 백성이 한 짓이라는 소문이 돌았다는 겁니다."

"…………."

"어쨌거나 둘 다 납득이 되지 않는 사건이었지요. 그것이 《붉은 수염당》의 소행이라면 그들은 왜 갑자기 불살의 규율을 어겼는지, 자츠 슨의 소행이라면 왜 하필 호민병단의 단장을 습격했는지 말입니다. ……상단이나 사절단이면 또 모를까, 호민병단의 단장이 돈이나 귀중품을 휴대하고 돌아다닐 리가 없지 않습니까."

"그럼 역시 《붉은 수염당》의 소행이로군…… 도적의 토벌은 호민병단의 임무이니 그 단장이면 깊은 원한을 사도 이상할 것 없네……."

"아뇨, 아니지요. 모든 죄가 《붉은 수염당》의 소행으로 간주되어 본격적인 토벌이 시작된 것은 전 단장님의 죽음으로 인해 새로운 인물이 단장으로 선임된 후의 일입니다. ……설명할 것도 없이 그 인물은 사이크레우스 경의 남동생인 시르엘 신(新) 단장 님을 지칭합니다만."

"…………."

"시르엘 신 단장님이 활약한 결과 《붉은 수염당》이 섬멸되었 습니다. 그 후 남은 것은 《붉은 수염당》에 죄를 떠넘기고 유유히 살아남은 자츠 슨 일행과, 숲가의 백성에게 더 깊은 의심을 품 게 된 마을 사람들뿐이지요."

"……그런 얼토당토않은 이야기는 처음 듣는군……."

"성 밑 마을에서는 그럴지도 모르지요. 그런데 역참 마을에서 는 이것이 진실입니다. 《붉은 수염당》의 이름이 잊힌 지금도 숲 가의 백성에 대한 거리낌과 공포감을 조장하는 결과가 되었습 니다."

그렇게 말하고 카뮤아 요슈는 어깨를 움츠렸습니다.

"무엇보다 아까 말씀드린 대로 자츠 슨 일행이 10년 전 죄를 인정함으로써 형세가 크게 바뀐 듯하지만, 그래도 역시 불가사 의한 일이긴 합니다. 《붉은 수염당》이 숲가의 백성에게 죄를 덮 어씌우려 한 것으로 간주되었지만 실제로는 《붉은 수염당》이야 말로 숲가의 백성의—— 자츠 슨의 죄를 덮어썼을 가능성이 농 후하지 않습니까. 시르엘 님은 어째서 모슨 사건을 《붉은 수염 당》의 소행으로 단정했을까요? 현장에 붉은 수염이라도 떨어져 있었던 겁니까?"

"……그런 건 시르엘 본인에게 묻도록……."

"이미 멜프리드가 물었습니다. 그러나 제 친구를 납득시킬 만한 명확한 증거는 역시 존재하지 않았다고 하더군요."

잠시 침묵이 흘렀습니다.

이윽고 사이크레우스가 입가에 엷은 웃음을 새기고 느릿느릿 말하기 시작했습니다.

"모르겠군…… 그래도 결국 모든 죄인 놈들은 심판을 받았네…… 그 죄를 범한 것이 슨가의 선대 가장이든 도적놈들이든 그게 지금 우리와 무슨 상관이란 말인가……?"

"바로 그게 문제입니다. 정말 모든 죄인이 심판되었다면 이 일을 다시 끄집어내봤자 아무 소용도 없을 테지요. 그런데 만약 흑막이라고 할 만한 대죄인이 아직 심판도 받지 않고 태평히 살고 있다면 이것이야말로 간과할 수 없는 사태가 아니겠습니까?"

카뮤아 요슈의 웃는 얼굴에 변화는 없었습니다.

멜프리드도 여전히 무표정입니다.

"애초에 숲가의 백성인 자츠 슨에게는 바깥세상에 대한 지식이 거의 없었을 겁니다. 따라서 그들이 바너엄의 사절단과 호민병단의 단장을 제노스 영토 밖에서 습격했다는 것부터가 대단히 부자연스러운 이야기입니다."

"그러니까 그건 도적놈들의 소행이라고……."

"불살의 규율을 관철하던 《붉은 수염당》이 느닷없이 신념을 버리는 것과, 자츠 슨에게 외부 협력자가 있었다고 생각하는 것 중 어느 쪽이 자연스러운 이야기로 들리십니까?"

카뮤아 요슈가 부드럽게 사이크레우스의 말을 잘랐습니다.

"내친 김에 말씀드리자면, 상단과 사절단에게 빼앗은 귀중품을 동전으로 바꾸는 데도 협력자가 반드시 필요합니다. 그 동전을 대가로 누군가가 자츠 슨에게 습격을 부추겼을 수도 있지요. 어쩌면 최대 목적은 바너엄 사절단을 섬멸하는 것이었을지도 모릅니다. 바너엄과 계속 교역을 진행하면 불이익이 생기는 사람이 제노스 성에 몇몇 존재하기 때문이지요."

"…………."

"그뿐만 아니라 그 죄를 《붉은 수염당》에 덮어씌우면 귀족에게 눈엣가시였던 도적단도 싹쓸이할 수 있는 일거양득의 기회입니다."

"……망상이 지나치다고밖에 할 수 없는 망언이군……."

"그렇습니까. 그런데 제 친구는 지금껏 한 번도 지적을 하지 않았습니다. ……뭐, 저희는 그런 추론을 토대로 상단으로 변장까지 해서 일을 벌인 겁니다. 흑막의 정체를 폭로하는 데에는 이르지 못했지만, 10년 전 사건이 자츠 슨 일행의 소행이었다는 그 한 가지는 증명해낸 것이 아니겠습니까."

해죽해죽 웃는 카뮤아 요슈 옆에서 멜프리드는 조용히 사이크레우스를 응시하고 있더군요.

다시 침묵이 흘렀습니다.

매우 불온한 낌새를 품은 침묵이었습니다.

이윽고 사이크레우스는 "마치……" 하고 기묘하게 쉰 목소리를 냈습니다.

"마치 그건 이 나야말로 그 사건의 흑막이라고 비방하는 말투로군……?"

카뮤아 요슈는 대답하지 않았습니다.

사이크레우스는 마치 어스름한 어둠에 숨은 문토처럼 옅은 색의 눈을 번뜩이더군요.

"바너엄에서는 품질이 뛰어난 마마리아와 후와노 열매를 수확할 수 있네…… 그 마을과의 교역이 진행되면 내 영토 투란의 과수원이 적잖이 손해를 입을 터…….

"…………."

"그리고 호민병단의 단장은 내 동생 시르엘이며, 나 자신은 숲가의 백성과의 조정역…… 그대가 말하는 일련의 사건인지 뭔지에 진정 흑막이 존재한다면, 나만큼 그 역에 걸맞은 사람도 없겠군……?"

"그 가능성이 가장 높다는 것은 틀림없는 사실일 터."

멜프리드가 싸늘하게 대답했습니다.

사이크레우스는 천천히 시선을 옮겼습니다.

"이거 놀랍군…… 멜프리드 님은 진심으로 나를 비방할 작정인가……? 투란 백작가의 당주인, 이 나를……?"

"비방은 하지 않았다. 다만 가능성이 높다는 사실을 말했을 뿐. 증거도 없이 죄를 물을 수는 없으니 말이야."

멜프리드는 인간다운 감정이 엿보이지 않는 잿빛 눈동자로 조용히 사이크레우스를 위협했습니다.

마치 마다라마의 구렁이와 문토가 서로 노려보는 것 같더군요.

"물론 증거만 갖추어지면 죄는 죄다. 죄인에게는 귀족도 평민도 없다. 나는 제노스 법에 따라 단죄의 칼을 내릴 뿐."

"증거만 갖추어지면, 이라…… 참으로 다행이군…… 그야말로 법의 파수꾼인 근위병단 단장의 지언이라 할 수 있겠어……."

사이크레우스가 어깨 힘을 약간 뺀 것처럼 보였습니다.

이 마다라마는 배부른 상태인가 보군, 하고 안심하고 수풀 속으로 도망치려는 문토 같은 느낌이었습니다.

멜프리드와 카뮤아 요슈의 추궁은 오늘은 여기까지였습니다.

이제 남은 일은 우리 숲가의 백성과 사이크레우스가 교섭하는 것입니다. 누가 말을 꺼내야 할지 나는 다리 사우티와 눈빛을 교환했습니다.

하지만 그보다 먼저 돈다 루가 실내에 도사리는 불온한 공기를 떨치듯 몸을 움쩍 움직이고 나서 말했습니다.

"……이것이 네놈이 말하는 제노스의 법이냐, 제노스 영주의 대리인이여."

돈다 루의 목소리는 냉정했습니다.

사이크레우스는 천천히 이쪽으로 돌아앉았습니다.

"번잡한 이야기는 내 알 바 아니다. 한데 네놈의 말에서는 설득력이라고는 전혀 느껴지지 않는다, 제노스 영주의 대리인이여."

"그렇게 말하다니 유감스럽네…… 숲가의 족장이여, 증거도 없는 망언에 휘둘리다니 우매하기 짝이 없군……."

"그럼 네놈은 10년 전 그 일이 도적놈들의 소행임을 증명할 수 있느냐? 현장에는 사냥꾼의 목걸이가 남아 있었고 자츠 슨 일행이 자신들의 죄임을 인정했다. 그런데도 도적놈들의 소행이라고 주장하는 근거가 무엇이냐?"

"……그걸 도적의 소행으로 판정한 건 내가 아니라 호민병단의 단장인……."

"그 단장인지 뭔지는 네놈과 피를 나눈 동생이 아니더냐? 그렇다면 녀석을 이 자리에 데려와봐라."

실내 분위기가 술렁이더군요.

창을 겨눈 병사들이 평정심을 잃기 시작한 겁니다.

아마 돈다 루의 기백에 압도되었기 때문일 테지요.

돈다 루의 목소리는 여전히 차분했지만 얼굴에는 미소가 떠올라 있었습니다.

네, 난적을 앞에 두었을 때의 그 미소입니다.

우리는 한 발자국도 움직이지 않았는데 병사들은 당장에라도 창을 들이댈 기세였습니다.

"자츠 슨은 숲가에서도 대죄의 혐의를 받고 있었다. 우리 루의 일족은 벌써 20년 전부터 놈들을 치려고 엄니를 갈아왔지. 한데 놈은 결코 앞에서는 악행을 저지르려 들지 않아 우리가 20년씩이나 이를 갈게 된 것이다."

"오호, 그것참……."

"네놈들은 죄의 증거를 가지고 있으면서도 슨가 놈들을 처단하지 않았다. 그 점만 봐도 숲가의 규정보다 제노스의 법을 우선시해야 한다는 말에 어긋나지 않느냐?"

사이크레우스의 표정에는 변화가 없습니다.

아이처럼 작고 병자처럼 허약하게 생겼는데도 그 남자는 돈다루의 기백을 견딜 수 있을 만큼 배짱이 두둑했나 봅니다.

어쩌면 병에 걸리기 전의 자츠 슨과 몇 번씩이나 마주한 까닭에 숲가 사냥꾼의 박력에 익숙해졌기 때문인지도 모르지요.

다만 비웃는 듯이 엷은 미소를 띤 그 검푸른 얼굴에 진땀이 솟은 것처럼 보이기도 했습니다.

"그에 비하면 사소한 일이긴 하나, 슨 본가의 얼간이놈들이 역참 마을에서 칼을 빼들고, 눈에 거슬리는 포장마차를 때려 부셨는데도 죄를 묻는 이가 없었다고 한다. 죄를 물을라치면 성사람이 나서서 동전으로 해결해줬다고 들었다. ……네놈들이 슨가 사람을 죄인으로 처단하지 못한 이유가 있는 것 아니냐?"

"그것도 나와는 상관없는 일이네…… 역참 마을의 치안을 지키는 것도 내가 아닌 호민병단의 역할이야……."

"그러니까 네놈의 그 동생인지 뭔지를 여기로 데려오란 말이다. ……아니……."

돈다 루가 더 기백 있는 표정으로 웃더군요.

"차라리 제노스 영주를 데려와라. 아니면 우리가 직접 성으로 가야 하나?"

사이크레우스는 팔걸이에 팔을 걸치고 몸을 오른쪽으로 기울였습니다.

　머리를 열심히 굴리는 것처럼 보였습니다.

　"숲가의 족장이여…… 나는 제노스 후작 마르스타인으로부터 숲가의 백성과의 교섭에 대한 모든 재량을 위임받은 몸이네…… 그런 나를 앞에 두고 제노스 후작을 불러들이려 하다니 불손하기가 이를 데 없군……?"

　"숲가의 백성이 칼을 바친 것은 네놈이 아닌 제노스 영주다. 네놈과는 말이 통하지 않으니 군주와 직접 말하는 수밖에 없지 않나."

　땅울림 같은 목소리로 돈다 루가 그렇게 말했습니다.

　마침내 그 웃는 얼굴은 사냥꾼의 기백으로 가득했습니다.

　"우리는 증거가 없어서 슨가가 활개를 치는데도 놔둘 수밖에 없었다. 그 탓에 많은 사람이 재앙을 맞이했다. 숲가의 백성뿐 아니라 역참 마을 사람까지. ……우리는 같은 과오를 범할 생각은 없다."

　"그 말인즉…… 나를 신용할 수 없다 이건가…….."

　히죽 하는 소리가 나는 듯이 사이크레우스가 미소를 짓더군요.

　"그렇다면 숲가의 족장이여, 나 또한 그대들을 신용하기 어려우니 다른 사람을 대표자로 뽑았으면 하네…… 이렇게 말하면 내 심정이 조금은 전해지려나……?"

　"뭣이——?" 하고 돈다 루가 두 눈을 활활 불태웠습니다.

병사들이 창을 겨누자 사이크레우스가 막더군요.

"물론 나는 그런 매정한 말은 하지 않아…… 그런데 나 또한 그대들을 진심으로 신용하지는 않네…… 루가, 자자, 사우티가, 세 씨족의 가장인 그대들에게 진정 족장 자격이 있는지…… 의문스럽기 짝이 없군……."

돈다 루는 성난 그라프 자자를 말리면서 "무슨 뜻이냐?" 하고 물었습니다.

"족장들이여, 나는 우려를 품고 있네…… 그대들은 대죄를 범한 슨가 사람들을 심판하기는커녕 자츠 슨의 도망을 허락했지…… 이로써 후에 줄로 슨마저 놓친다면 누구의 피도 흘리지 않고 넘어갈 터…… 그대들이 그렇게 획책하고 있는 것은 아닐까 하고 말이네……."

"당치도 않다! 우리가 자츠 슨 일행을 일부러 놓쳤다고 지껄이는 거냐?!"

급기야 그라프 자자가 고함을 지르고 말았습니다.

사이크레우스가 얼씨구나 하고 웃더군요.

"나도 그대들의 말을 의심하고 싶지는 않네…… 그런데 그대들은 숲가의 백성답지 않은 유약함으로 대죄인을 용서한 것도 모자라 염치없게도 처단을 기다리는 몸이었던 자츠 슨까지 놓치고 말았지…… 전부 내가 상상하던 숲가의 백성과는 동떨어진 소행이었네…… 그런데 망언에 속아 나를 비방까지 할 줄이야……."

"그것이 네놈의 대답이냐, 제노스 영주의 대리인이여."

또다시 고함을 지르려 하는 그라프 자자를 한 팔로 막으면서 돈다 루가 조용히 말했습니다.

"우리는 서로를 전혀 믿지 않고 있다. ──그렇게 결론 내려도 상관없겠지?"

그때는 솔직히 돈다 루의 입에서 '그렇다면 칼을 들고서라도 제노스 영주에게 가서 진의를 알아낼 수밖에 없다'는 소리가 나올까 봐 몹시 초조해지더군요.

그리고 사이크레우스도 같은 의견일지 모른다는 생각이 들었습니다.

사이크레우스는 잠시 침묵을 지킨 뒤 다소 진지한 어조로 말하기 시작했습니다.

"결론을 그리 내리는 건 너무 성급하지 않은가, 숲가의 족장이여…… 우리가 제대로 만난 것도 손에 꼽을 정도이지 않은가…… 충분한 신뢰 관계를 구축하려면 더 많은 시간이 필요할 터……."

"흥. 그럼 어쩌자는 것이냐? 또 날을 잡아 똑같은 문답을 질리도록 반복하자는 건가?"

"생각할 시간이 필요할 테지만 똑같은 문답이어서야 의미가 없을 터…… 그럼 신뢰의 증거로 내 쪽에서 양보를 하겠네……."

그러고는 사이크레우스가 이렇게 말했습니다.

"선대 가장과 가장에게 굴복해 규율을 어긴 분가 사람들은 그대들의 판단을 믿고 죄를 불문에 부치겠네…… 단 대죄인인 가장 곁에 있던 본가 사람 여섯 명은 가장과 함께 죄인으로 이쪽에 넘겨주시게…… 이 재결(裁決)이 그대들에 대한 내 신뢰의 증거이네…….”

3

“──그 후에도 잠시 대화가 이어졌습니다만, 딱히 언급할 만한 내용은 아니었다고 생각합니다.”

그리하여 가즈란 루티무의 꼼꼼하고 세심한 보고가 끝났다.

내일 장사를 위한 준비 작업에 힘쓰며 이야기를 듣고 있던 나는 꾹꾹 눌러두었던 탄식을 길게 내쉬었다.

“정말 수고 많으셨어요. 가즈란 루티무의 기억력과 재현력은 정말 엄청나군요.”

“아닙니다. 그래도 필요한 이야기는 전했다고 생각합니다.”

“그럼요, 충분하고도 넘칠 정도인데요. 내용을 소화하는 것만으로도 벅찰 지경이에요.”

회담 내용과 그 결과를 알려달라고 조른 사람은 나지만 그렇다고 이렇게까지 소상히 말해줄 줄은 몰랐다.

장소는 파가가 아닌 루 본가의 부엌이다.

아이 파는 내 옆에서 함께 보고를 들었으며 부엌 안쪽에서는 레이나 루와 실라 루가 햄버그 조리 연구에 전념하고 있었다. 드디어 오늘부터 『기바 버거』의 밑 준비 작업을 지도하기로 한 것이다.

"나도 사전에 카뮤아 요슈에게 대략 이야기는 들었는데 《붉은 수염당》이라는 이름은 처음 들었어요."

"네. 나도 도적단이라는 것만 들었습니다. 우리와는 관계가 희박하다는 생각에 이름까지는 말하지 않았던 것이 아닐까요?"

"글쎄요. 마을 사람들한테서도 그 이름을 들은 적이 없긴 한데―― 오히려 그게 더 마음에 걸리는데요?"

아무리 서민의 영웅인 의적이라도 10년의 세월이 지났으면 이름이 잊혔다 해도 이상하지 않다.

그런데 카뮤아 요슈가 그렇게까지 집요하게 말했다는 것은―― 혹시 어떤 키워드가 될 존재라는 뜻이 아닐까.

게다가 바너엄 사절단이며 호민병단 단장이며 하는 소리도 금시초문이다.

그것이 분명히 카뮤아 요슈가 말하던 '사이크레우스의 정적(政敵, 정치적으로 대립 관계에 있는 자)이라 할 만한 상대'일 테지만, 이야기를 듣는 한 사절단 쪽은 정적이 아닌 상적(商敵, 상업상의 경쟁자)이라는 인상이었다.

"으음. 분가 사람들이 일찌감치 용서받게 되어 다행이긴 한데, 자츠 슨을 놓친 우리 쪽 잘못에 대해서는 아주 잡아먹을 듯이 덤벼들었네요."

"네. 그것만은 변명할 여지가 없어 그라프 자자도 분노의 말을 삼켜야 했다고 합니다."

참으로 바람직하지 못한 상황이었구나 하는 생각이 절로 들었다.

사이크레우스 쪽은 신뢰의 증거라는 말을 써가며 조건을 양보했지만, 우리 쪽은 처음부터 이것이 우리가 생각하는 최선의 길이었다고, 숲가의 백성다운 솔직함으로 모든 것을 밝혀버렸던 것이다.

'저쪽은 분명히 처음부터 분가 사람들이야 어떻게 되든 상관없다고 생각했을 거야. 하지만——.'

나는 속으로 사이크레우스라는 인물은 도회지 사람다운 협상 기술의 일환으로 과도한 요구를 해왔다고 예측했다. 새 족장들에게 자신의 권위를 일깨우는 마운팅 같은 행위가 아니었을까 생각한 것이다.

그런데 최근 며칠 사이에 상황이 격변했다.

슨가의 심기를 언짢게 하지 않기 위해 그들의 죄를 눈감아주었다고밖에 볼 수 없는 사이크레우스야말로 지금은 모든 일의 흑막이 아닌가 하고 의심받고 있다.

만약 사이크레우스가 정말 그토록 악랄하고 무도한 남자이고 자츠 슨 일행에게 범죄를 교사했다면, 그는 도대체 이 소동에 어떤 결말을 원하는 걸까?

'최소한 줄로 슨의 입을 막고 싶겠지.'

테이 슨은 이제 자츠 슨의 야망을 아는 자는 자신 외에 줄로 슨밖에 없다고 자백했다. 그러나 무능하고 약한 줄로 슨은 그 뜻을 잇지 못했다고 한다.

그 자백이 없었더라도 가장이었던 줄로 슨이 자츠 슨의 악행을 알고 있었을 가능성은 높다. 그렇다면 자츠 슨과 사이크레우스의 관계를 알았을 가능성도 제로는 아니라는 것이다. 어찌 됐든 사이크레우스 입장에서는 무시할 수 없는 존재일 것이다.

하지만 그렇다면 숲가의 족장들의 의견을 수렴하여 줄로 슨만 죄인으로 인정하고 성으로 넘기라고 명령하면 될 일이다. 멜프리드가 개입함으로써 사이크레우스 쪽도 발등에 불이 떨어졌을 테니 이제 와서 괜히 협상을 질질 끌어도 의미가 없을 것이다.

그런데도 집요하게 본가 사람 전원의 신병을 요구하다니——설마 그들에게도 비밀이 새어나갔을지도 몰라 두려워하는 걸까?

'그럼 진짜 큰일인데. 이제 와서 야밀 레이와 미다 일행을 그런 수상한 남자한테 넘길 수야 없지.'

거기까지 생각했을 때 드디어 고기를 썰어 나누는 작업을 마쳤다.

나는 도마 위에 산토쿠 식도를 내려놓고 가즈란 루티무를 돌아봤다.

"그래서 다음 회담은 또 반달쯤 후에 열린다고요?"

"네. 흰 달 15일까지 길을 정하자는 결론이었습니다."

내일이 파란 달 마지막 날인 31일이니 보름 남짓 남았다.

제법 느긋하다는 생각이 들었다.

"그렇게 날을 여유롭게 잡는 데에 도대체 무슨 의미가 있을까요? 여기 족장들은 충분히 생각할 시간이 생기고 카뮤아 일행은 이것저것 조사할 수 있으니 만만세일 테지만, 사이크레우스 입장에서도 날을 여유롭게 잡음으로써 뭔가 이득이라도 생기는 걸까요?"

"모릅니다. 그런데 자신에게 이득 없는 제안을 할 만한 사람은 아니라고 생각합니다."

"흠. 가즈란 루티무는 사이크레우스가 진심으로 싫은가 봐요?"

내가 지적하자 가즈란 루티무는 순순히 고개를 끄덕였다.

"사적 감정이 다분히 섞여 있다는 것은 잘 압니다. 이런 악연이 아니었다 해도 내가 그 사람을 벗이라 부르는 일은 영원히 없겠지요."

사이크레우스는 이토록 타인의 혐오감 내지 경계심을 불러일으키는 사람일까. 어쨌든 나는 그를 직접 본 적이 없기 때문에 막연한 인상 말고는 받을 길이 없다.

그 대신 지금 단계에서는 사이크레우스를 심판할 수 없다는 카무아 요슈의 말을 이해할 수가 있었다. 아무리 수상한 인물이라 해도 실질적인 증거가 어디에도 없는 것이다.

가능성만 따진다면 사이크레우스의 동생인 호민병단 단장, 그 사람이야말로 몰래 자츠 슨과 접촉해서 모든 설계도를 그렸다고 생각할 수도 있다.

혹은 성 사람과 관계없이 자츠 슨 일행이 자력으로 약탈품을 동전으로 교환했을지도 모른다.

그것도 아니면── 자츠 슨과 테이 슨의 말이야말로 새빨간 거짓말이고 모든 일이 도적의 소행일지도 모른다.

증거 없이는 그 어떤 생각도 가능하다.

"으음. 그냥 성격이 비뚤어진 사람일 뿐인지, 정말 자츠 슨을 이용해 온갖 악행을 저질렀는지—— 우선 그 부분을 확실히 하지 않으면 협상이고 뭐고 불가능할 것 같은데요."

"네. 카뮤아 요슈도 이 기간 내에 죄의 증거를 확보하고 싶다고 했습니다. 그러려면 숲가의 백성도 힘을 보태야 한다더군요."

카뮤아 요슈라.

그 능청스러운 미소를 지닌 방랑객은 현재 루 본가에서 족장들과 밀담을 나누고 있다.

이런 음모극에서 숲가의 백성이 어떤 힘을 보탤 수 있다는 걸까. 그 점이 전혀 상상되지 않아 나는 마음이 몹시 편치 않았다.

아까부터 침묵을 지키고 있는 아이 파는 어떤 의견일까 싶어 나는 그녀를 돌아보려 했다. 그런데 그 전에 갓 구운 햄버그를 나무 접시에 올린 레이나 루가 우리 쪽으로 다가왔다.

"아스타, 가르쳐준 대로 만들어봤어요. 잘되었는지 확인해줄래요?"

나무 접시에는 『기바 버거』에 들어가는 것과 똑같은 크기인 180그램쯤 되는 패티가 노릇노릇하게 구워져 있었다.

노릇노릇한 색깔은 물론 불룩한 정도도 더할 나위 없다. 소스도 안 뿌린 그냥 패티인데도 참 먹음직스러워 보인다.

나는 심각한 표정을 거두고 "그럼 잘 먹겠습니다" 하고 나무 숟가락을 들었다.

나무 숟가락으로 패티를 자르자 투명한 육즙이 나무 접시에 흘러넘쳤다.

속까지 잘 익었다.

토막 낸 고깃점을 입에 넣자 기대를 배신하지 않는 풍미가 입 안 가득 퍼졌다.

"그래, 훌륭한데? 잘게 썬 아리아의 양도 적당하고, 고기를 씹었을 때 살살 녹는 것도 이상적이야. ……아아, 오랜만에 소스 없는 패티를 먹은 건데 기바 고기는 역시 맛있구나."

패티에는 다진 아리아와 소량의 돌소금과 피코잎이 들어갔을 뿐인데 견딜 수 없이 맛있었다. 내가 무심코 미소를 흘리자 그 것을 본 레이나 루도 뿌듯한지 활짝 웃었다.

"정말이냐고 물어보려 했는데 아스타의 표정을 보고 진심으로 안심했어요. 그런데 이 패티는 너무 큰 것 같지 않나요?"

"맞아, 이걸 굽는 건 당일 아침이니까. 하룻밤 피코잎에 재워 두면 수분이 빠져서 부피가 조금 줄어들어. 그래서 첫 단계에서 는 이렇게 두툼하게 만들어놓는 거야."

"아, 그런 거였군요. 잘 알겠어요. ……그럼 이대로 패티 60인 분을 나와 실라 루가 같이 만들면 되는 거죠?"

"응. 잘 부탁해. 어쨌든 균일한 크기로 만들 것, 그것만 주의 해줘."

"네" 하고 레이나 루가 다시 미소를 머금었다.

자신감과 긍지 넘치는 근사한 미소였다.

레이나 루는 원래 반듯한 이목구비를 지녔는데 요즘 들어 부쩍 깊이 있는 매력까지 더해진 느낌이다.

"아, 괜찮으면 아이 파와 가즈란 루티무도 시식해보세요. 이걸 아스타 혼자 몽땅 먹으면 저녁 식사 전에 배가 부를 테니까요."

배려까지 완벽한 레이나 루였다.

가즈란 루티무가 의젓하게 고개를 끄덕이고 내 나무 접시를 건네받았다.

"아아, 정말 맛있군요. 루티무의 여자들에게도 또 지도를 해줬으면 합니다."

"어머, 아마 민 루티무도 햄버그 실력이라면 보통이 아닌걸요."

레이나 루가 싱긋 웃자 가즈란 루티무는 "이것 참, 난처하게 됐군" 하고 머리를 긁적였다.

그들의 훈훈한 모습을 곁눈질하며 아이 파는 자못 심각한 얼굴로 나무 접시를 받았다.

그리고 나무 숟가락으로 조금만 떠서 입에 넣었다.

"음…… 레이나 루는 정말 요리 실력을 향상시켰군."

아이 파가 무표정으로 말했다.

레이나 루는 "정말요?" 하고 기뻐하며 말했다.

"매일 아스타의 요리를 먹는 아이 파가 그렇게 말해줘서 얼마나 든든한지 몰라요."

웃는 얼굴의 레이나 루와 무표정의 아이 파가 잠시 말없이 서로를 바라봤다.

그 침묵이 어색함을 유발하기 직전에 레이나 루가 내 쪽을 돌아봤다.

"그럼 다시 일하러 갈게요. 아스타, 고마워요."

"응. 잘 부탁해."

레이나 루는 몸을 빙글 돌려 가벼운 발걸음으로 실라 루 곁으로 돌아갔다.

자, 그리고── 그녀는 눈치채지 못한 듯하지만 나는 아이 파의 모습이 살짝 마음에 걸렸다. 입을 꾹 다문 아이 파의 표정이 왠지 감정의 발로를 억지로 참는 것처럼 보였기 때문이다.

"……저기, 괜찮아? 아이 파?"

나는 슬쩍 말을 걸어봤다.

이번에도 "그것보다 더 맛있는 햄버그 내놔!" 하는 말을 들을까 봐 나는 약간 불안했다.

아이 파는 코끝을 긁적이고 나서 더는 못 참겠다는 듯 입을 오물오물 움직였다.

얼굴에는 전혀 예상치도 못한 표정을 떠올리고 있었다. 참으로 만족스러운, 아까 레이나 루의 표정 못지않은 자신감과 긍지 넘치는 미소였다.

그렇게 나를 놀라게 한 뒤 아이 파는 미소를 띤 채 내 귓가에 입을 갖다 댔다.

"……실력이 향상된 것은 맞지만 아스타의 햄버그가 더 맛있군."

그러고는 내 관자놀이에 머리를 쿡 박았다.

"한데 정말 놀랍도록 실력이 향상되었군. 아스타, 너도 정진을 게을리 하지 마."

"……네" 하고 대답할 수밖에 없었다.

레이나 루 일행의 햄버그도 딱히 흠잡을 데는 없었던 것 같은데…… 하고 생각하는 한편 내 가슴에도 자랑스러운 기분이 퍼져나간 것은 아무에게도 말하지 않기로 했다.

"여, 아스타! 맛있는 걸 먹고 있나 보군!"

그때 갑자기 얼빠진 목소리가 울려 퍼졌다.

부엌 입구에 껑충한 그림자와 조그만 그림자가 나란히 서 있었다.

카뮤아 요슈와 루도 루였다.

"아, 수고하셨어요. 족장들과 밀담은 끝났나요?"

"그래. 내 요청을 들어주겠다고 하더군. 이로써 다음 달 15일 회담까지 사이크레우스의 검은 꼬리를 잡을 수 있을 것 같네."

카뮤아 요슈는 그렇게 대답하면서 내 손으로 돌아온 나무 접시를 빤히 쳐다봤다.

그 모습을 본 루도 루가 성큼성큼 다가오더니 나무 접시를 확 낚아챘다.

"우리 집 아궁이에서 만든 음식이니 내가 먼저 먹어도 되겠지?"

"아아아. 한 입이라도 좋으니 좀 나눠주게, 루도 루."

카뮤아 요슈가 루도 루에게 편하게 말하는 것을 보니 이상한

기분이 들었다.

루도 루는 이 수상쩍은 남자가 그리 싫지는 않은지 그의 부탁대로 햄버그를 나눠주었다. 딱 한 입만큼.

"아아, 가즈란 루티무, 아까는 정말 수고 많았어요. 아스타에게 다 설명해줬습니까?"

그 한 입만큼의 햄버그를 소중히 씹어 먹으면서 카뮤아 요슈가 가즈란 루티무를 돌아봤다. 가즈란 루티무는 "네" 하고 조용히 고개를 끄덕였다.

"내가 설명할 수 있는 내용은 과부족 없이 전했다고 생각합니다."

"그거 다행이군요. 그럼 나도 한마디만 덧붙여야겠네."

카뮤아 요슈가 느긋하게 웃는 얼굴로 다시 나를 쳐다봤다.

"자, 아스타. 가즈란 루티무의 이야기를 듣고 자네는 사이크레우스가 악랄한 인물이라는 인상을 받았을 테지."

"네."

"그런데 만약 자네가 사이크레우스를 직접 만날 기회가 생기면 그 인상이 뒤집어질 수도 있어. 그렇다 해도 가즈란 루티무가 전해준 인상이 틀렸다는 생각은 하지 않길 바라네."

"네?"

여느 때보다 더 의도를 알 수 없는 발언이었다.

그러나 카뮤아 요슈는, 이 의뭉스러운 남자는 웬일로 진지한 눈초리를 하고 있었다.

"죄송한데요, 무슨 말인지 전혀 모르겠어요. 좀 더 알기 쉽게 설명해주시겠어요?"

"아아, 미안, 미안. 아니, 나도 오늘 회담에서 처음 실감했는데. 아무래도 사이크레우스는 내가 생각했던 것보다 더 숲가의 백성을 깔보는 것 같더군."

"숲가의 백성을, 깔본다고요?"

"그래. 그건 대등한 사람을 보는 눈빛이 아니었네. 인간 이하의 더러운 동물이라도 보는 듯한 눈빛이었지."

불온하기 짝이 없는 그런 말을 카무아 요슈는 거리낌 없이 내뱉었다.

"알게 쉽게 설명하자면 그건 노예를 보는 눈빛이었네. ……그리고 노예를 같은 사람으로 여기지 않는 눈빛이었지. 서쪽 왕국에서 노예란 요컨대 북쪽 왕국 백성을 가리키는데."

"북쪽 왕국 백성이라면 결국——."

"그래, 내 모친의 혈통, 서쪽 왕국의 적대국 마휴도라지. 사이크레우스는 북쪽 백성과의 혼혈인 내가 제노스 후작의 초청으로 성에 드나드는 것이 오래 전부터 못마땅했던 모양이야. ……그러니 당연히 나를 볼 때도 더러운 동물 보듯이 하찮게 보더군."

"…………."

"이곳 제노스는 서쪽 왕국 영토에서도 꽤 남쪽에 위치하고 있네. 그래서 대부분의 사람들은 평생 마휴도라 백성과 마주칠 일이 없지. 그런데 사이크레우스라는 양반은 일부러 멀리서 노예상인을 불러들여 노동력이랍시고 노예를 사고 있어. ……북쪽에 가까운 마을이라면 드물지도 않은 일이긴 한데. 전쟁으로 포로가 된 적대국 사람은 노예로 삼을지 몰살할지 그 두 가지밖에 길이 없으니."

들으면 들을수록 속이 뒤집히는 이야기다.

그러나 카뮤아 요슈는 빙긋 웃고 있다.

"차라리 노예를 다루는 데 익숙한 사람이었다면 그렇게까지 극단적으로 하지는 않을 텐데 말이야. 노동력이 뛰어난 노예에게는 포상을 내리거나 개중에는 노예끼리의 혼인을 인정하는 영주도 존재하지. 노예를 사람 취급하지 않고 가축처럼 혹사하는 사람이 지금은 훨씬 적을 텐데. ……사이크레우스는 그 소수파에 속해 있군."

"그래서 그게 어떻다는 건데요?"

"응, 그러니까 사이크레우스에게는 숲가의 백성도 귀중한 노동력이긴 하나 대등한 사람은 아니라는 것을 오늘 회담에서 실감할 수 있었다 이 말이네. 어렴풋이 짐작은 하고 있었는데 그 양반이 숲가의 백성을 보는 탁한 눈빛을 보니 확신이 들더군."

가즈란 루티무는 아주 조용히 카뮤아 요슈의 모습을 바라봤다.

그 시선을 알아차리고 카뮤아 요슈가 느긋하게 웃었다.

"역참 마을 사람도 숲가의 백성을 그렇게까지 경멸하는 눈으로 본 적은 없지 않습니까? 마을 사람들이 숲가의 백성을 동포로 여기지는 않겠지만 적어도 인간 이하의 존재라는 생각은 이

슬만큼도 하지 않을 겁니다."

"노예라는 존재나 북쪽과 서쪽의 불화에 대해서는 잘 모르겠
군요. 그런데 사이크레우스의 눈빛이 묘하게 우리 마음을 어지
럽히는 것은 확실히 그가 그런 심정을 품어서일지도 모르겠습
니다."

가즈란 루티무는 여전히 침착 그 자체였지만 나는 정반대였다.

내 곁에는 아이 파가 있다. 가즈란 루티무가 있다. 루도 루,
레이나 루, 실라 루도 있다.

나에게는 모두가 소중한 존재다. 이렇게 매력적인 사람들을
인간 이하의 존재로 여기다니—— 그것은 이해의 범주 밖에서만
가능한 일이다.

"——그런데 아스타는 숲가의 백성이긴 하나 생김새로 보면
서쪽 백성이지. 적어도 숲가의 백성과 북쪽 백성의 특징을 전혀
갖고 있지 않네. 그런 아스타라면 사이크레우스가 사람 취급을
해줄 가능성이 남아 있으니 거기에 현혹되면 안 된다고 생각했
을 뿐이야."

"귀중한 정보, 고맙습니다. ……그런데 제가 그 사이크레우스
라는 사람을 만날 가능성은 거의 없지 않나요?"

"그래. 나도 그런 사태는 일어나지 않길 바라네."

그렇지만 그럴 가능성이 아예 없지는 않다는 걸까.

참으로 탐탁지 않은 이야기다.

나는 숨을 크게 들이마셔 가슴속에 생긴 침전물을 몸 밖으로

토해낸 뒤 새로운 마음으로 카뮤아 요슈를 상대했다.

"그런데 족장들이 카뮤아의 어떤 요청을 들어주겠다고 한 거예요? 카뮤아가 숲가의 백성에게 부탁하는 건 처음이죠?"

"그렇지. 이번만큼은 인원이 부족해서 말이야. 사람 찾는 일을 도와달라고 부탁했네."

"사람을 찾아요?"

"그래. 제노스를 떠나 이 부근 마을을 둘러보기로 했네. 찾는 사람은 《붉은 수염당》의 생존자로 판단되는 인물이지. 그 무리에 대해서는 이미 가즈란 루티무에게 들었을 테지?"

나는 순간 숨을 삼켰다.

도대체 무슨 꿍꿍이속일까.

"실은 오래 전부터 그 인물의 행방을 찾고 있었네. 그 인물을 붙잡으면 10년 전 《붉은 수염당》의 행적을 분명히 확인할 수 있으니. 그걸 실마리로 사이크레우스의 죄를 폭로할 길을 찾을 수 있지 않을까 해서 그 방향으로 본격적으로 접근해보기로 했네."

"그 도적단은 10년 전에 괴멸되었다면서요? 심지어 모두 죄인으로 처단되었다고 하지 않았나요?"

"맞아, 한데 그 인물은 토벌대의 포위망을 빠져나갈 수 있었지. 그녀는 당수와 친밀한 존재였으니 당시 내부 사정에 정통할 터."

"그녀요? 그 사람이 여자예요?"

"그래. 《붉은 수염당》의 당수, 붉은 수염 골람의 반려자였던 여자야. 원래 당수의 오른팔로 만용을 부렸다고 하던데 아이를 낳은 뒤에는 집에서 남편의 귀가를 기다리는 몸이 되었다지. 그 덕에 화를 면할 수 있었을 터."

도적단 당수의 아내──그 인물에게 유효한 증언을 이끌어낼 수 있을까?

뭐, 그런 판단은 카뮤아 요슈 일행에게 맡기면 되고 나는 궁금한 것이 있었다.

"그 수색 작업을 하는 데 숲가의 백성에게 도와달라는 거죠? 족장들이 용케 승낙했네요."

"그렇지. 돈다 루 일행도 본격적으로 사이크레우스의 죄를 폭로하지 않는 한 일이 진행되지 않는다고 판단했을 테지. 그라프 자자조차 사이크레우스보다는 그나마 이 수상쩍은 남자가 낫다고 생각하는 모습이었네."

그렇게 말하고 카뮤아 요슈는 체셔 고양이처럼 히죽 웃었다.

"어차피 멜프리드는 사적인 일로는 병단의 동료를 움직일 수 없고 본인도 제노스를 벗어나지 못하니 족장들이 승낙해줘서 다행이지. ……참고로 루 분가에서 남자 세 명을 내어주기로 했고 그들은 지금 토토스 타는 법을 익히는 중이네. 내일 아침 일찍 제노스를 떠나야 하거든."

숲가의 백성에게 토토스를 몰게 해 제노스 밖으로 데려간다니. 그야말로 엄청난 꿍꿍이속이다.

"쳇! 재미있게 들리는 이야기인데! 포장마차 호위역만 아니면 나도 따라가고 싶을 정도야."

루도 루가 태평하게 말했다.

나는 카뮤아 요슈의 얼굴을 똑바로 쳐다보며 말했다.

"카뮤아 요슈. 우리가 당신을 믿어도 되겠죠?"

"물론. 사이크레우스의 죄를 폭로하는 것은 숲가의 백성의 밝은 미래로 이어질 걸세."

어차피 돈다 루를 포함해 숲가의 족장들도 그 요청을 받아들이기로 결단한 것이다.

나도 마음을 정해야 할 것 같았다.

"알겠어요. 무사히 돌아오시길 바랄게요. ……회담 날이 되기 전에 돌아오시는 거죠?"

"그렇지. 마침 루가도 사냥꾼 일을 쉬는 중이라고 하니 운이 잘 맞았어. ……한데 가능하면 더 빨리 돌아오고 싶네. 사이크레우스가 기일을 반달이나 연기하고 뭘 꾸미고 있는지 당최 알 수가 있어야 말이지."

카뮤아 요슈의 보라색 눈동자에 투명한 빛이 떠올랐다.

"아스타, 자네들도 충분히 조심하게. 오늘 회담에서 사이크레우스가 자네들 장사에 대해 한 마디도 언급하지 않은 것이 마음에 걸리네. 역참 마을과 인연을 맺고 있는 자네들은 그의 입장에서 놓쳐서는 안 될 존재이지 않나. ……그럼 며칠 뒤에 또 자네 음식을 맛보기를 기대하겠네."

제4장 ★★★ 이별의 시간

1

이튿날, 파란 달 31일은 호위 인원이 네 명으로 늘었다.

카뮤아 요슈가 남긴 불길한 충고와 "누군가에게 감시당하고 있다"는 아이 파의 주장에 따라 그렇게 조치된 것이다.

추가된 인원은 신 루와, 내가 잘 모르는 루 분가의 소년이었다. 안타깝게도 레이가의 가장인 라우 레이에게는 호위역을 선뜻 의뢰하기가 어려운가 보다.

"라우 레이는 성질이 급하거든. 마을 사람을 상대했다가 무슨 일이라도 생길까 봐 걱정되는 거 아닐까?"

이렇게 말한 사람은 루도 루였다.

그것이 돈다 루의 판단이라면 제법 사려 깊다는 생각이 들었다. 상대가 성 사람이라면 우리 쪽의 어떤 허점을 걸고넘어질지 모르기 때문이다.

그런데 이 상황에서 무엇을 어떻게 조심해야 할지 확실하지 않은 채 우리는 장사에 임할 수밖에 없었다.

그리고 나 개인에게는 사이크레우스의 암중비약만큼 마음을 무겁게 짓누르는 일도 있었다.

말할 것도 없이 그것은 오늘을 마지막으로 제노스를 떠나는 슈미랄과 비나 루의 일이다.

"……비나 루, 발목은 좀 어때요? 괜찮아요?"

『먀무구이』 포장마차에서 『기바 버거』 포장마차를 향해 말을 건네자 "응…… 괜찮아……" 하는 온화한 목소리가 돌아왔다.

비나 루는 다행히 포장마차 일에 복귀하게 되었다.

하지만 삔 발목이 아직 완치되지 않았는지 만약 짐수레를 타고 다니는 것이 아니었다면 복귀하기 어려웠으리라는 의견이 있었다.

또한 호위역이 있으면 비나 루에게 전투력이 요구될 일이 없다. 그리하여 미아 레이 아주머니는 당분간 역참 마을에는 레이나 루와 교대로 내려갈 것을 지시했다.

"그런데 그 동쪽 백성은 언제쯤 올까?"

같이 『먀무구이』 포장마차를 맡고 있는 라라 루가 작은 소리로 물었다.

"글쎄. 평소 같았으면 슬슬 나타날 때가 되었는데."

"아―, 괜히 내가 더 긴장되네. 딱히 혼담도 아니었는데 왜 이렇게 두근거리지?"

나도 두근거리긴 하지만 라라 루와 똑같은 감정인지는 모르겠다.

아니, 그런데 라라 루는 무엇 때문에 두근거린다는 거지?

"알 게 뭐야! 그런데 그 동쪽 백성은 혼담을 넣으러 온 것처럼 진지했잖아. 그러니 역시 두근거리지.”

　말하면서 라라 루는 가슴에 손을 얹고 후유 하고 숨을 내쉬었다.

　“비나 언니도 얼른 시집을 가든지 데릴사위를 들이든지 하면 좋을 텐데. 그럼 이렇게 성가신 일을 겪을 필요도 없잖아!”

　“……슈미랄과 비나 루가 맺어지는 건 역시 어렵겠지?”

　“당연하지! ……나도 잘 모르는데, 섬기는 신을 바꾸는 건 마을에서 큰일 아니야?”

　“나도 잘 모르는데 그런 것 같더라.”

　“아참, 아스타는 원래 사대신 자체를 몰랐지? 그것도 엄청나네! ……아무튼 신을 바꾸면 가족과의 인연도 끊기잖아. 난 그런 거 절대 싫어!”

　“으음, 그런데 떨어져 살긴 해도 교류가 아예 금지되는 건 아닐 테니…… 아아, 어떻게 되려나. 나 역시 무책임한 말은 못 하겠네.”

　“떨어져 사는 건 어디로 시집을 가든 마찬가지인데, 비나 언니가 숲가를 나가거나 동포가 아니게 되는 건 싫어.”

　라라 루가 눈썹을 살짝 늘어뜨리고 아랫입술을 빨아들이는 얼굴을 했다.

　이 굳센 소녀가 이따금 보이는 제법 귀여운 표정이었다.

　“……그럼 이국인이 루가에 데릴사위로 들어오는 건 어때?”

　“응? 괜찮지 않아? 그럼 비나 언니랑 계속 가족으로 있을 수 있잖아."

"아, 그건 괜찮구나?"

"난 딱히 상관없어. 미아 레이 어머니도 상관없다고 생각할 것 같은데. ……돈다 아버지는 어렵겠지만."

돈다 루라.

그 사람은 이 건에 관해 어떤 생각을 품고 있을까.

"뭐, 역시 어렵겠지. 동쪽 백성이 데릴사위로 들어와 봤자 사냥꾼 일을 하는 것도 아니고, 애초에 그 녀석은 제노스 성 밑 마을에서도 장사할 수 있는 사람이잖아? 그런 녀석이 그동안의 생활을 버리고 숲가에 데릴사위로 들어올 리가 없어."

"그런데도 라라 루의 마음은 싫지 않구나?"

"응. 비나 언니를 행복하게 해준다면야 어디 사는 누구든 상관없어."

역시 라라 루는 얼굴 생김새뿐만 아니라 생각하는 것도 루도 루와 닮았을지도 모른다.

뭐, 루도 루는 비나 루가 숲가를 나간다는 가능성까지 생각한 상태에서 누나의 행복을 바라는 것처럼 보였지만.

'그런데 역시 데릴사위로 들이든 시집을 보내든 다 어렵겠지…….'

고향과 동포와 그동안의 생활을 몽땅 버리고 숲가의 마을에 데릴사위로 들어오는 것. 그것이 얼마나 터무니없는 일인지는 이방인인 나도 상상할 수 있다.

그렇다면 시집을 가는 것은 어떨까?

비나 루는 숲가의 바깥 세계를 동경했을 터였다.

게다가 숲가의 백성은 숲을 신격시하고 사대신에 대해서는 명확한 신앙심을 가지고 있지 않는 것으로 보인다. 그렇다면 섬기는 신을 바꾼다는 행위 자체에 강한 저항은 없을 것이다.

하지만 그 또한 어려운 일인 것 같다. 설령 본인들에게 강한 저항이 없다 해도 신을 바꿔버리면 서쪽 판도, 즉 숲가의 마을에 계속 사는 것이 허용되지 않는다.

슈미랄은 가족 없이 상단 일을 하고 있다. 일전에 듣기로는 한번 고향인 시무를 떠나면 약 1년에 걸쳐 서쪽과 북쪽 마을을 돈다고 했다. 그사이 의지할 사람 하나 없는 시무국에 비나 루를 홀로 두고 갈 수는 없는 노릇이다.

그렇다면 자식을 낳지 않고 비나 루도 함께 세계를 돌아다니는 것은——?

아니다. 현실감이 느껴지지 않는다.

게다가 이 정도는 분명히 슈미랄 본인도 고민이 끝났고 그렇기 때문에 "어렵다"고 말했으리라.

'……어쨌든 지금은 비나 루가 슈미랄의 선물을 받아주기만을 바랄 수밖에 없겠구나.'

괜스레 울적한 기분이 들어 나는 라라 루와 함께 한숨을 내쉬었다.

그 순간 아이 파의 "……또 왔군" 하는 싸늘한 목소리가 들려왔다.

"뭐라는 거야?! 손님한테 그게 무슨 태도야?"

남쪽 백성인 소녀 디알이었다.

디알은 문지기나 다름없는 아이 파에게 혀를 날름 내민 뒤 웃는 얼굴로 『먀무구이』 포장마차 앞에 섰다.

"여, 오늘도 왔어! 아스타, 하나 부탁해."

"아아, 고마워. ……어라? 하루씩 번갈아가며 먹는다고 했으니 오늘은 『기바 버거』 먹을 차례 아닌가?"

"으음? 맛있는데 아무거나 먹으면 어때! 아스타가 있으니 이쪽에서 먹을래."

첫날 악담을 퍼붓던 것이 거짓말처럼 디알은 생글생글 웃었다. 소녀가 천진난만하게 웃는 모습을 아이 파가 팔짱을 끼고 곁눈질로 노려봤다.

실은 어제 우리는 카뮤아 요슈에게도 이 소녀의 존재에 대해 털어놓았다. 이러이러해서 이런 소녀가 포장마차에 나타났는데 사이크레우스의 입김이 작용한 존재일 가능성은 없을까 하고.

"아아, 제랜드에서 온 상단 관계자 말이군? 알지, 알아. 사이크레우스의 저택에 초대된 철물점 무리로군. 그래, 이 시기에 제노스를 찾아온 녀석들이니 멜프리드가 뒷조사를 한 것은 말할 것도 없네. 그들은 단순한 거래처이니 사이크레우스의 수하가 되어 숲가의 백성을 건드리지는 않을 걸세."

카뮤아 요슈의 대답으로 인해 일단 의심은 해소되었다.

다만 사이크레우스의 관계자임에는 틀림없기 때문에 역시 적절한 거리감을 유지해야 할 것이다. 그리하여 나는 과하지도 부족하지도 않은 영업용 미소를 띠고 소녀를 상대하기로 했다.

"으음, 냄새 좋다! 있잖아, 이거 아궁이에서 잘 데울 수 없을까?"

"어? 그건 왜?"

"성 밑 마을 녀석들한테 먹이려고! 녀석들은 기바 고기 따위는 먹을 만한 게 못 된다면서 내 이야기는 들은 척도 안 하더라니까!"

참으로 소름 끼치는 발언이 아닐 수 없었다.

"아, 아니, 시간이 지나면 음식이 상할 수도 있거든! 괜히 먹었다가 배탈 나면 큰일이야. 부탁이니 음식을 성 밑 마을로 가져가지 말아줘."

"뭐어?! 일단 동전을 내면 그다음은 어떻게 하든 내 맘 아니야?"

디알은 미소를 거두고 볼을 부풀렸다.

나는 졸지에 머리를 이리저리 굴려야 했다.

"그, 그래도 이곳 제노스에는 숲가의 백성과 기바 고기를 못마땅하게 여기는 사람도 많거든. 그 정도는 너도 잘 알잖아."

"으음? 잘 모르겠는데. 숲가의 백성은 험악한 표정을 짓는 사람이 많아서, 그래서 다들 무서워하는 거 아니었어?"

말하면서 디알은 몹시 얄밉다는 듯 아이 파를 쳐다봤다.

아이 파는 싸늘한 눈빛으로 응수했다.

"그렇게 단순한 이야기가 아니야. 원래 기바는 재앙의 상징인 탓에 그 고기를 먹는 숲가의 백성까지 싸잡아서 재앙의 상징으로 간주하게 됐어. 음, 그런 데다 남방신에서 서방신으로 섬기는 신을 바꾸었다는 과거 때문에 좀처럼 동포로 받아들여지지 못하고 관계도 개선되지 않은 채 오늘날에 이르게 된 거야."

"그게 무슨 소리야? 이상하네! 숲가의 백성이 자갈을 버린 건 벌써 수십 년이나 된 옛일인데 아직도 동포로 받아들여지지 못하고 있다고?"

그것도 몰랐다니, 오히려 내가 더 기가 막혔다.

하지만 성 밑 마을만을 상대로 장사하는 이국인이라면 어차피 그 정도 인식밖에 없는 걸까. 같은 제노스 백성인데도 숲가의 백성과 성 밑 마을 사람은 접점다운 접점도 없다. 유일한 예외가 다름 아닌 사이크레우스인데 그 양반이 뭐 하러 거래처에게 숲가의 백성에 관한 이야기를 하겠는가.

'하긴…… 웬만한 성 밑 마을 사람은 평생 숲가의 백성을 볼 기회가 없을지도 몰라. 역참 마을 사람과 숲가의 백성의 관계 따위, 녀석들에게는 남의 일일 테니.'

이것은 새로운 발견이었다.

다만 숲가의 백성에게 말해도 그게 어쨌다는 거냐는 소리밖에 듣지 못할 안건일 테지만.

나는 다시 눈앞에 놓인 문제로 생각을 되돌리고 디알에게 말했다.

"──어쨌든 기바 요리를 성 밑 마을로 가져가면 어떤 소동이 벌어질지 상상도 안 돼. 우리는 분란 없이 장사를 계속하고 싶어. 그러니 다시 생각해주면 안 될까?"

디알은 잠시 "으으" 하고 끙끙거리더니 이윽고 풀 죽은 기색으로 "알겠어" 하고 대답했다.

"나는 그냥 녀석들을 찍소리 못하게 하고 싶었을 뿐인데. ……그래도 아스타한테 폐가 된다면 관둘게."

디알의 얼굴은 양쪽 귀를 축 늘어뜨린 강아지가 따로 없었다.

나는 "고마워" 하고 말하며 고기와 아리아를 철판 가운데로 모았다.

"하나면 되지? 이쪽 음식도 값은 적동화 두 닢이야."

"응! 배를 텅텅 비우고 왔으니 맛있게 만들어줘!"

디알은 기분이 나아졌는지 다시 생긋 웃었다.

나도 덩달아 입이 벌어지려던 참에 "여, 오랜만이야!" 하고 새 손님에게 인사를 받았다.

그쪽을 향해 돌아보니 갈색 머리를 길게 늘어뜨린 서쪽 백성 소녀가 디알 못지않게 명랑한 미소로 서 있었다. 비나 루와 견줄 만한 균형 잡힌 몸매에 상아색 피부를 지닌 요염한 소녀, 《서풍정》의 유미였다.

"아아, 어서 오세요. 정말 오랜만이네요."

"나도 가게 일을 보느라 해가 중천에 뜨기 전에는 빠져나올 수가 없더라고! 그래도 이 포장마차에는 매일 다니고 있어."

"네, 들었어요. 매번 애용해주셔서 고맙습니다."

유미는 돌라 아저씨 일행과 함께 몇 안 되는 서쪽 백성 단골손님이다. 얼굴을 마주할 기회는 줄었어도 감사의 마음을 잊은 적은 없다.

'……설마 서쪽 백성 손님한테까지 시비를 걸진 않겠지?'

약간 불안한 마음에 시선을 되돌리자 디알은 포장마차 상판에 두 손을 짚고 먹이를 기다리는 강아지 같은 눈빛으로 나를 보고 있었다. 수행원 라비스와 라라 루 사이에서는 이미 동전 지불이 완료되었다.

"아, 미안, 미안. 금방 만들 테니 조금만 기다려."

"응!" 하고 디알은 입을 헤 벌리고 웃었다. 나 참, 표정이 변하는 속도만큼은 따라올 자가 없다.

그러자 왠지 유미가 미소를 거두고 디알의 모습을 요모조모 뜯어보기 시작했다.

"너, 못 보던 얼굴이네. 아스타 친구인가?"

"으음? 딱히 친구는 아닌데?"

디알도 의아해하며 유미를 쳐다봤다.

유미는 "흐음" 하고 긴 머리를 쓸어 올렸다.

"그럼 여기 단골인가? 너 같은 남쪽 백성 여자애는 지금껏 본 기억이 없는데."

"단골, 인가. 일단 나흘 연속으로 다니긴 했지!"

그중 첫날은 돈을 받지 않았지만요, 하고 나는 슬며시 어깨를 으쓱했다.

그런데 여유 부리고 있을 때가 아니었던 것이다. 유미가 한층 매서운 눈초리로 나를 노려보고 있었다.

"……아스타, 이게 어떻게 된 일이지?"

"어? 뭐, 뭐가 말이에요?"

"내가 손님이라 존댓말을 하는 거라며! 그런데 왜 나흘 전에 나타난 여자애한테는 친구처럼 편하게 말하는 건데?!"

그것이 유미의 노여움을 샀단 말인가.

그러고 보니 유미는 어린이인 탈라가 상대였을 때도 똑같이 주장했었다. 그때는 탈라와는 가게를 열기 전부터 알고 지냈다는 것을 밝혀 무사히 넘어갔다.

"아니, 저, 그야 뭐…… 어쩌다 보니 그렇게 되었다고나 할까요……."

"그렇게 된 게 어떤 건데? 전혀 납득이 안 가는데!"

"거참 말 많네. 먹을 거 사러 왔으면 얌전히 먹기나 해."

내가 건네준 『먀무구이』를 베어 먹으면서 디알이 천연덕스럽게 말했다.

감히 누구한테 하는 소리야! 하고 대꾸할 법도 한데 유미의 격정에 휩쓸리지 않은 듯하여 살짝 안심했다. 아무래도 이 소녀도 상대가 남쪽이나 서쪽 백성이라면 극히 이성적으로 대응할 수 있는 모양이다.

"……아스타가 취할 길은 두 가지밖에 없는 것 같네."

그러나 유미는 화가 단단히 났다.

유미는 노여운 얼굴로 말하며 그 나긋나긋한 손가락을 두 개 세워서 내 코끝에 들이밀었다.

"나에 대한 서먹서먹한 말투를 고치든지 모든 손님을 평등하게 대하든지, 아스타는 어느 길을 택할 거야?"

"어, 그게…… 벌써 한 달이나 해온 존댓말을 지금부터 고치기엔 몹시 어려울 것 같습니다만……."

"그렇다고 이제 와서 나를 서먹서먹하게 대하지는 않을 거지?"

디알이 천사 같은 미소를 보였다.

이 신뢰를 배신하면 성질을 내거나 울어버릴 것이다. 그 모습을 상상만 해도 가슴이 미어질 만큼 구김살 없는 미소였다.

그리하여 나는 "그러게" 하고 대답할 수밖에 없었다. 유미는 "치사하다, 치사해!" 하고 고래고래 소리를 질렀다.

"왜 나한테만 심술부리는 건데! 내가 더 오랫동안 알고 지냈는데, 정말 너무하다!"

"목소리가 왜 이렇게 커? 영업 방해로 위병 부른다?"

디알은 만족스러운 미소를 띤 채 우걱우걱 볼이 메도록 『먀무구이』를 씹어 먹었다. 일단 나는 유미가 알아차리지 못하도록 한숨을 토해냈다.

그제야 나는 오른뺨에 꽂히는 싸늘한 시선을 느낄 수 있었다.

천천히 고개를 돌리자 물론 친애하는 가장님이 곁눈으로 이쪽을 응시하고 계셨다.

혹시 지금 화내시는 건가요, 하고 눈빛으로 물어봤다.

시끄럽다, 하고 눈빛으로 대답이 돌아왔다.

이것이야말로 이심전심, 파가의 유대감이 극에 달한 것이 아니면 무어란 말인가.

"저…… 아무래도 갑자기 바꾸려면 힘드니까 적극적으로 대처하기로 하고 이쯤에서 원만히 타협하면 안 될까요……?"

사태 수습에 나서야 하기에 내가 그렇게 제안하자 유미가 눈썹을 치켜올린 채 얼굴을 들이밀었다.

"……정말 생각을 고칠 마음이 있어?"

"네…… 응…… 무리 없는 범위 내에서……."

유미는 하아 하고 숨을 크게 내쉬고 나서 적동화 두 닢을 탁 올려두었다.

"매번 고맙습니다…… 아니, 고마워……."

"지금 그걸 노력이라고 하는 거야? 전혀 모르겠는데!"

"가, 갑자기 바꾸는 건 어렵다니까요."

그나마 라우 레이처럼 폭력을 행사하지는 않으니 다행인가, 하고 나는 『먀무구이』 만들기에 돌입했다.

"음식이 맛있으니까 별의별 손님이 다 모이는구나" 하고 디알이 깔깔거리며 웃었다.

유미가 뿌루퉁한 표정으로 디알을 흘겨봤다.

"……그런데 넌 대체 뭐 하는 사람이야? 제노스에 웬일로 남쪽 백성 아가씨가 다 있네. 상단 사람인가?"

"응. 나는 제랜드에서 온 철물상이야."

언짢아 보이는 유미를 스스럼없이 대하면서 디알은 마지막 한 입을 입 속에 넣었다.

"흐음. 철물상이구나. ……내 알 바는 아닌데, 왜 옷을 남자처럼 입었어?"

"으응? 역참 마을에서 그런 하늘하늘한 옷차림을 할 리 없잖아. 너야말로 그런 차림으로 돌아다니다 불량배한테 걸리면 어쩌려고?"

"불량배가 무서우면 역참 마을에 어떻게 살겠어? 너 제법 곱게 자랐구나?"

유미가 팔짱을 끼고 디알을 내려다봤다.

그러고 보니 이 소녀도 처음에는 불량해 보이는 소년들을 거느리고 내 앞에 나타났다.

참고로 오늘 옷차림도 상반신은 가슴 가리개 하나와 치렁치렁한 장신구, 허리에는 발목까지 내려오는 한 장짜리 치마를 둘렀을 뿐인 평범한 서쪽 백성의 옷차림이다. 긴 치마를 여미는 부분 사이로 드러난 늘씬하고 미끈한 다리가 쓸데없이 요염하다.

"뭐, 그게 남쪽 백성의 옷차림 예절이라면 상관없겠지만. 그래도 얼굴도 귀엽게 생겼는데 머리 정도는 기르지 그래? 괜히 남자로 오해받을 거 아냐?"

네, 오해했습니다.

머릿속으로 대꾸하고 있자니 지금껏 얌전히 있던 디알의 얼굴에 순식간에 핏기가 올라왔다.

"웬 참견이람?! 머리를 기르든 자르든 내 자유잖아! 외모 좀 요염하다고 무시하지 마!"

"흐앗!" 하고 유미가 기묘한 비명을 질렀다.

맙소사, 발칙하게도 디알이 오른손으로 유미의 풍만한 가슴을 움켜쥔 것이다.

유미는 디알의 작은 손을 뿌리치고 새빨간 얼굴로 그 자리에 비실비실 주저앉았다.

"무, 무, 무슨 짓이야! 갑자기, 깜짝 놀랐잖아!"

"흥! 갑자기가 아니면 불평 안 할 거야? 그럼 이번에는 예고하고 나서 해줄까?"

디알은 양쪽 손가락을 갈고리발톱처럼 구부려 유미에게 가까이 가려 했다.

유미는 자신의 상체를 껴안고 혼란스러운 표정으로 뒷걸음질하려 했다.

그 순간 아이 파가 "이봐" 하고 디알의 가는 어깨를 붙들었다.

"가게 앞에서 소란 피우지 마. 자네는 뭐 하나 반성할 줄을 모르는군, 남쪽 백성 처녀여."

디알이 흠칫 놀라서 아이 파를 돌아봤다.

그러자 지금껏 그림자처럼 가만히 서 있기만 하던 청년 라비스가 장검 자루에 손을 얹고 아이 파에게 접근했다.

"숲가의 백성이여, 디알 님에게서 손 떼라. ……그렇지 않으면 베겠다."

"오호? 남쪽 백성 중에는 무법자가 꽤 많군."

어떤 감명을 받은 기색도 없이 아이 파는 디알의 어깨에서 손을 뗐다.

디알은 다소 자제력을 잃은 목소리로 "라비스, 그만둬" 하고 중얼거렸다.

"이번 일은 내가 잘못한 거야. ……아스타, 미안해."

"어, 아니……."

"너한테도 사과할게. ……누가 나한테 머리 가지고 뭐라고 하면 참지를 못해."

"머, 머리……?"

"……내 머리 색이 워낙 지저분해서 너처럼 예쁘게 기를 수가 없거든. 안 그랬으면 이렇게 입어도 남자로 오해받지는 않았을 텐데."

디알은 낮은 목소리로 그렇게 내뱉더니 작은 입술을 깨물고 입을 다물어버렸다.

유미는 천천히 일어나 가슴을 방어한 채 디알에게 다가섰다.

"──딱히 지저분하지도 않은데? 보기 드문 색깔이긴 하지만."

"어디가! 꼭 짐승 같잖아!"

디알은 서러운지 얼굴을 일그러뜨리고 머리를 마구 쥐어뜯었다.

옅고 진한 갈색이 섞인 신기한 색깔의 머리였다. 듣고 보니 나도 개나 고양이 같다고 생각했다. 다만 색이 지저분하다는 생각은 요만큼도 하지 않았다.

"그런가. 뭐, 사람마다 취향은 다른 법이니까."

유미가 디알의 헝클어진 머리에 손을 얹었다.

"그런데 나는 색이 지저분하다는 생각을 하지 않았기 때문에 길러보라고 한 거야. 그 말이 널 화나게 했다면 나도 사과할게."

디알은 말없이 고개를 숙였다.

그러고는 눈을 올려 뜨고 유미를 봤다.

유미는 진심으로 미안하다는 표정을 하고 있었다.

"……너는 화 안 났어?"

"응. 좀 놀랐을 뿐이야."

"아, 그래? ……네 거, 부드러워서 기분 좋더라?"

"그런 소리 하면 못써!" 하고 유미가 디알의 머리를 마구 헝클었다.

디알은 "아하하" 하고 웃더니 그 손에서 벗어났다.

"미안해. 오늘은 이만 가야겠다. 해가 중천에 뜬 다음부터는 일을 해야 하거든. ……아스타, 내일 또 와도 돼?"

"어? 아아, 응, 물론이지."

"……고마워" 하는 말을 남기고 디알은 빠른 걸음으로 사라졌다.

수행원 라비스는 마지막에 아이 파를 한 번 노려본 뒤 디알을 뒤따라갔다.

"이상한 애네! ……뭐, 나쁜 애는 아니겠지만."

유미가 한숨 섞인 목소리로 말했다.

"괜찮으세요?" 하고 내가 묻자 왠지 얼굴을 붉히고 다시 가슴을 가리더니 매서운 눈초리로 나를 쏘아본다.

"됐으니까 얼른 내 것도 만들어줘! 나도 할 일이 남았단 말이야!"

"네에? 네, 죄송합니다……."

"말투!"

"네! 미안해요, 미안해!"

이러면 마치 미다 같지 않은가.

라라 루는 웃음을 억지로 참으며 고개를 돌리고, 유미는 화난 얼굴로 내 손에서 『먀무구이』를 낚아챘다.

"나 참, 오늘은 진지한 이야기를 하러 왔는데 다 망쳤네. ……저기 아스타, 너 《남쪽의 대수정》이랑 《현옹정》에 요리 납품하지?"

"응? 그렇……런데?"

"그거 남쪽과 동쪽 손님 입맛에 맞춘 거지? 만약 서쪽 백성인 내가 먹겠다면 어느 쪽을 추천할 거야?"

"네에? 그건 왜 묻는데요, 묻는데?"

"……일부러 그러는 건 아니지?"

"당연하지요! 당연하지!"

라라 루는 어깨를 들썩이고, 유미는 또 한숨을 내쉬었다.

"요즘 들어 그 두 여관으로 흘러가는 서쪽 백성 손님이 늘어난 것 같거든. 드디어 아버지도 실행에 옮겨야겠다고 결심한 모양이야."

"실행에 옮기다니…… 뭘 어쩌려고?"

"아직 몰라. 어쩌면 기바 고기가 아니라 카론이나 키뮤스 고기로 아스타한테 요리를 맡길 생각일지도 모르지."

유미의 아버지, 여관 《서풍정》의 주인은 숲가의 백성과 기바의 존재를 철저히 기피한다고 들었다.

그는 제노스 토박이가 아니라 젊었을 때 다른 마을에서 이주해온 몸이라 그 혐오감에 명확한 이유나 사정이 없고 역참 마을에 만연해 있는 분위기에 물들었을 뿐이라고 유미는 분석했다.

다시 말해 유미 자신도 아버지와 똑같은 감각으로 숲가의 백성을 기피해왔던 것이 이 포장마차와의 만남으로 해소되었다는 뜻이리라.

"으음, 기바 고기를 사용하지 않는 요리라면 의미가 없는데. 전에도 말했듯이 나는 동전을 벌기보다는 기바의 맛있음을 전파하기 위해 장사를 시작했거든."

"응, 나도 그건 아는데. 그 완고하던 아버지가 아스타의 실력을 확인하려고 나한테 맛을 보고 오라고 했다니까? 그동안 나랑 엄마가 여기 음식을 몰래 사기만 해도 노발대발했는데 말이야! 이거 엄청난 변화 아니야?"

유미는 약간 필사적인 표정으로 포장마차 안쪽을 향해 얼굴을 들이밀었다.

"이제 아스타의 실력에 달렸어. 아스타가 아버지를 잘 설득해서 기바 요리를 먹이기만 하면 아버지의 돌머리를 산산조각 낼 수도 있지 않을까?! ……혹시 나 혼자 너무 막 나가는 건가?"

"아니! 네 말이 맞아. 그렇지, 흥미를 가진 것만으로도 충분히 환영할 만한 일인걸."

서쪽 백성이 운영하는 서쪽 백성을 위한 여관에 기바 요리를 납품한다면 그것은 큰 전진이다.

가능하면 그 첫걸음을 《키뮤스의 꼬리정》에서 떼고 싶었지만 눈앞의 좋은 기회를 놓칠 수도 없는 노릇이다.

'게다가 10년 전 사건의 증거가 중요시되지 않는다는 것도 알게 되었어. 사이크레우스의 눈이 밀라노 마스를 향하지 않는 것 같으니 과감하게 《키뮤스의 꼬리정》에도 거래를 제안해봐야겠다.'

생각이 거기까지 미치자 나는 순순히 유미에게 미소를 보일 수 있었다.

"고마워. 만약 유미의 아버지가 정말 나한테 흥미를 가졌다면 어떻게든 기바의 맛있음을 알게 하도록 노력할게."

유미는 눈을 동그랗게 뜨고 나를 멀뚱멀뚱 쳐다봤다.

밑에 있는 철판의 열기가 닿아서인지 상아색 뺨이 조금 붉어졌다.

"……뭐야, 반말 잘하잖아?"

"아아, 진짜 그러네. 냉정해지면 아직은 좀 신경 쓰이긴 하지만."

"……그리고 내 이름도 기억하고 있었구나?"

"뭐어? 그 정도야 당연히 기억하지!"

그렇기는 해도 내가 먼저 이름을 부를 기회는 한 번도 없었던 것 같다. 유미뿐만 아니라 바란 반장과 알다스 또한 이름을 부를 기회는 거의 없었다.

유미는 "와아" 하고 웃고 나서 몸을 뒤로 뺐다.

"왠지 엄청나게 기쁜데……."

"어? 뭐가?"

"아무것도 아니야! 그래서 《남쪽의 대수정》이랑 《현웅정》 중 어디를 추천할 건데?"

"아아, 음, 어디 보자. 내일부터 요리 내용을 조금씩 바꿔나갈 예정인데, 《현웅정》에서는 시무의 특별한 향신료인 치트 열매를 사용하니까 《남쪽의 대수정》 쪽이 그나마 접근하기 쉬울 것 같아. ……참고로 타우유가 들어간 음식은 먹어본 적 있어?"

"아니. 그거 자갈의 조미료지? 이름은 알아."

"그렇구나. 그래도 치트 열매만큼 자극이 센 조미료는 아니니까 역시 그쪽이 먹기에 부담이 없을 거야. 어차피 나도 동쪽과 남쪽 손님만을 위해 요리를 정한 건 아니거든."

"알겠어. 그럼 우선 《남쪽의 대수정》에 가볼게! 아, 기대된다."

유미는 그렇게 말하고 생긋 웃었다. 평소보다 신난 듯 보여 다행이다.

그리고 서쪽 백성인데도 이렇게까지 내게 마음 써주는 것도 진심으로 기뻤다.

"고마워. 유미가 이어준 인연이 헛되지 않도록 열심히 할게."

"응! 힘내! 나도 정말 맛있다는 생각이 들지 않으면 솔직히 말하는 수밖에 없거든."

"그래야지. 유미가 어떤 소감을 들려줄지 기대되는데?"

그리하여 유미는 웃는 얼굴로 자리를 뜨고 나는 흡족한 마음으로 숨을 돌릴 수 있었다.

그러자 또다시 오른뺨 언저리에 시선이 느껴졌다.

돌아보니 역시 아이 파가 말없이 나를 매섭게 노려본다.

혹시 지금 화내시는 건가요, 하고 눈빛으로 물어봤다.

시끄럽다, 하고 눈빛으로 대답이 돌아왔다.

아이 파는 이 이심전심이 별로 즐겁지 않은 걸까.

그런 생각을 하고 있는데 북쪽에서 망토를 두른 키 큰 사람이 다가왔다.

동쪽 백성 손님이었다. 하지만 슈미랄도 산쥬라도 아니었다. 시무인 중에서도 찾아보기 힘든 190센티미터를 훌쩍 넘는 장신의 소유자였다.

"어서 오세요. 한 개 드리면 될까요?"

"아니오. 두 개, 부탁합니다."

그 사람은 대답하면서 모자를 뒤로 젖혔다.

일부러 얼굴을 드러내는 것은 역시 슈미랄과 산쥬라가 아니고서야 보기 드문 행동이었다.

"아스타, 나, 알겠습니까?"

"네?"

"나, 《은 항아리》 부단장, 라다지드 기 나파시알입니다."

얼굴이 전혀 기억나지 않는다. 흑발에 검은 눈동자, 시무인답게 얼굴이 갸름하다.

다만 《은 항아리》 단원 중 이렇게 키가 큰 사람이 한 명쯤 있었다는 것은 기억한다.

"《은 항아리》 분이시군요? 오늘은 혼자 오셨어요?"

"네. 오늘, 바쁘다. 그래서, 모두, 따로따로, 산다, 하기로 했습니다."

그러고는 그 라다지드라는 사람은 시선을 『기바 버거』 포장마차로 향했다.

"아스타, 비나 루. 나, 이야기, 있습니다."

비나 루가 느릿느릿 이쪽을 돌아봤다.

라다지드는 나직하면서도 잘 들리는 목소리로 이어서 말했다.

"단장 슈미랄, 급한 일, 들어왔습니다. 아스타, 비나 루, 만나러 온다, 늦습니다."

나는 "급한 일이요?" 하고 되물었다.

라다지드는 비나 루 쪽을 바라본 채 "네" 하고 고개를 끄덕였다.

"포장마차, 장사, 끝날 무렵, 온다, 말했습니다. 《키뮤스의 꼬리정》, 반드시 간다, 말했습니다. 인사, 그때입니다."

"그렇군요. 장사 마지막 날인 만큼 여러모로 바쁜가 봐요. ……어? 그런데 비나 루가 오늘 마을에 내려왔다는 걸 슈미랄도 알고 있었나요?"

"네. 슈미랄, 아침부터, 성 밑 마을입니다. 그러나, 동포, 포장마차에 대해, 전했습니다. 슈미랄, 알고 있습니다."

"그랬군요."

그러고 보니 벌써 해가 중천에 뜰 무렵인데 바란 반장 일행도 나타날 기미가 없다.

유미와의 대화로 들떴던 기분이 가라앉을 지경이다.

"슈미랄, 반드시 옵니다. 간식, 나, 건넵니다."

라다지드는 그렇게 말하고 내게 시선을 되돌렸다.

"《은 항아리》, 열 명, 인사, 반드시 옵니다. 우리, 아스타, 만남, 감사하고 있습니다."

"아니에요, 저야말로 여러분과 만난 걸 진심으로 감사하고 있어요."

"인사, 장사, 나중입니다."

라다지드가 감정 없는 목소리로 말했다.

그러나 그 검은 눈동자가 살짝 가늘어져 슈미랄처럼 기쁜 기색을 띤 듯한 기분이 들었다.

2

해가 중천에 떴다.

우리는 교대해줄 리 스도라가 오기를 기다렸다가 《현옹정》으로 향했다.

그때 실라 루에게 바란 반장 일행에게 건네야 할 육포를 부탁해두었다. 20킬로그램에 달하는 육포는 루가와 그 친족인 여섯 씨족, 그리고 이웃에 사는 작은 규모의 다섯 씨족에게 의뢰해 어려움 없이 준비할 수 있었다.

백동화 30닢의 보수도 열두 씨족이 나누면 미미한 금액이다. 지난번에는 작은 씨족을 우선해서 의뢰했기에 이번에는 씨족의 규모에 상관없이 균등히 할당했다.

그리고 파가에서는 가장의 허락을 받아 포장마차를 애용해준 단골손님에게 줄 마음의 선물을 준비했다.

요즘 시간을 내서 열심히 연구 중인 그것은 『기바 베이컨』——이라고 단언해도 될지 잘 모르겠지만. 요컨대 나무처럼 딱딱한 육포를 더 연하게 만들 수 없을까 하고 시행착오 중인 훈제육이었다.

소금에 절여 수분을 빼서 건조한 뒤 향초에 불을 지펴 연기로 그슬린다. 숲가의 육포 제조법은 기본적으로 베이컨과 거의 동일하다. 단, 육포는 보존성을 가장 중시하기 때문에 고기 속 수분까지 철저히 제거한다. 그리하여 연약한 내 이로는 씹어 먹을 수 없을 만큼 딱딱하게 완성되고 만다.

냉각 기기가 존재하지 않고 기후가 일본의 초여름에 해당하는 숲가이며 제노스이기 때문에 보존성이 중시되는 것은 당연하다. 하지만 내가 아는 베이컨과 좀 더 비슷하게 만들 수 없을까—— 보존성을 얼마큼 희생하면, 얼마큼 연하게 만들 수 있을까. 파가에서 육포를 만들 때마다 그런 연구를 다각도로 조금씩 시도하고 있다.

소금의 양, 소금에 절여두는 시간, 소금기를 뺀 뒤에 건조하는 시간, 향초 연기로 그슬리는 시간, 훈연 방법을 개량할 여지가 없는지, 마찬가지로 물기 빼는 효능이 있는 피코잎을 잘 사용할 수는 없는지 등등 연구의 여지가 너무 많아서 좀처럼 답이 보이지 않았다. 지금 단계에서는 내 이로도 그럭저럭 씹어 먹을 수 있지만 대신 보존은 일주일도 못 가는, 한없이 육포에 가까운 베이컨에서 멈춘 상태다.

이상적인 수준에 도달하려면 아직 멀었다. 그런데 여행자가 된 기분으로 포이탄과 아리아를 넣고 같이 끓여봤더니 기존 육포보다 훨씬 맛있게 만들어졌다.

육포의 경우 흐물흐물해질 때까지 삶아야 하기에 나중에는 고무처럼 아무 맛도 나지 않는 고깃점만 남았지만, 새로 만든 베이컨 비스름한 것이라면 제법 감칠맛을 유지한 채 먹을 수 있었다.

사용 부위는 역시 삼겹살로, 육포보다 지방분의 끈적끈적함이 남아 있기 때문에 애초에 감칠맛에서도 큰 차이가 나는 것 같았다. 그 베이컨 비스름한 것을 2킬로그램만큼 추가로 챙겨 넣었다.

반드시 7일 내에 먹을 것, 육포만큼 공들여 끓일 필요는 없다는 것, 그리고 그것은 포장마차를 한 달간이나 찾아준 여러분에 대한 감사의 마음이기 때문에 대금은 불필요하다는 것, 이렇게 세 가지 말을 실라 루에게 남기고 나는 포장마차를 나섰다.

이런 행위가 역참 마을의 규칙에 위배되지는 않을까?

하지만 나는 반장이 이끄는 건축상 사람들과 《은 항아리》 사람들에게만큼은 감사의 선물을 전하고 싶은 충동을 억누를 수가 없었다.

만약 모두와 합류했을 때 그 베이컨 비스름한 선물을 반장 일행이 퇴짜 놓으면 나는 눈물로 베개를 적실지도 모른다는 일말의 불안감을 품으면서도 돌의 가도를 걸어 남쪽에 있는 《현옹정》을 향했다.

멤버는 비나 루, 신 루, 아이 파였다. 포장마차 쪽에는 루도 루와 분가 소년이 남아 있다.

그리고 내 옆에서는 비나 루가 안쓰럽게 숨을 몰아쉬고 있었다.

"……비나 루, 괜찮아요?"

"응…… 되도록 성가신 일은 빨리 해치우고 싶었거든……."

오른발을 살짝 끌면서 겅중겅중 걷고 있었다. 옆얼굴은 무표정이지만 역시 근심이 느껴졌다.

'슈미랄의 선물을 받을 건가요?'

아까부터 그 말이 목구멍까지 차올랐지만 가까스로 참고 있다.

이러나저러나 비나 루는 내게 호감을 표하며 접근했던 상대다. 그런 그녀에게 내가 슈미랄에 대해 이것저것 묻는 것이 좋을 리가 없다.

비나 루는 어떤 심정으로 내게 추파를 던졌을까. 그 근원에는 어떤 감정이 소용돌이치고 있었을까. 신원을 알 수 없는 나에 대한 호기심이나 집착이었을까, 바깥 세계에 대한 동경이 뭔가 부가가치를 부여해버린 걸까, 아니면 순수한 연애 감정이었을까. 나로서는 그것을 알 수 없고, 어쩌면 비나 루 자신도 알지 못할지도 모른다.

숲가의 백성은 내가 살던 세계의 사람들보다 더 직감적인 부분으로 반려자를 선택하는 것 같다. 미아 레이 아주머니만 해도 두 번째 만날 때 돈다 루에게 마음을 고백했다고 하고 그 딸인 레이나 루도 오랜 시간을 쌓지 않은 채 내게 감정을 터뜨렸다.

고작 두 가지 사례만으로 숲가의 백성의 습성을 단정하는 것은 너무 섣부를지도 모른다. 그러나 비나 루 또한 그녀들의 혈육일 뿐만 아니라 나에게 그녀들보다 단기간에 즉각적인 맹공을 가해온 여성이다.

그런 그녀가 슈미랄에게 어떤 마음을 품고 있을까.

슈미랄의 마음을 어떤 식으로 받아들이려는 걸까.

우둔한 나로서는 상상도 가지 않았다.

"……무슨 일이지? 아까부터 표정이 우울해 보이는군."

걸어가면서 아이 파가 얼굴을 들이밀었다.

"아스타, 마음에 걸리는 일이 있으면 담아두지 말고 털어놔."

"아니, 괜찮아. 그냥 생각할 게 좀 있어서 그래."

평소보다 20퍼센트는 더 날카로운 눈빛을 한 아이 파에게 나는 고개를 내저었다.

"아이 파, 너야말로 괜찮아? 감시하는 것 같다던 그 시선은 오늘도 느껴져?"

"오늘은 느껴지지 않는군. 어제의 시선도 우연히 누군가 집요하게 시선을 던졌을 뿐이라면 좋을 터인데."

그렇다는 확증이 없는 한 아이 파도 마음이 편치 않을 것이다. 그런데 다음 회담까지는 아직 보름이나 남았다.

휴식기에 들어간 루가라면 또 모를까 아이 파는 사냥꾼 일을 소홀히 할 수가 없다. 루의 촌락 근처에서 기바 출현율이 내려 갔다는 것은 다른 구역에서의 출현율이 상승했음을 가리킨다.

슨가가 사냥꾼 일을 내팽개쳤기 때문에 기바의 이동 주기에 혼란이 생긴 듯하지만, 최소한 파가 근처에서는 기바의 모습을 아예 찾아볼 수 없을 정도는 아니다. 이웃인 포우와 란가에서도 기바를 제법 순조롭게 포획하고 있다.

"……흰 달 15일까지는 숲에 이틀에 한 번 들어갈 생각이다."

마치 내 마음을 읽었다는 듯이 아이 파가 그렇게 털어놓았다.

그러고는 내 얼굴을 가까이서 매섭게 쏘아봤다.

"그러니 경호 역할도 이틀에 한 번은 루가에 부탁할 예정이야. ……내 눈이 닿지 않는 곳에서 엉뚱한 짓을 하면 그냥 넘어가지 않겠다, 아스타여."

"알아. 아니, 내가 역참 마을에서 엉뚱한 짓을 한 적은 있고?"

"며칠 전에 남쪽 백성 처녀에게 얻어맞은 직후가 아니던가?"

하악 하고 털을 곤두세운 고양이 표정으로 내 어깨를 쿡쿡 찔렀다.

어째선지 아이 파는 디알 이야기만 나오면 순식간에 심기가 뒤틀리는 모양이다.

"……아스타와 아이 파는 사이가 참 좋구나……."

비나 루가 다시 낮게 중얼거렸다.

화난 표정을 거두고 아이 파가 그쪽으로 몸을 틀었다.

"기운이 없어 보이는군. 발이 아픈가, 루의 장녀여?"

"아니…… 그냥 당신들의 정다운 모습을 보니 가슴이 아렸을 뿐이야……."

조금 뜨끔하게 하는 발언이었다.

그러나 아이 파는 이상하다는 듯 고개를 갸웃거렸다.

"루가에는 가족이 많지 않은가? 왜 가슴이 아리다는 거지?"

"당신, 진심으로 묻는 거지……? 그러니까 손쓸 도리가 없는 거야……."

아이 파의 머리 위로 커다란 물음표가 떠올랐다.

그런 아이 파의 모습을 힘없이 곁눈질하고 나서 비나 루는 후 유 하고 숨을 토했다.

"괜찮아, 신경 쓰지 마…… 이건 내 문제이니까……."

"그렇군" 하고 아이 파는 고개를 끄덕였다.

그러고는 웬일로 망설이는 표정을 짓고 다시 말을 거듭했다.

"루가에는 지바 할머니와 리미 루가 있지. 내가 깊이 아는 사람은 그 두 사람뿐이지만 그래도 루가는—— 매우 풍요롭고 행복한 집이라고 생각한다."

"알아…… 나도 가족은 소중히 여기는걸……."

비나 루는 긴 앞머리로 표정을 가리고 말았다.

그 후 중얼거린 말은 어쩌면 귀를 쫑긋 세우고 있던 나에게만

들렸을지도 모른다.

"나는, 뭘 원하는 걸까……."

어린아이처럼 불안한 목소리로 비나 루는 분명히 그렇게 중얼거렸다.

◇

"아스타와의 계약도 오늘로 일단 완료되는군요."

《현옹정》 주방에서 여관 주인장 네일이 감정 없이 차분히 말했다.

보통 키에 보통 몸집이고 아직 서른이 될까 말까 한 젊은 주인이다. 갈색 머리에 다갈색 눈동자, 상아색 피부를 지닌 이렇다 할 특징 없는 서쪽 백성의 풍모다.

"아스타, 오늘까지 수고 많았습니다. ……그리고 내일부터도 새로이 계약해준다면 정말 기쁠 겁니다만."

"그렇게 말해주셔서 영광입니다. 단 일전에도 말씀드렸다시피 내일부터는 치트 절임을 쓰지 않는 요리로 변경했으면 하는데요."

지참한 식재료를 작업대 위에 펼쳐놓으며 말하자, 네일이 "이번에는 아스타가 또 어떤 요리를 만들어줄까 내심 기대하고 있었습니다" 하고 말해주었다.

말 내용은 은근하고 우호적인 반면 표정은 부자연스러울 만큼 무표정이었다. 동쪽 백성의 예절에 맞춰 감정을 드러내지 않도록 유의하고 있는 괴짜 주인장이다.

"겨우 맛이 완성되었으니 오늘 안에 시식해주세요. 그럼 준비를 시작할게요."

오늘 메뉴는 김치찌개를 모티브로 한 『치트전골』이다.

『치트전골』은 기바 고기와 아리아와 티노를 끓여서 치트 절임과 타우유를 섞기만 하면 되기 때문에 끓이는 동안에는 손이 완전히 빈다. 따라서 쇠 냄비에 건더기를 집어넣은 다음 나는 재빨리 새 메뉴 만들기에 돌입할 수 있었다.

이틀 전 아이 파와 슈미랄이 먹은 『기바소테 아라비아타풍』이었다. 이것도 1인분이라면 쉽게 만들 수 있다. 『치트전골』의 불 당번은 비나 루에게 부탁하고 나는 작업을 엄숙히 진행했다.

호위역인 아이 파는 안쪽 창문이 있는 벽에, 신 루는 주방 입구에 자리 잡고, 네일은 내 옆에서 작업 상황을 지켜보고 있다. 《현옹정》은 내가 아는 여관 중 가장 규모가 작기 때문에 다섯 명이나 들어와 있으니 주방이 비좁게 느껴졌다.

자츠 슨 일행의 습격에 대비하던 무렵에는 호위역이 네 명이었다. 그중 세 명은 건물 밖으로 나가 앞문과 뒷문을 지켰다. 하지만 이번에는 호위역이 두 명밖에 없기 때문에 전력을 실내로 집중한 것이다.

《남쪽의 대수정》의 주인 나우디스는 숲가의 사냥꾼을 적잖이 두려워하는 모습이었다. 그런데 이 네일이라는 인물은 그런 기색이 느껴지지 않는다. 동쪽 왕국 시무의 문화에 심취한 그는 사대왕국 사이에 존재하는 격차를 걱정하는 입장이다. 자갈을 버리고 셀바의 아이가 된 과거 때문에 차별을 받게 된 숲가의 백성을 그는 최대한 공정하게 대하려는 것이리라.

'스스로 신을 버리거나 상대에게 신을 버리게 강요할 결심이 서지 않아 동쪽 백성을 아내로 맞을 수 없었다고 했지.'

이곳 세계에서는 신을 바꾸는 행위 자체가 일종의 금기인 것이다.

버려진 쪽이 언짢아하는 것은 어쩔 수 없다 쳐도 새로이 선택받은 쪽도 결코 쌍수를 들고 환영해주지는 않는다. 그리하여 숲가의 백성도 애초에 제노스 사람들에게 괄시받는 신세가 된 것이다.

'그 심리는 뭘까. 신을 쉽게 바꾸는 사람을 신용할 수는 없다, 이건가?'

하지만 누구나 쉽게 신을 바꿀 수 있는 것은 아니리라.

예를 들어 카뮤아 요슈가 그렇다.

북쪽과 서쪽의 혼혈인 카뮤아 요슈는 어렸을 때는 북쪽 왕국에서 자랐고 어머니를 여읜 후에는 서쪽 왕국으로 이주했다고 한다.

적대국 관계인 마휴도라와 셀바 사이에서 어떻게 카뮤아 요슈가 태어나게 되었는지 자세한 사정은 듣지 못했다. 다만 그는 북쪽 백성으로 어머니와 함께 살았고 어머니를 여읜 후에는 섬기는 신을 바꾸어 서쪽 백성이 되었다. 그런 복잡한 성장 과정이 그의 기묘한 인격을 형성하는 데 핵심이 되었음에 틀림없다.

태생 때문에 제대로 된 직업을 가질 수 없어서 실력 하나로 먹고살 수 있는 《수호자》를 생업으로 삼았다고 일전에 카뮤아 요슈가 말했다. 그리고 비슷한 경우인 숲가의 백성에게 일방적으로 동료 의식을 품고 있다고도 했다.

카뮤아 요슈는 물론 숲가의 백성도 결코 가벼운 마음으로 신을 바꾼 것은 아니리라. 그러나 서쪽 왕국 셀바는 그런 그들을 따뜻하게 맞이하지 않았다.

'그럼 역시 혼인 때문에 신을 바꾸는 것도 웬만해서는 축복받지 못하겠구나.'

옆의 아궁이 앞에 조용히 서 있는 비나 루의 옆얼굴을 쳐다보며 나는 몰래 한숨을 쉬었다.

어느덧 고기와 아리아가 다 익은 듯하여 나는 미리 준비해온 타라파 소스를 쇠 냄비에 끼얹었다.

"그건 그 포장마차에서도 쓰이는 타라파 조린 국물입니까?"

"네. 이게 치트 열매와 잘 맞거든요."

"과연. 저도 치트 열매와 먀무를 같이 사용하곤 합니다만, 타라파는 약간 의외로군요."

"타라파는 그대로 사용하면 신맛이 너무 강하니까요. 그것도 나름대로 맛있을 테지만 저는 잘게 다진 아리아를 섞음으로써 단맛을 더해준답니다."

네일에게 설명해주는 사이 요리가 완성되었다.

『기바소테 아라비아타풍』이 완성된 것이다.

"자, 드셔보세요. 제 생각에는 『치트전골』 못지않은 요리인 것 같아요."

"네. 적어도 『치트전골』 못지않게 좋은 냄새가 나는군요."

네일이 엄숙한 표정으로 나무 숟가락을 손에 들었다.

그러고는 붉은 소스가 듬뿍 묻은 등심을 한 입 먹더니——"아 아" 하고 입을 틀어막았다.

"왜, 왜 그러세요?"

"이거 큰일이군요—— 입가가 느슨해지는 것을 당최 막을 수 가 없습니다."

"그럼 저야 더할 나위 없이 기쁜데요."

나도 모르게 웃음이 나왔다.

주위에 시무인이 있는 것도 아닌데 감정을 실컷 드러내면 좋 으련만, 하고 생각했다.

"부끄럽기 짝이 없습니다. ……아아, 정말 맛있군요."

네일은 입을 실룩실룩 움직이며 요리를 싹 먹어치웠다. 애써 무표정을 유지하면서도 급하게 먹어치우는 모습에서 그가 몹시 만족해한다는 것을 알 수 있었다.

"음, 정말 훌륭한 양념입니다. 그동안 만들어온 요리보다 인 기가 뒤떨어질 일은 없을 겁니다."

나무 접시까지 깨끗이 비운 네일이 접시를 작업대에 내려놓고 그렇게 말해주었다.

그러나 다갈색 눈동자로 슬쩍 걱정스러운 듯이 나를 쳐다본다.

"그런데 요리는 이것 하나뿐입니까? ……아니, 물론 두 종류의 요리를 날마다 번갈아 부탁하게 된 까닭은 단순히 제가 둘 중 하나를 고르지 못해서였지만……."

"걱정 마세요. 이왕 이렇게 된 거 또 두 종류 요리를 준비할 겁니다. 국물 요리도 새로 연구 중인데 아직 완성하지 못했어요."

같은 요령으로 아라비아타풍 수프를 시도해봤지만 예전에 타라파 스튜를 만들어봐서인지 이쪽은 뭔가 부족한 맛이라는 느낌을 지울 수가 없었다.

소테의 주역은 고기다. 고기 맛을 살려주는 소스 역할을 타라파와 치트가 한데 섞여 절묘하게 해냈다고 생각한다. 그런데 그것을 수프로 만들었더니 뭔가 아쉬운 맛이었다. 기바 고기에서 나오는 육수와, 타라파 소스와 타우유만으로는 치트 단품의 매운맛과 잘 어우러지지 못하는 것이다.

"치트 절임에는 음, 그러니까 생선인 마루를 소금에 절여 넣었던가요? 어쨌든 재료로 어패류가 사용되었다는 거죠? 『치트 전골』에서는 그 어패류의 감칠맛 성분이 꽤 중요하게 작용했나 봐요."

그것은 어쩌면 보편적인 감각이 아닌, 내가 지금까지 먹어온 김치찌개와 이탈리아 요리의 맛의 기억에서 도출된 결론일지도 모른다.

어패류의 감칠맛뿐만 아니라 콩소메(육류, 야채를 삶아 낸 물을 헝겊에 걸러낸 맑은 수프)나 부용(고기나 뼈를 삶아 우려낸 국물)처럼 깊이 우려낸 '국물 맛'이 나지 않아 허전했던 것이다.

예를 들어 기바의 뼈만 넣고 삶아도 진한 육수가 나오겠지만 그래도 맛이 허전할 가능성이 있다. 스튜를 만들었을 때처럼 각종 채소를 넣고 뭉근히 끓여주는 것이 좋을지도 모른다.

하지만 그렇게 하려면 긴 시간과 품과 재료비와 장작이 필요하다. 납품가는 1인분에 적동화 두 닢, 작업 시간은 한 시간이라는 제한이 있는 이상 그것은 이루어질 수 없는 조리법이다.

"아스타가 지금 만들어주고 있는 이 국물 요리는 손님들 사이에서 무척 좋은 평가를 받고 있습니다. 이것을 대신할 국물 요리가 아니면 적잖은 불만을 드러낼지도 모르겠군요."

네일이 진지한 눈빛으로 나를 쳐다본다.

"아스타. 아까 먹은 고기 요리의 맛에는 아무런 불만도 없습니다. 이 요리와, 치트 절임을 사용한 국물 요리를 하루씩 번갈아 준비해주는 것은 어렵겠습니까?"

"아아, 으음…… 그렇군요…… 사실 내부 사정을 말씀드리자면, 재료비를 재검토해야 할 상황이 생겼어요."

"재료비를? 왜입니까?"

"네. 숲가의 마을에서 기바 고기의 매입가를 조정했거든요. 그동안 값이 너무 저렴했기 때문에 적정한 금액으로 올리기로 했어요. 그래도 카론 고기보다는 저렴하지만요."

내 대답에 네일은 조용히 고개를 끄덕였다.

"확실히 치트 절임을 요리에 사용한다고 들었을 때, 과연 아스타에게 이익이 남을까 걱정되더군요. 그렇다면 현 상태에서 아스타에게 이익은 얼마 정도 남습니까? ⋯⋯아니, 꼬치꼬치 캐물으려는 생각은 없습니다만."

"상관없어요. 음, 그러니까 현 상태는──『치트전골』 30인분에 적동화 아홉 닢의 이익이 나요."

놀라지 마시라, 다른 집에서 기바 고기를 매입할 경우 원가율이 85퍼센트까지 불어났다. 과연 네일도 내 대답을 듣고는 눈을 동그랗게 떴다.

"요리를 적동화 60닢에 납품하고서 그 이익이 적동화 아홉 닢이란 말입니까?"

"네. 고기가 싼값이었을 때의 이익이 적동화 30닢이었던 터라 별로 신경 쓰지 않았거든요. 그런데 장사를 이렇게 하면 안 되는 거 아닌가 싶어서요."

고기 값을 인상한 것은 나 자신이다. 이런 사태가 벌어진 것도 싼 고기 값에 의지해 원가율을 중시하지 않은 내 태만이 원인이다.

한 가지 변명을 하자면 당시에는 매일 일에 쫓기느라 요리 연구할 시간을 내지 못했다. 그리하여 김치찌개와 돼지고기 김치볶음을 생각하다 떠오른 현재 메뉴를 선택할 수밖에 없었다는 배경도 있다.

"하지만, 알겠습니다. 앞으로도 새 요리 개발에 힘쓸 테니 납득할 만한 요리를 완성할 때까지는 지금처럼 『치트전골』도 준비할게요."

"그러면 아스타의 이익이……."

"이런 일로 괜히 고객의 눈 밖에 나서 기바 요리 자체에 나쁜 인상을 주게 되면 본말전도이니 이번에는 그게 최선의 길이라는 생각이 들었거든요. 이제 납득이 가는 요리로 납득이 가는 장사가 되도록 저 스스로 온 힘을 다하면 되죠."

그러고 나서 나는 한마디만 덧붙이기로 했다.

"다만 『치트전골』의 재료비가 늘어난 까닭은 제가 네일에게 치트 절임을 사서 그걸 요리에 썼기 때문이에요. 네일이 직접 『치트전골』을 만들어서 팔면 이익을 충분히 올릴 수 있지 않을까요?"

그렇다기보다 현시점에서도 네일은 수익이 나는 가격으로 기바 요리를 손님에게 제공하고 있으므로 직접 요리를 만들기까지 하면 현재 이익에 내가 얻고 있는 이익이 가산된다.

그러나 네일은 슬픈 듯이 눈을 내리뜨고 고개를 내저었다.

"저도 요리 실력에는 자신이 있지만 아스타와 같은 재료로 같은 맛을 낼 자신은 없습니다. 그리고 아스타보다 맛이 떨어지는 요리를 내봤자 공연히 손님의 눈 밖에 나기만 할 테지요."

"그런가요……? 안타깝네요."

"아니, 그런데 아스타여. 그 말인즉 제가 아스타에게 기바 고기를 매입하는 것도 가능하다는 의미입니까?"

"네? 아, 네, 물론이죠."

심장이 살짝 튀어 올랐다.

네일의 안타깝다는 눈빛이 기대에 찬 눈빛으로 확 바뀌었다.

"그렇다면 기바 고기를 매입하고 싶습니다. 아스타와 똑같은 요리를 하면 미흡한 점이 더 눈에 띌 테지만, 저 나름대로 요리를 만들면 손님에게 제공할 수 있을 겁니다."

이윽고 네일은 더는 못 참겠다는 듯이 입꼬리를 올렸다.

"사실 무엇보다 저야말로 기바 고기를 먹고 싶습니다. 왜 손님에게만 제공하고 나는 키뮤스와 카론을 먹어야 할까 하는 생각이 요즘 부쩍 들기 시작했습니다……."

"……정말 기바 고기 자체를 매입하시겠다는 거죠?"

"네. 많이 매입하지는 못하지만── 그런데도 카론 고기보다 비싸지는 않는 겁니까?"

"아, 네! 일단 마을에서는 카론과 똑같은 값으로 팔 생각이에요. 머지않아 기바 고기의 거래가 궤도에 오르면 가격을 다시 설정할지도 모르겠지만요……."

"그렇다면 저는 행운이군요. 기바 고기가 저렴할 때 살 수 있으니까요."

그렇게 말하고 네일은 손가락으로 기묘한 모양을 만들었다.

시무 백성이 자주 보이는 동작이다.

"부디 제게 기바 고기를 팔아주십시오. 우선 하루에 10인분 정도 부탁합니다."

역참 마을에서 말하는 10인분이란 약 2.5킬로그램에 해당한다.

카론과 똑같은 값으로 팔면 이익은 적동화 열 닢밖에 되지 않는다.

하지만 드디어 기바의 신선육을 원하는 사람이 등장한 것이다. 나는 반은 무의식적으로 아이 파를 돌아봤다.

아이 파는 여전히 무표정이면서도 기쁜 듯이 눈을 가늘게 뜨고 나를 바라봐주었다.

"네일, 고맙습니다. 정말──정말 진심으로 고맙게 생각해요."

"저야말로 무척 기쁩니다. 기바 고기에는 키뮤스와 카론과는 전혀 다른 맛깔스러움이 있어 머지않아 더 많은 사람이 원하게 될 겁니다."

그렇게 말하고 나서 네일은 별안간 "실례하겠습니다" 하고 뒤를 돌았다.

그대로 식료품 창고로 사라지더니 잠시 후 작은 항아리와 그럭저럭 큰 보따리를 양손에 들고 돌아왔다.

"이것이 치트 절임에 사용하는 마루 소금절이입니다."

네일이 작업대 위에 올려놓은 항아리 뚜껑을 열었다.

흥미진진한 마음으로 들여다보자 작고 하얗고 투명한 물체가 작은 항아리의 중간까지 빽빽이 들어차 있었다.

형체는 그리 분명하지 않았다. 몸길이는 대략 1센티미터로 가늘고 길쭉한 몸을 지닌, 굳이 말하자면 크릴 같은 새우류를 닮은 생물의 소금절이인 듯하다.

"이것은 서쪽 영토에서 잡히기 때문에 그리 보기 드문 식재료는 아닙니다. 먀무나 돌소금을 취급하는 가게라면 대체로 구비하고 있습니다. 이 항아리에 가득 담아 적동화 두 닢 정도에 팝니다."

"과연! 원래 술안주로 먹는 거라고 하셨죠?"

아마 오징어젓 같은 젓갈류 음식으로 분류될 것이다. 마루 소금절이를 직접 타라파 소스와 섞으면 어울리지 않을지도 모르지만, 아무래도 근방에 바다가 없고 강에서도 제대로 포획하지 못할 터인 이곳 제노스에서는 귀중한 어패류 식재료다.

"고맙습니다. 당장에라도 구입해서 요리에 쓸 수 없는지 연구해보고 싶어요. ……이 보따리는 뭔가요?"

"이쪽은 건락입니다. 오늘 아침께 시무에서 행상인이 왔길래 약속대로 구입해두었습니다."

"아, 치즈네요! 우와, 양이 꽤 많은데요?"

"네. 다섯 개 구입했으니 이번에는 전부 아스타에게 양보하겠습니다."

루가에서도 구입을 부탁받은 참이었다. 이 정도면 400~500그램은 나가는 치즈 덩어리를 두 개 반씩 나눠 가질 수 있다.

내가 다시 한번 아이 파를 돌아보자 친애하는 가장은 입을 막으며 화난 눈초리로 나를 매섭게 노려봤다.

아이 파는 이 카망베르치즈 같은 건락이 들어간 '건락 인 햄버그'를 가장 좋아한다. 아이 파도 시무인이 아니니 좋으면 웃으면 된 텐데, 하고 생각했다.

"고맙습니다! 지난번 받은 것은 순식간에 다 먹어치웠거든요. 정말 감사합니다."

"그렇게 기뻐하는 모습을 보니 저도 덩달아 기쁘군요. ……그렇다는 것은 기바 고기를 팔게 된 아스타는 더 기쁠지도 모르겠군요."

네일이 입가에 엷은 미소를 머금었다.

"숲가의 백성인 아스타가 시무의 건락을 반가워하고, 서쪽 백성인 제가 기바 고기를 반가워하는군요. 이렇게 조그만 가게의 아무도 모르는 교류이지만 제게는 이 교류가 몹시 귀하게 느껴집니다. 아스타, 앞으로도 오래오래 인연을 맺어갑시다."

3

우리는 《현웅정》에서 할 일을 마치고 이번에는 《남쪽의 대수정》으로 향했다.

《현웅정》은 돌의 가도에서 조금 떨어진, 주택가 구역의 한가운데에 위치해 있다. 따라서 우리는 잠시 동안 좁고 복잡한 길을 걸어야 했다.

시각은 해가 중천에 뜬 뒤 한 시간쯤 지났을 무렵이다. 이 시간이면 사람들은 대부분 길가에 나 있는 가게에 들어갔거나 남쪽 농장에 일하러 나간다. 그래서 지나다니는 사람이 별로 없다.

"햐, 오늘은 수확이 아주 컸어. 새 요리도 호평이었고 건락도 생긴 데다 기바 고기를 팔 물꼬까지 트였고, 더할 나위 없이 좋은 날이야."

여전히 기운이 없는 비나 루 앞에서 신나게 떠들어댈 수도 없는 노릇이었다. 그런데도 나는 목소리를 낮춰서라도 아이 파에게 말하지 않고는 견딜 수가 없었다.

"바라 마지않던 이야기이긴 하나, 그 가게에 팔 요리를 하나 더 완성해야 하지 않은가."

"응, 그런데 기루루 덕분에 역참 마을에 다니는 시간도 단축되었고, 레이나 루 일행에게 『기바 버거』 밑 준비 작업을 맡기게 되면 제법 시간을 낼 수 있을 거야. 어떻게든 해볼게."

"……나는 또 그 붉은 열매를 사용한 요리를 끊임없이 먹게 되는 건가."

"아니, 아이 파, 너한테는 매운맛을 줄여서 만들어준다니까."

"마음 써주는 것이 왠지 더 열 받는군."

아이 파가 신 루 일행에게는 보이지 않는 각도로 입술을 삐죽거렸다.

"너무 삐지지 마. 시식하는 중간에 건락이 들어간 햄버그도 만들어줄게."

"……그 말만 꺼내면 언제든지 내 비위를 맞출 수 있다고 생각하나? 꿈도 야무지군."

"엇, 그래도 좋지?"

다리를 걷어차였다.

나는 다시금 너무 들뜨지 않도록 주의해야겠다고 생각했다.

'그나저나 네일은 남다른 사람이니까. 태생은 서쪽 왕국인데 사고방식은 동쪽 백성에 가까운 것 같아. 누구나 기바 고기의 존재를 그렇게 순순히 받아들이지는 않을 텐데.'

하지만 이것은 위대한 한 걸음이라 생각한다.

《남쪽의 대수정》의 나우디스도 머지않아 기바 고기를 조리해 볼까 하는 마음이 생길지도 모르고, 《서풍정》과도 인연을 맺을 가능성이 생겼다. 그뿐만 아니라 밀라노 마스와도 잘 이야기하면 《키뮤스의 꼬리정》에서도 기바 요리를 취급해줄지도 모른다.

며칠 전에는 사방이 꽉 막힌 느낌, 즉 폐색감을 느끼기도 했건만 오늘 하루 만에 눈부신 약진이지 않은가. 이런 때야말로 조급해하지 말고 차근차근 진행해야 한다. 머리로는 그렇게 생각하면서도 발걸음이 자꾸만 경쾌해졌다.

'오늘이 제4기 나흘째 되는 날이니까 포장마차 계약이 끝나는 날까지 엿새 남았구나. 이번에는 이틀 정도 쉬면서 요리 연구에 집중해볼까.'

20일 남짓 만의 휴일이건만 머릿속에는 그런 생각뿐이다. 내게 일 중독자 기질이라도 있는 걸까.

내심 들뜬 마음으로 걷고 있는데 느닷없이 아이 파가 내 오른팔을 낚아챘다. 내가 강제로 걸음을 멈추게 되면서 뒤따라오고 있던 비나 루 일행도 걸음을 멈춰야 했다.

무슨 일이냐고 묻기 전에 그 이유라고 여겨지는 인물이 맞은 편에 나타났다.

"아스타, 기우(奇遇)입니다. 이런 곳, 왜 있습니까?"

다소 더듬거리는 서쪽 말.

그 인물은 가죽 모자를 뒤로 젖히고 밤색의 긴 머리와, 미소 띤 칠흑 같은 얼굴을 드러냈다. 어제 포장마차를 찾아준 산쥬라 였다.

"아, 안녕하세요. 정말 기이한 우연이네요. 저희는 일을 마치 고 돌아가는 길이에요."

"이런 곳, 일입니까?"

산쥬라가 자박자박 다가온다.

아이 파는 미묘하게 경계하는 듯하지만, 산쥬라는 어제와 다 름없이 부드럽게 웃는 얼굴이다.

"네. 실은 여관에서 요리하는 일도 하고 있어서 지금은 다른 여관에 가는 길이에요."

"여관. ⋯⋯혹시, 《현옹정》입니까?"

"네? 네, 맞아요."

"역시 그랬군요. 그래서, 그 가게, 기바 고기 요리를 팔고 있 었던 거군요."

엷은 다갈색 눈을 가늘게 뜨고 더 부드럽게 웃었다.

참으로 매력적인 미소다.

"아, 혹시 산쥬라도 《현옹정》에서 숙박하시나요?"

"네. 나, 서쪽 왕국에서 자랐지만, 동쪽 요리, 좋아합니다. 그래서, 동쪽 백성을 위한 여관, 늘 선택합니다."

산쥬라는 감정을 숨기지 않는다는 한 가지만 제외하면 누가 봐도 시무인으로 보였다. 그런 그가 《현옹정》의 손님인 것은 지극히 자연스러운 일이다.

'동쪽과 서쪽의 혼혈이라. 이 사람한테도 복잡한 성장 과정이 있는 걸까?'

나는 딱히 산쥬라를 경계하지 않는다. 그런데도 그에게서는 신기한 분위기가 느껴졌다. 왠지 당연하지 않은 듯한—— 슈미랄 같은 매력과도, 카뮤아 요슈 같은 수상쩍음과도 다른, 그냥 지나칠 수 없는 흡인력 같은 것을 느낀 것이다.

'뭐, 생긴 건 시무인인데 보기 드물게 표정이 다양해서일지도 모르지.'

어쨌든 지극히 호의적인 감정이 유발되었다.

따라서 나는 웃는 얼굴로 잘 가라는 인사를 하기로 했다.

"그럼 저는 일하러 갈게요. 인연이 있으면 또——."

"잠깐. 멋대로 움직이지 마, 아스타" 하고 아이 파가 다시 내 팔을 잡아당겼다.

나는 아이 파를 돌아보고 놀랐다. 아이 파의 파란 눈동자가 사냥꾼의 눈빛으로 타오르고 있었다.

"왜, 왜 그러는데? 이 사람은 아무 짓도 안 했잖아."

"저 남자는 상관없다. 웬 놈이 또 우리를 지켜보고 있어."

아이 파가 낮게 속삭이듯 말했다.

"어제와 똑같은 독침 같은 시선이다. 이곳에 다른 사람은 없으니 인기척을 찾아낼 수 있을지도 몰라. 너는 절대 아는 척하지 말고 평소처럼 행동해."

나는 눈을 굴려 사방을 둘러봤다.

인기척은커녕 우리 말고는 사람 그림자조차 보이지 않는다.

산쥬라가 조금 당황했는지 고개를 기울였다.

"무슨 일입니까? 나, 아무것도 느끼지 않습니다만."

"미안하지만 잠시 입 좀 다물어줘야겠다" 하고 거칠게 내뱉고 아이 파는 신 루 쪽을 봤다.

신 루가 고개를 끄덕이고 자연스럽게 아이 파 옆으로 걸어 나왔다.

"어때? 너는 느껴지나?"

"그래, 희미하게. ……그런데 숨죽인 사냥꾼처럼 희미한 인기척이야."

"음. 마을 사람이 이 정도까지 인기척을 숨길 수 있으리라 생각되지는 않지만…… 어쨌든 오른쪽이군."

아이 파는 산쥬라 쪽을 흘끗 보고 나서 다시 신 루에게 속삭였다.

"나는 이 자리에서 아스타와 루의 장녀를 지키려 한다. 인기척이 파악되면 뒷일은 네게 맡겨도 되겠는가? 몹시 위험한 역할이 될지도 모른다."

"알겠어. ······오른쪽 앞쪽이군. 그럼 저 두 집 사이 같은데?"

"그럴지도. 좀 더 가까이 접근해야겠군."

아이 파는 그렇게 말하고 이번에는 산쥬라를 분명히 쳐다봤다.

"동쪽 백성――이 아니었던가. 어쨌든 자네에게 부탁할 것이 있다."

"네. 뭡니까?"

"이곳을 신속히 떠나줬으면 한다. 자네가 이 기척의 주인과 무관계하다면."

산쥬라는 역시 곤혹스러운 듯 눈썹을 축 늘어뜨릴 뿐이었다.

"잘 모르겠습니다. 하지만 아스타, 지금부터 일하러 가죠? 그렇다면, 나, 떠납니다."

"아아, 죄송해요. 저, 너무 괘념치 마셨으면 해요."

나 자신이 사태 파악을 하지 못했기 때문에 그런 식으로 막연하게 사과할 수밖에 없었다.

산쥬라는 마지막에 시원한 미소를 보이고 가죽 모자를 다시 뒤집어썼다.

"내일, 포장마차로 찾아가겠습니다. 지금, 아스타의 요리, 먹고 온 참입니다."

"아, 그러셨군요. 이용해주셔서 감사합니다."

"네. 내일, 더 이른 시간에 찾아가겠습니다."

산쥬라는 아이 파와 신 루가 있는 쪽으로 가지 않고 조금 우회해서 우리가 지나온 길인 《현옹정》 쪽으로 떠났다. 분명히 일부러 그랬으리라.

"좋아, 가지. 아스타와 루의 장녀여, 걸으면서 자연스럽게 우리 왼쪽으로 돌아 들어와야 한다. 저기 보이는 샛길에 도착하기 전에 이동하면 되니 절대 부자연스럽게 움직여서는 안 된다."

사냥꾼의 눈빛을 눈꺼풀에 반쯤 숨기면서 아이 파는 앞장서서 걷기 시작했다.

그 위험한 눈매를 제외하면 평소와 다름없는 행동거지다.

정말 누군가가 다시 우리를 감시하기 시작했을까?

'대체 어떻게 된 일일까? 어제 아침부터라는 타이밍도 미묘하고. 사이크레우스의 입김이 작용한 사람이라면 최소한 회담이 끝나고 나서 움직여야 하는 거 아닌가……'

심박수가 마구 올라갔다.

나는 굳어버릴 지경인 다리를 열심히 움직여 아이 파의 왼쪽으로 조금씩 방향을 바꾸었다.

오른쪽 샛길까지는 이제 5미터도 남지 않았다. 어느덧 신 루가 아이 파의 오른쪽으로 이동하고, 비나 루는 내 바로 뒤에서 걷고 있었다.

여전히 인기척은 없다. 이제 몇 분만 더 걸으면 큰길로 나갈 수 있는 거리인데 사방이 유령 마을처럼 쥐 죽은 듯 조용했다.

부유층이 사는 구역은 아닌 듯하다. 빽빽이 들어선 집은 숲가의 마을과 별 차이 없는 목조 단층집이 많았다. 그 집과 집 사이에 난 좁은 샛길── 거기까지 접어든 순간 느닷없이 신 루가 땅을 박찼다.

지금껏 평범하게 걷고 있던 그 모습이 순식간에 시야에서 사라졌다.

신 루는 사냥꾼의 옷을 휘날리며 샛길 안쪽으로 질주했다.

"앗!" 소리가 절로 나왔다.

집 뒤에서 엄청난 기세로 날아든 돌멩이가 신 루를 덮친 것이다.

다행히 신 루는 속도를 늦추지 않고 돌진하면서 고개를 살짝 기울여 그 기습을 피하는 데 성공했다.

그리고 우리에게까지 날아드는 그 돌멩이는 아이 파가 대도를 칼집째 휘둘러 쳐냈다.

그와 동시에 집 뒤에서 작은 사람 그림자가 뛰어나왔다.

신 루에게 등을 보인 채 길 안쪽으로 달려가려 했다.

기바가 아닌 다른 동물의 털가죽으로 된 망토를 걸친 그는 몸집이 어린아이처럼 작았다.

"기다려!" 하고 신 루가 날카롭게 외치며 그 수수께끼 인물의 어깨를 붙잡았다.

그 순간 신 루의 몸이 붕 떠올랐다.

무슨 일이 일어났는지 알지 못했다.

다만 정신을 차리고 보니 신 루의 몸은 허공에서 크게 회전하더니 바닥에 내동댕이쳐져 등을 부딪쳤다.

신 루는 낮게 신음하고 습격자는 우리 쪽으로 돌아섰다.

얼굴은 보이지 않았다.

시무인처럼 망토 모자를 깊숙이 눌러썼기 때문이다.

키는 작다. 아이 파나 신 루보다 더 작아 보였다.

표범 같은 반점이 있는 황갈색 털가죽 망토를 걸치고 그 안에는 허술한 천 옷을 입은 듯하다.

피부색은── 상아색일까? 햇볕에 그을린 데다 약간 지저분해서 잘 분간이 가지 않는다. 적어도 시무인이나 자갈인은 아닌 것 같았다.

그 작은 습격자가 땅바닥에서 신음하는 신 루와, 5, 6미터쯤 떨어진 곳에 서 있는 우리 모습을 번갈아 봤다.

그리고 녀석은 허리에 찬 무기로 천천히 손을 뻗었다.

어린아이나 여자아이처럼 잘록한 허리에 그는 자그마한 반월형 칼을 차고 있었다.

"그만뒷!" 하고 아이 파가 날카롭고도 쩌렁쩌렁하게 소리쳤다.

"마을에서 칼을 뽑는 것은 금기일 터! 왜 우리를 쫓아다니며 노린 거지?!"

외치면서 아이 파도 가죽 칼집에 들어 있는 칼을 다시 겨누었다.

그리고 아이 파는 습격자를 날카롭게 노려보면서 우리에게 "절대 내 뒤에서 떨어지지 마" 하고 속삭였다.

습격자는 반월도 자루에 손을 댄 채 우리 쪽으로 시선을 고정하는 듯했다.

그 발밑에서 신 루가 괴로워하며 바닥에 손을 짚어 몸을 일으키려 했다.

그 순간 습격자가 조그만 발로 신 루의 얼굴을 걷어찼다.

붉은 것이 사방에 흩날리고 신 루는 다시 땅바닥에 쓰러졌다.

"그만두라고 했다! 숲가의 백성에게 칼을 겨눌 작정이라면 내가 상대해주마!"

아이 파답지 않은 말이었다.

그러나 그렇게까지 말하지 않으면 신 루를 구할 수 없다고 판단했으리라. 이 거리에서는 아무리 발버둥 쳐도 아이 파가 달려가는 것보다 습격자가 칼로 내리치는 쪽이 빠르다.

습격자는 망설이듯 고개를 흔들었다.

이대로 뒤돌아 도망가야 할지, 발밑에 있는 적의 숨통을 끊어야 할지 혹은 공격 준비를 하고 있는 또 다른 적을 때려눕혀야할지── 그런 식으로 망설이는 걸지도 몰랐다.

몹시 위태로운 분위기를 내포한 몇 초간의 침묵이 흐른 뒤 습격자는 세 번째 길을 택했다.

우리를 향해, 아이 파를 향해 달려온 것이다.

"엎드려!"

뒤에 있는 우리에게 짧게 외치자마자 아이 파도 즉시 몸을 숙였다.

몇 미터 거리를 단숨에 좁힌 습격자는 칼집에서 반월도를 빼들었다.

그러고는 괴성을 지르며 점프하고 이에 아이 파도 대도를 높이 쳐들었다.

그러나 두 사람의 칼이 서로의 몸에 닿는 일은 없었다.

그 직전에 습격자의 모습이 사라졌기 때문이다.

눈앞에서 보고 있던 나도 얼른 이해되지 않았다.

작은 습격자의 모습이 시야에서 사라진 대신 긴 망토를 걸친 키 큰 사람 그림자가 나타났다.

아이 파처럼 가죽 칼집에서 꺼내지 않은 장도를 내리친 자세로 우리에게 옆얼굴을 보이고 있는 그 인물은 다름 아닌 산쥬라였다.

"쓸데없는 행동, 죄송합니다. 신경이 쓰여, 되돌아왔습니다."

온화하게 말한 뒤 숙였던 허리를 똑바로 폈다.

그는 왼손으로만 가죽 칼집에 담긴 장도를 쥐고 있었다.

"다친 데, 없습니까? 아마 이제, 위험 없습니다."

나는 깜짝 놀라 내 왼편으로 시선을 돌렸다.

아이 파는 벌써 그쪽을 주시하고 있었다.

옆에서 뛰어 들어온 산쥬라에게 격퇴된 습격자는 왼쪽 어깨를 누르며 바닥에서 몸부림치고 있었다.

산쥬라는 세 발짝 앞으로 나와 바닥에 떨어져 있던 반월도의 칼몸을 짓밟았다.

"……도와줘서 고맙군."

아직 신중하게 칼을 쥐고 있던 아이 파가 낮게 말했다.

산쥬라는 괴로워하는 습격자의 모습을 내려다보며 "아니오" 하고 미소를 머금었다.

"치안, 지킨다, 백성이 할 일입니다. 위병, 넘깁시다."

그리고 산쥬라는 손에 쥔 칼을 슬쩍 번쩍여 보였다.

칼끝으로, 미쳐 날뛰는 습격자의 모자를 쳐내자 그 얼굴이 드러났다.

그 순간 선명하고 강렬한 붉은색이 눈에 들어왔다.

습격자는 라라 루 못지않은 진홍빛 머리칼을 가지고 있었다.

"저항, 하지 마십시오. 당신, 도적입니까?"

산쥬라가 온화하게 물었다.

그 순간 바닥에 웅크리고 있던 녀석이 왼쪽 어깨를 누른 채 거칠게 몸을 일으켰다.

"까불지 마! 날 도적 취급할 셈이냐?!"

아직 앳된—— 예상보다 훨씬 어린 소년의 목소리였다.

그러나 사납고 험상궂은 표정은 결코 예사롭지 않았다.

불꽃처럼 붉은 봉두난발이 뺨 언저리까지 드리워져 있다. 그 틈새로 누르스름한 두 눈동자가 짐승처럼 불타오른다.

또한 미간에 분노의 주름을 새기고 하얀 이를 드러낸 모습이 영락없는 고양잇과 육식동물이었다. 원래 생김새가 상상되지 않을 만큼 그 얼굴은 분노와 증오로 일그러져 있었다.

"시무 놈…… 나를 도적 취급할 셈이라면 네놈부터 처리해주마……."

"마을에서 칼을 뽑아, 죄 없는 백성을 습격한다. 도적, 아니라면, 무엇입니까?"

산쥬라는 끝까지 온화하게 대하면서 그 소년, 아니 '소년'이라는 고운 말도 어울리지 않는 작은 습격자의 모습을 머리끝에서 발끝까지 훑어봤다.

"그런데, 그 모습── 그렇군요, 도적이라기보다는, 마살라의 사냥꾼으로 보입니다."

"사냥꾼?" 하고 아이 파가 살짝 반응했다.

분노로 이글거리는 소년의 눈이 이내 아이 파를 향했다.

"더러운 숲가의 백성 놈…… 절대 네놈들을 용서하지 않겠다."

"무슨 소리지? 원한이 있으면 말해봐라. 칼을 겨눈다면 나도 칼로 응하는 수밖에 없다."

"닥쳐!" 하고 소년이 순간 오른팔을 뿌리쳤다.

은빛 섬광이 대기를 가르고 아이 파와 산쥬라가 동시에 칼을 옆으로 후려쳤다.

두 사람의 칼에 튕겨 작은 던지기 칼이 바닥에 떨어졌다.

둘 다 엄청난 반사 신경이다.

그러나 소년은 목적을 달성했다.

산쥬라가 칼을 휘두르기 위해 몸을 움직인 틈을 노려 소년이 그 발밑에 있던 반월도를 주워 든 것이다.

소년 역시 짐승처럼 민첩했다.

"네놈들에게 반드시 되갚아주겠다! 붉은 수염 골람의 아들, 지다의 이름을 걸고!"

"뭣이?" 하고 아이 파가 물었지만 그때 소년은 이미 몸을 홱

날리고 있었다.

순간 뒤쫓으려던 산쥬라도 한숨을 쉬고 칼을 허리로 되돌렸다.

"발, 빠르군요. 나, 따라잡지 못합니다."

아이 파는 혀를 차지 않고 참는 듯한 표정으로 역시 칼을 허리로 되돌렸다.

아이 파의 다릿심이라면 따라잡았을까, 아니면 우리 곁에서 떨어질 수 없었던 걸까. 어쨌든 표범 망토를 걸친 소년은 눈 깜짝할 사이에 건물 사이를 빠져나가 모습이 보이지 않았다.

"붉은 수염 골람이라면…… 맞지, 아이 파? 어제 들은 도적단 당수의 이름이지?"

도적단 《붉은 수염당》의 당수 골람―― 카뮤아 요슈는 분명히 그렇게 말했을 터였다.

그리고 그의 아내와 아들을 찾기 위해 숲가의 사냥꾼을 이끌고 제노스 밖으로 길을 떠난다고 했다.

"어떻게 이런 일이. 카뮤아 일행과 길이 어긋난 건가. 아이파, 이럴 때는 어떻게 해야――."

"동요하지 마. 우선 신 루의 치료부터 해야 한다."

아이 파가 나를 매섭게 노려봤다.

그러고 나서 그 눈이 산쥬라를 흘끗 쳐다봤다.

"역시, 도적이었습니까. 대낮, 마을 안, 나타나는 것은 드뭅니다."

산쥬라는 태평하게 미소를 머금었다.

대범하고 너그럽다고 해야 할지, 험한 일과는 인연이 없을 것 같다는 나의 첫인상을 여기서 수정해야 할 것 같았다.

"그런데, 어깨뼈, 부러진 감촉이 있었습니다. 당분간, 나쁜 짓, 못 할 겁니다. 위병, 신고하다, 좋다고 생각합니다."

"……네. 고맙습니다."

나는 대답하는 한편 신고하지 못할 거라는 생각에 한숨이 나올 뻔했다.

붉은 수염 골람의 아내와 아들은 카뮤아 요슈가 찾아 헤매는 중요한 증인이다. 게다가 마을 위병은 결국 사이크레우스의 친동생이 단장으로 있는 호민병단인지 뭔지의 구성원이라고 한다. 우리는 위병보다 먼저 아까 그 소년을 잡아야 한다.

'숲가의 백성을 용서하지 않겠다니, 그건 역시 아버지가 누명을 쓰고 처단되었다는 말인가? 그럼── 진실을 있는 그대로 들려달라고 하는 수밖에 없겠네.'

그런 다음에도 소년이 숲가의 백성을 계속 원망한다고 하면── 그때는 그때 가서 고민하는 수밖에 없다.

왠지 갈수록 사태가 복잡하게 꼬이는구나 싶어 탄식이 나오려는 것을 배 속 깊이 삼켰다.

이 또한 숲가의 백성이 극복해야 할 시련이다. 악행을 저지른 사람은 자츠 슨이라도 그가 족장이라는 이유로 규탄하지 않고 내버려둔 것은 숲가의 백성이다. 밀라노 마스나 레이토 소년과 달리 자츠 슨이 죽음으로써 숲가의 백성이 죗값을 치렀다고 생각하지 않는 사람도 있다.

'나보다 작은 아이가 누군가를 그런 식으로 깊이 원망하다니―― 역시 있어서는 안 될 일이야.'

부디 다시 한번 모습을 드러냈으면 좋겠다. 그리고 새 족장이 된 돈다 루 일행과 대화를 나누었으면 한다―― 붉은 머리 소년이 달아난 거리의 끝을 바라보며 나는 마음속으로 중얼거렸다.

4

"신 루! 어떻게 된 일이야?!"

모든 일을 마친 뒤《키뮤스의 꼬리정》앞에서 포장마차 멤버와 합류하자 라라 루가 소스라치게 놀라며 신 루에게 달려들었다.

오른쪽 눈 밑에 큰 멍이 들었고 입술 끝에 피가 맺힌 신 루는 "방심했어" 하고 무표정으로 대답했다.

"무슨 방심을 했는데?! 설마 습격당했어?"

"큰소리 내지 마. 마을 사람이 놀라잖아."

신 루는 끝까지 침착했다.

라라 루는 그런 신 루의 가슴에 매달린 채 도끼눈을 뜨고 아이 파를 노려봤다.

"아이 파가 같이 있는데 왜 신 루가 다쳐야 하냐고! 아이 파는 어떤 상대든 쉽게 물리치는 거 아니었어?!"

"그만해. 아이 파는 아이 파의 일을 다했어. 맡은 일을 해내지 못한 건 내 불찰이 원인이지 아이 파에게는 아무런 책임도 없어."

아이 파는 입을 다물고 있었다.

필시 아이 파는 산쥬라의 행동을 경계하느라 나와 비나 루 곁을 떠나지 못한 것이다.

하지만 그것을 말하면 신 루의 역량으로는 산쥬라의 습격을 막지 못할 거라 생각했다는 것까지 털어놔야 하기 때문에 결과적으로 아무 말도 할 수 없었던 것이리라.

따라서 아이 파는 입을 굳게 다문 채 아무 말도 하지 않았다.

그런 아이 파의 모습을 흘낏 본 뒤 신 루는 라라 루의 어깨를 꽉 잡았다.

"이쯤 다친 건 아무것도 아니야. 앞으로 맡은 일을 제대로 완수할 수 있도록 수련을 쌓을 거다."

"그래도……!"

"거참, 말 많네. 네가 시끄럽게 해봤자 무슨 소용인데? 이럴 때는 화내기보다 우는 편이 더 귀엽지 않아?"

"너야말로 입 다물어!"

루도 루에게 향한 라라 루의 눈동자에는 눈물이 살짝 맺혀 있었다.

"뭐야, 진짜 우네. ……그래, 방금 신 루도 잘못하긴 했어. 이럴 때는 걱정 끼쳐서 미안하다고 말하고 꽉 껴안아주면 원만히 해결되는 거 아냐?"

신 루는 말없이 뺨을 발그레하게 붉혔다.

물론 라라 루는 얼굴이 더 시뻘겋게 달아올라 화가 난 나머지 입을 빠끔빠끔 벌렸다.

루도 루는 그런 두 사람의 모습에 "이히히" 하고 웃더니 별안간 눈동자를 날카롭게 빛냈다.

"뭐, 아스타와 비나 누나가 멀쩡해서 다행이긴 한데. 신 루가 다쳤을 정도면 상황이 보통은 아니었을 거야. 아이 파, 자세한 이야기는 돌아가는 길에 들을까?"

"음. 여기처럼 듣는 귀가 많은 곳은 피하는 것이 좋겠군."

"좋아. 그럼 얼른 숲가로——."

루도 루가 말하던 참에 가죽 망토의 무리가 접근해왔다.

물론 《은 항아리》였다.

선두를 걷고 있던 인물이 나와 비나 루 앞에 서서 모자를 벗었다. 비나 루는 순간 고개를 돌리고 나서 화난 눈초리로 그쪽을 쏘아봤다.

"아스타, 비나 루, 늦어서, 죄송합니다. 인사, 왔습니다."

"고마워요, 슈미랄. 이렇게 만나서 다행이에요."

나는 안심했다가 긴장했다가 마음을 있는 대로 휘둘리면서도 웃는 얼굴로 인사할 수 있었다.

루도 루는 "아, 맞다, 당신 일도 있었네" 하고 황갈색 머리를 헝클었다.

"왠지 소란스러운 하루네. ……이런 데 모여 있다가 괜히 위병한테 신고되는 거 아냐?"

그 지경까지는 가지 않을지 몰라도 통행인의 눈은 충분히 끌고 있었다. 숲가의 백성 아홉 명, 동쪽 백성 열 명, 토토스 두 마리에 짐수레 한 대라는 대규모 무리가 형성되었기 때문이다. 길폭이 10미터는 족히 될까 한 돌의 가도에서도 통행에 방해가 되는 인원이다.

"저기, 건물 뒤편으로 들어가는 게 어떨까요? 숲가로 돌아가는 길목에 넓은 장소가 있거든요."

내 제안은 흔쾌히 승낙되어 다 같이 신속히 이동했다.

실라 루가 쥐고 있던 기루루의 고삐를 내가 건네받고 남쪽을 향해 갔다.

그러자 일단 뒤로 물러난 실라 루가 짐수레 뒷자리에서 작은 짐을 들고 다시 내 쪽으로 다가왔다.

"아스타, 육포는 남쪽 백성 무리에게 무사히 전달했어요. 동전도 포장마차에서 벌어들인 것과 함께 보관하고 있고요."

"아, 고마워요. ……저, 내가 준비한 특별한 육포는……."

"네. 그것도 무척 기뻐하던데요."

실라 루는 그렇게 대답하고 빙그레── 그녀로서는 매우 기뻐하는 듯한 미소를 머금었다.

"그리고 바란이라는 그 무리의 장이 이걸 줬어요."

"네? 그건……?"

"과실주라고 하더군요. 값비싼 물건인 것 같아요."

실라 루가 보자기를 풀자 정말 과실주 호리병 같은 용기가 있었다.

단, 숲가의 백성이 즐겨 마시는 적동화 한 닢짜리 과실주가 아니었다. 일전에 카뮤아 요슈에게 선물 받은 적이 있는, 반들반들하고 매끄러운 질감의 호리병에 담긴 고급 과실주 두 병이었다.

"음, 그러니까…… 이런 걸 선물하는 것은 제노스의 방식도 자갈의 방식도 아니다. 그러나 그쪽도 같은 것을 준비했으니 피차일반이다, 라고 말했어요."

바란 반장이 성난 얼굴로 고함을 지르는 모습이 눈에 선하다.

"그리고 또 이렇게 말했어요. ……늦어도 1년 뒤에는 반드시 제노스에 온다, 그때까지 무탈하게 잘 있지 않으면 가만두지 않겠다, 라고요."

"……알겠어요. 고마워요."

실라 루는 고개를 끄덕이고 과실주를 보관하기 위해 다시 뒤쪽으로 물러났다.

그녀와 교대로 아이 파가 고개를 내밀었다.

"아스타, 우는 건가?"

"울긴 누가 운다고 그래? 바보!"

나도 모르게 과민 반응을 하자, 아이 파는 "왜 나더러 바보라는 거지?" 하고 입술을 삐죽거렸다.

"미안" 하고 사과한 뒤 나는 대각선 앞에서 걷고 있는 슈미랄의 뒷모습을 쳐다봤다.

바란 반장과 알다스, 저 슈미랄과도 오늘로 오래도록 이별하게 된다. 가슴속에 억눌러온 감정이 불끈불끈 고개를 쳐들었다.

'……울긴 왜 울어, 바보.'

이번 바보는 누구를 향한 말일까, 그런 것도 모른 채 길을 나아갔다.

돌의 가도를 남쪽으로 향하던 중 어떤 여관과 여관 사이로 난 좁은 샛길을 동쪽으로 빠져나가자 갑자기 시야가 뻥 뚫렸다.

흙바닥이 드러난 아무것도 없는 공터였다. 그 너머로 숲의 위용이 펼쳐졌다.

등 뒤로는 죽 늘어선 건물, 눈앞에는 숲. 그리고 그 숲에는 좁은 외길이 뻗어 있다. 숲가의 마을로 이어지는 길이다.

이곳이 마을과 숲의 경계다.

지난날 우리 장사를 반대하는 자와 환영하는 자가 한데 섞여 모인 그 장소였다.

우리는 그곳에서 서로를 마주했다.

숲을 배경으로 숲가의 백성이, 마을을 배경으로 동쪽 백성이 마치 각각의 대표자인 것처럼 엄숙하게 죽 늘어섰다.

"그동안, 맛있는 요리, 고마웠습니다."

슈미랄이 손가락으로 기묘한 모양을 만들고 머리를 숙였다.

그러자 그 양옆에 서 있던 사람들도 일제히 모자를 뒤로 젖혔다.

얼굴을 똑똑히 본 적이 있는 사람은 슈미랄과 오늘 오전에 나타난 부단장 라다지드, 그리고 영업 첫날에 가게를 찾아와준 이름 모를 젊은이뿐이다.

그 젊은이는 줄의 왼쪽 끝에 있다.

이 젊은이가 『기바 버거』를 시식한 뒤 상단원들을 포장마차로 데려왔다. 우리 가게 입장에서는 탈라에 이은 개점 두 번째 손님이다.

슈미랄이 처음 와준 것은 그 이튿날이었다.

바란 반장이 기바 고기를 무슨 맛으로 먹느냐며 쏘아붙이고 있을 때 《은 항아리》 단원이 총출동해 찾아와주었다. 덩달아 반장의 동료들까지 모여 한바탕 난리가 났었다.

그로부터 벌써 한 달 넘게 지났구나.

그로부터 아직 한 달 정도밖에 안 지난 건가.

그런 생각을 하고 있는데 슈미랄이 내 앞으로 걸어 나왔다.

비나 루는 아이 파를 끼고 그 옆에 서 있다.

그런데 슈미랄은 우선 내 앞에 서주었다.

"아스타, 인사, 늦어, 죄송합니다."

"아뇨, 그런——."

"오늘, 하루, 성 밑 마을, 있었습니다."

"네?"

"사이크레우스 경, 이야기, 모으고 있었습니다. 나쁜 소문, 진실인지, 조사했습니다."

나는 깜짝 놀라서 말도 나오지 않았다.

슈미랄이 미안하다는 듯 눈을 가늘게 떴다.

"쓸데없는 행동, 죄송합니다. 하지만, 아스타, 힘, 되고 싶었습니다. 사이크레우스, 얼마나 위험한지, 나, 알고 싶었습니다. ……시간, 부족해서, 진실, 알 수 없었습니다."

"그런…… 왜 슈미랄이……."

"그러나, 진실, 아는 인물, 만났습니다. 그 인물, 아스타, 힘, 될 겁니다. 언젠가, 그 인물, 《현옹정》, 방문한다, 생각합니다."

사이크레우스의 나쁜 소문이 진실임을 알고 있는 인물.

하지만 그것은 슈미랄이 들은 나쁜 소문이므로 숲가의 백성과 직접적인 관계는 없을 것이다.

그런 것은 아무래도 좋았다. 나는 단지 슈미랄이 그렇게까지 우리를 걱정해준 것이 기쁘면서도 한편으로는 화가 났다.

"슈미랄, 왜 그런 위험한 행동을 했어요? 사이크레우스는 위험하니까 가까이 가지 말라고 충고해준 사람은 슈미랄 본인이 잖아요."

"아스타, 화난다, 알고 있었습니다. 그러나, 힘, 되고 싶었습니다."

그러더니 슈미랄은 풀이 죽어 눈을 폭 내리떴다.

"죄송합니다. 기분, 억누르지 못했습니다."

슬픈 눈빛을 보니 더 이상 화를 낼 수가 없었다.

"슈미랄, 의외로 무모하네요. 겉보기에는 이렇게 냉정하고 차분한데."

"네. 동포, 같은 말, 자주 듣습니다."

슈미랄은 보기와는 달리 수다를 좋아하고, 보기와는 달리 열정적이다.

나는 왠지 울고 싶은 심정으로 웃어버렸다.

"······하지만 우리를 걱정해준 건 기뻐요. 고맙습니다."

"아니오. ······그 인물, 투란의 미켈, 합니다. 분명히, 힘, 될 거라 생각합니다."

그러자 말없이 대화를 듣고 있던 《은 항아리》의 단원이 천천히 앞으로 나왔다.

"그 인물, 숲가의 백성, 만난다, 필요합니다. 나, 어젯밤, 별, 읽었습니다."

그는 나이가 많은 시무인이었다.

여느 시무인처럼 키가 크고 마른 체형이었다. 그런데 그 칠흑 같은 얼굴에는 깊은 주름이 새겨져 있고 목과 팔에는 힘줄이 튀어나와 있다. 슈미랄을 그대로 노인으로 빚어낸 듯 눈빛이 온화한 인물이었다.

"숲가의 백성, 그 인물, 만나는 것으로, 더 큰 힘, 얻을 겁니다. 그러면, 숲가의 백성, 길, 열립니다."

그렇다면 이 노인이 시무의 점성술사일까.

자츠 슨이라는 흉성은 진다고 예언하고, 그리고 내 별은 읽을 수 없었다고 말한 그 점성술사 말이다.

왠지 등골이 오싹했다.

그 노인은 온화하면서도 감정을 읽을 수 없는 눈동자로 잠시 나를 바라본 뒤 돌연 아이 파 쪽으로 시선을 옮겼다.

"당신—— 고양이 별이로군요."

"뭐라?"

"흉성, 진 뒤, 숲가, 운명, 변혁됩니다. 세 마리 사자가 눈을 떠, 숲가의 백성, 미래, 이끈다. 세 마리 사자의 별, 곁에, 고양이 별, 원숭이 별, 매의 별, 깜빡이면, 미래, 한층, 밝습니다."

"미안하지만 무슨 소린지 당최 모르겠군. 고양이라니 그게 뭔가?"

"숲가, 고양이, 없습니까? 동쪽 왕국, 있습니다. 신성한 짐승입니다."

그러더니 점성술사는 조금 재미있다는 듯 눈을 가늘게 떴다.

별을 점친 것 처럼 고양이 같은 여자로구나, 하고 생각할지도 모른다.

나는 슈미랄에게 시선을 되돌렸다.

"……알겠어요. 아무튼 슈미랄의 사람 보는 눈을 믿을게요. 그 투란의 미켈이라는 인물이 나타나면 이야기를 들으면 되는 거죠?"

"네. 분명히, 힘, 됩니다."

슈미랄이 안심했다는 듯 말했다.

그리고 긴 망토에 가려져 있던 오른팔을 앞으로 내밀었다.

그 검고도 매끄러운 손에 아름다운 천 꾸러미를 쥐고 있었다.

"아스타, 선물, 있습니다."

"네? 뭔데요?"

"술잔입니다."

나는 고개를 갸웃거리며 꾸러미를 풀어봤다.

투명한 원통형 술잔—— 언젠가 노점 구역에 있는 《은 항아리》의 가게에 갔을 때 구경한 적이 있는 아름다운 유리 술잔이었다.

이것도 두 개가 한 세트다.

"아이 파, 이거——" 하고 나도 모르게 옆을 돌아봤다.

아이 파도 놀라서 눈을 동그랗게 뜨고 있었다.

"아스타, 만남, 축복, 마음입니다. ……무엇, 선물할까, 고민했습니다. 그랬더니, 아스타, 아이 파, 열심, 이 술잔, 보고 있었다, 라다지드, 들었습니다."

그때가 벌써 약 20일 전이었던 것 같다. 나와 아이 파는 시무산 채소칼과 액막이 목걸이를 사러 《은 항아리》의 가게를 찾아갔다.

그러고 보니 그때 슈미랄은 가게에 없었고 대신 키가 아주 큰 동쪽 백성이 있었던 것 같다.

"자, 사용해주십시오. 파가, 저녁 식사, 답례이기도 합니다."

"……하룻밤 저녁 한 끼의 대가치고는 너무 값비싼 것 같군."

아이 파가 기쁜 듯이 눈동자를 반짝이면서 짐짓 점잔을 빼고 말했다.

슈미랄은 그런 아이 파를 부드럽게 바라봤다.

"값, 관계없습니다. 아스타, 아이 파, 기뻐하는 물건, 선물하고 싶었습니다. 만약, 길가의 돌, 기뻐하는 것 같았으면, 그 돌, 선물했을 겁니다. 값, 관계없습니다."

"자네처럼 혀가 잘 돌아가는 남자와 입씨름을 해봤자 이길 것 같은 생각은 들지 않는군."

아이 파는 그렇게 말했지만 나는 가슴이 터질 듯 벅찼다.

그리하여 나도 짐수레에서 선물을 꺼내야겠다는 생각에 뒤돌아보자 실라 루가 천 꾸러미를 들고 서 있었다. 나는 실라 루에게 고맙다고 말한 뒤 그것을 슈미랄에게 내밀었다.

"슈미랄, 이건 파가에서《은 항아리》여러분에게 드리는 선물이에요. 좀 특별하게 만든 육포이니 7일 내에 드셔야 해요. 일반적인 육포보다 훨씬 연해서 이 상태로 씹어 먹는 것도 가능해요."

슈미랄은 기쁜 듯이 눈을 가늘게 뜨고 "고맙습니다" 하고 꾸러미를 받아주었다. 그 빛나는 눈동자와 한마디 말로 나는 충분했다.

뒤에 나란히 서 있는 아홉 명의 시무 백성도 모두 머리 숙여 인사해주었다.

슈미랄은 꾸러미를 동포의 손에 맡기고—— 그러고 나서 비나 루 앞에 섰다.

"……비나 루, 이틀 전, 돌연, 방문, 죄송했습니다."

비나 루는 말없이 슈미랄을 응시했다.

슈미랄도 매우 조용히 비나 루를 응시한다.

"나, 내일, 아침, 제노스, 떠납니다."

"…………."

"제노스, 돌아온다, 반년, 뒤입니다. 그리고, 또 한 달, 제노스, 장사하고, 시무, 돌아갑니다. 우리, 《은 항아리》, 그것이, 생활입니다."

"…………."

"그리고, 반년, 고향, 쉽니다. 그리고, 1년, 또 여행을 합니다. 늙어서, 여행, 무리, 될 때까지, 그 생활, 계속됩니다. 우리, 여행, 사랑합니다. 우리, 방랑의 백성입니다. 시무, 왕도(王都), 돌의 도시 백성, 여행, 하지 않습니다만, 우리, 초원의 백성, 여행, 즉, 인생입니다."

"……고향에서 지내는 시간보다 여행하는 시간이 더 기네…… 멋진 인생이라고 생각해……."

비나 루는 낮은 목소리로 말했다.

"나는 숲가의 바깥 세계를 동경했기 때문에 그런 인생이 부러워…… 그런데 역시…… 나는 숲가의 백성인걸……."

비나 루의 얼굴에는 아무런 표정도 떠오르지 않았다.

감정의 변화가 없어서가 아니라 애써 감정을 억누른 결과이리라.

"나는 가족을 버릴 수가 없어…… 숲가의 백성의 영혼은, 어머니인 숲으로 돌려보내야 해……."

비나 루의 모습을 바라보며 슈미랄은 작게 고개를 끄덕였다.

"그것, 올바른 마음, 생각합니다. ……하지만, 나, 지난 이틀 간, 생각했습니다. 그래서, 드디어, 마음, 굳혔습니다."

"…………."

"나, 비나 루, 혼인의 인연, 소망합니다."

슈미랄은 분명히 그렇게 말했다.

나와 라라 루, 실라 루는 숨을 삼켰다──.

그리고 비나 루는 천천히 고개를 가로저었다.

"당신, 내 이야기 들은 거 맞아……?"

"네."

"……나더러 숲가와 가족을 버리라는 거야……?"

"아니오."

"그럼 당신이 사랑하는 여행을 포기할 셈이야……?"

"아니오."

"그럼 어쩌라는 건지……. 당신이 무슨 말을 하는지 도통 모르겠는걸……."

"나, 상단 일, 그만둔다, 못합니다. 하지만, 시무, 가족, 없습니다. 나, 동포,《은 항아리》, 아홉 명, 전부입니다."

그리고 슈미랄은 조용히 이렇게 말했다.

"그러므로, 시무, 버리고, 숲가의 백성, 되겠습니다. ……숲가의 백성으로서,《은 항아리》, 일, 계속하고 싶습니다."

비나 루의 표정에 그제야 변화가 생겼다.

엷은 색채의 눈동자가 믿기지 않는다는 눈빛으로 슈미랄을 본다.

"하지만…… 시무를 버린다는 건 신을 버린다는 뜻인걸……? 그럼 주변 사람들 모두 동포가 아니게 되잖아……?"

"네. 그렇지만, 모두, 허락해주었습니다. 동포, 아니게 된다. 초원의 백성, 아니게 된다. 그러나, 숲가의 백성, 서방신 셀바의 아이로, 일, 계속한다, 허락해주었습니다. 동포가 아니라, 벗으로서, 일, 계속한다, 허락해주었습니다."

"……자기 편할 대로만 하겠다니, 그게 정말 가능할까……?"

비나 루는 춥다는 듯이 자신의 몸을 감싸 안았다.

슈미랄은 여전히 온화한 눈길로 비나 루를 바라보고 있다.

"불편하다, 두 가지뿐입니다. 나, 서쪽 백성 된다, 《은 항아리》, 마휴도라, 들어간다, 허락되지 않게 됩니다. 나, 시무, 살지 못하게 됩니다. ……하지만, 그래도 좋다, 동포, 말해주었습니다. 동포, 아니게 되어도, 우리, 벗입니다."

"하지만……."

"마휴도라, 장사, 포기합니다. 시무, 납품 일, 나 이외의 동포, 담당합니다. ……라다지드, 그렇게 말해주었습니다. 단장, 라다지드, 이어받습니다. 나, 서쪽 백성, 숲가의 백성으로서, 《은 항아리》, 일, 힘씁니다."

"…………."

"초원의 백성, 영혼, 초원, 돌려보냅니다. 나, 영혼, 숲가, 바칩니다. 초원, 고향, 버린다, 매우 괴롭다, 하지만, 아홉 명의 벗, 비나 루, 있으면, 나, 행복, 살아갈 수 있다, 생각했습니다."

슈미랄의 목소리도, 그 눈빛과 마찬가지로 여전히 온화했다.

하지만 분명히 불편한 서쪽 말을 하느라 모든 것을 동원해 자신의 심정을 설명하고 있으리라.

"1년, 고향, 떠난다, 반년, 고향, 쉰다, 말했습니다. 하지만, 시무, 멉니다. 두 달씩, 시무, 제노스, 오가는, 여정입니다. 그러니, 그 여정, 제외하면, 고향, 떠난다, 8개월 정도입니다. 그리고, 두 달, 제노스, 일합니다. 고향, 제노스, 떠난다, 반년뿐입니다. 6개월, 일, 숲가, 떠나, 나머지 시간, 숲가, 살 수 있습니다. 그 시간, 나, 비나 루, 함께하고 싶습니다."

"하지만…… 당신은 기바를 사냥하지 못하잖아……?"

"못합니다. 그러나, 나, 서쪽 왕국, 돌아다닙니다. 다양한 지혜, 얻는 것, 가능합니다. 다양한 무기, 얻을 수 있습니다. 기바, 사냥한다, 새 기술, 숲가, 가져오는 것, 분명히 가능합니다. 그것이, 나, 힘입니다."

"……내 아버지는 숲가의 족장인걸……? 이국인을 사위로 삼다니 절대 허락하지 않을 거야……."

"돈다 루, 나, 설득합니다. 비나 루, 행복, 가져온다, 약속합니다. 다음, 반년 후, 제노스, 돌아올 때, 나, 힘, 보일 겁니다."

슈미랄은 조곤조곤 말하며 손에 낀 장신구를 뺐다.

벚꽃색의 조그만 돌이 장식된 은세공 팔찌였다.

"비나 루, 안식, 바랍니다. 선물, 받아들이다, 좋습니까?"

"나는……" 하고 입을 벌렸다가 이내 다물었다.

잠시 입을 꾹 다물고 나서 비나 루는 눈을 올려뜨고 슈미랄을 봤다.

"……나는 당신처럼 감정을 드러내지 않는 사람은 좀 불편한 걸……."

슈미랄은 이상하다는 듯 고개를 갸웃거렸다.

그리고——.

문득 빙그레 미소 지었다.

"숲가의 백성, 되려면, 감정, 드러낸다, 노력하겠습니다. ……매우 부끄럽다, 그러나, 필요, 생각하고 있습니다."

그것은 산쥬라 못지않게 무구하고 다정한 미소였다.

비나 루는 난감한 듯 눈썹을 축 늘어뜨렸다.

"나, 며칠간, 고민했습니다. ……사실은, 한 달, 고민했습니다만, 비나 루, 다쳐서, 더 고민했습니다. 나, 깨달았습니다. 나, 비나 루, 필요합니다. 비나 루, 함께 있고 싶다, 생각했습니다."

"하지만……."

"비나 루, 고민, 생각해준다면, 기쁩니다. 반년 뒤, 나, 제노스, 돌아올 때까지, 생각해주겠습니까? 반년 뒤, 대답, 받는다면, 나, 기쁩니다."

슈미랄이 조심스럽게 손을 뻗어 비나 루의 손을 잡았다.

비나 루의 손바닥에 칠흑 같은 손가락이 은팔찌를 쥐여주었다.

"반년간, 매일 밤, 비나 루, 생각하는 것, 약속합니다. 나, 비나 루—— 사랑합니다."

비나 루는 팔찌를 꼭 움켜쥐더니 표정이 보이지 않을 만큼 고개를 푹 숙여버렸다.

그 모습을 마지막으로 가만히 바라본 뒤 슈미랄이 나를 향해 돌아섰다.

그 얼굴에는 여전히 다정한 미소가 깃들어 있었다.

"그럼, 우리, 돌아갑니다. 다음, 만난다, 반년 뒤입니다. 아스타, 비나 루, 아이 파, 루도 루—— 그리고, 아직 이름을 모르는 당신들, 모두, 무탈하길. 숲가, 밝은 미래, 나, 기도하고 있습니다."

"네. 부디 건강하세요…… 또 만날 날을 기다릴게요."

슈미랄은 고개를 끄덕이고 우리에게서 뒤돌았다.

동포들도 마지막으로 작게 인사를 하고 나서 몸을 돌렸다.

큰 키를 가죽 망토로 감싼 열 명의 동쪽 백성들. 그 뒷모습을 나는 말없이 지켜봤다.

이것으로 이별이다.

아무리 빨라도 반년의 시간이 흐르지 않는 한 재회할 수 없다.

내가 이 땅에 온 지 두 달 남짓한 시간이 흘렀다.

반년 뒤에 다시 만날 수 있을지도 모른다.

1년 뒤에는 바란 반장 일행과도 재회할 수 있을지도 모른다.

하지만—— 지금 이 순간에 내 존재가 흔적도 없이 사라진다 해도 이상할 것 없다.

누구나 자신이 언제 죽을지 알 수 없다. 따라서 조건은 똑같을

지도 모르지만 그래도 역시 나는 그런 불안감을 완전히 억누르지는 못했다.

그렇게 생각하면 이것이 영원한 이별이 된다.

이제 두 번 다시 저 부드러운 목소리를 듣지도, 다정한 눈동자와 눈을 맞추지도 못하게 된다.

슈미랄과 비나 루의 앞날을 나는 이 눈으로 지켜볼 수 있을까.

그런 생각을 했더니 가슴이 미어지는 것 같았다.

"……아스타, 우는 건가?" 하고 아이 파가 물었다.

"울긴 왜 울어, 바보" 하고 나는 대답했다.

아이 파는 더 이상 말하지 않았다.

다만 그 따뜻한 손끝이 내 눈가를 닦아주나 싶더니 이내 거칠게 내 머리를 마구 헝클었다.

그리하여 많은 사람과 만나고 많은 사람과 이별을 고하게 된 파란 달은 마침내 끝을 맺었다.

입가심 // ~ 남쪽 왕국의 건축상 ~

　파가의 아스타는 정말 기묘한 인간이었다. 바란은 토토스가 끄는 수레의 짐칸에 앉아 몸을 흔들며 멍하니 생각했다.

　제노스에서의 일을 마치고 고향인 네르위아로 돌아가는 길이다. 흰 달 1일이 되어 아침 일찍 제노스를 출발해 어느덧 태양은 중천 가까이 떠 있었다. 돌의 가도는 평평해서 짐칸의 흔들림도 잔잔해 다른 동료들은 모두 코를 골며 곯아떨어져 있었다.

　건축상을 생업으로 하는 바란 일행은 초록 달 중순부터 파란 달 말까지 넉넉히 한 달 반이나 제노스에 머물며 자신들의 일을 완수하고 있었다. 제노스의 역참 마을의 건물은 대부분 자갈 양식으로 세워졌기 때문에 바란 일행은 1년에 한 번 보수 작업을 하러 마을을 방문했다.

　그곳에서 파가의 아스타라는 기묘한 소년을 만났다.

　그는 정말 엉뚱한 인간이었다.

　겉보기에는 극히 평범한 서쪽 백성이다. 검은 머리에 검은 눈동자는 다소 보기 드문 조합이긴 하나 피부는 흔한 황색이며 얼굴 생김새와 체격도 매우 평범했다. 이 대륙 출신이 아닌 듯했지만 그것을 나타내는 특징은 어디에도 보이지 않았다. 서쪽 왕국 토박이라 주장했어도 의심조차 하지 않았을 것이다.

　따라서 아스타이 기묘함은 외면이 아닌 내면에 있었다.

하필 아스타는 숲가의 백성과 함께 포장마차 장사에 힘쓰고 있었다.

숲가의 백성이란 한때 자갈을 버리고 배신한 일족이다.

그렇다고 자갈의 백성으로 제대로 살았던 것도 아니고, 태고 시대부터 『검은 숲』이라는 불길한 장소에 틀어박혔던 모양이다. 『검은 숲』에는 무시무시한 식인 짐승인 검은 원숭이가 서식했기 때문에 정상적인 자갈 백성은 결코 발도 들이지 않았다.

그 『검은 숲』이 약 80년 전에 소실되었다. 진위 여부는 확실치 않지만 적대국 시무와의 전쟁에 휘말려 깡그리 불에 탔다고 한다. 바란이 태어난 네르위아 마을은 더 평화로운 서쪽 부근에 있기 때문에 모든 것은 풍문으로 들었다.

아무튼 숲가의 백성은 거처를 잃고 서쪽 왕국 셀바의 영토인 모르가 산기슭으로 이주하게 되었다. 정통 자갈 백성으로서 밭을 일구거나 시무와 싸우는 삶을 택하지 않고 아득히 먼 서쪽 왕국으로 도망친 것이다.

그것은 이 대륙에서 가장 피해야 할 신을 바꾸는 행위나 다름 없었다. 그런 까닭에 숲가의 백성은 자갈은 물론 셀바에서도 기피하는 존재가 되었다.

물론 바란도 숲가의 백성을 꺼림칙하게 여겼다.

하지만 그것은 과거의 행위가 아닌 현재 모습에서 비롯된 감정이었다.

숲가의 백성은 비위에 거슬린다.

우선 그 거무스름한 피부가 무조건 시무인을 연상케 하는 데다, 심지어 숲가의 백성 중에는 시무 백성 같은 인간도 적지 않았다. 괜히 점잔 빼는 얼굴이나 하고 무슨 생각을 하는지 알 수가 없다. 자갈 백성과 가장 맞지 않는 기질의 인간이 너무 많은 것이다.

게다가 역시 숲가의 백성은 제노스에서도 다른 사람을 멀리하는 느낌이었다. 기바의 뿔과 엄니를 팔거나 소금과 채소를 사기 위해 이따금 역참 마을로 내려오면서 아무에게도 마음을 열려고 하지 않는다. 솔직함을 미덕으로 여기는 자갈 백성에게는 그런 부분이 가장 마음에 안 들었다.

아스타라는 소년은 그런 녀석들과 어울리고 있었다.

따라서 첫 만남은 최악이었다. 아니, 만나고 나서 한동안은 못 견디도록 눈에 거슬렸다. 반반하게 생긴 숲가의 처녀들을 데려와 재앙의 상징인 기바 고기 따위로 요리를 만들어 팔았다. 그 어리석은 행동이 어찌나 역겹던지 화가 나서 견딜 수가 없었다. 게다가 처음에 억지로 먹은 기바 고기는 묘하게 질척질척한 것이 풍미가 영 생소했는데 그래서 더욱 아스타의 행동이 어리석게만 느껴졌다.

'그런데 이렇게 기바 육포를 사는 지경이 되었으니 이것 참 우습게 되었어.'

짐칸 구석에 쌓인 커다란 짐 보따리를 바라보면서 멍하니 생각했다.

바란이 기바 고기를 싫어한 것은 처음 며칠뿐이었다. 이윽고 아스타가 마무를 넣은 새 요리를 파는 바람에 바란의 고집 나부랭이는 산산조각으로 부서지고 말았다.

그 요리는 말문이 막힐 만큼 맛있었다.

처음에 먹은 기바 고기와 똑같은 고기라는 것이 믿기지 않을 만한 맛이었다.

그렇게 기바 요리를 계속 먹었더니 이윽고 그 독특한 풍미도 거슬리지 않게 되어, 바란은 육포를 구입하는 지경에 이른 것이다.

또 기가 막히게 맛있는 것이 여관에서 파는 요리였다.

바란 일행이 늘 이용하는《남쪽의 대수정》에서 아스타가『기바 통삼겹조림』이라는 요리를 팔기 시작해 더 강한 충격을 가져왔다.

타우유가 듬뿍 들어간 그 요리는 눈알이 튀어나올 만큼 맛있었다. 타우유는 자갈의 식재료인데 고향에서도 그토록 맛있는 요리를 먹은 적이 없다고 단언할 수 있을 정도였다.

원래 제노스의 역참 마을에서는 그리 수준 높은 요리를 먹을 기회가 없었다.

사실대로 말하면 고향인 네르위아가 훨씬 수준 높았다고 생각한다. 제노스는 풍요로운 마을이며 후와노와 과실주 품질이 높고 채소와 과일도 부족하지 않지만, 고기와 조미료만큼은 신통찮았다.

타우유를 맛볼 수 있는 여관은 손에 꼽을 만큼 적은 데다 하물며 설탕과 꿀은 본 적조차 없다. 제노스가 이토록 자갈에서 가까운데도 불구하고 그런 식재료는 성 밑 마을로만 운반되기 때문에 바란 일행의 이용이 허락된 역참 마을에서는 접할 기회가 단 한 번도 없었다.

고기는 자갈에서도 거의 먹지 못하는 카론의 다리 고기가 유통되기 때문에 그나마 나은 상황일 것이다. 타우유와 설탕이 없으면 소금과 향초로 맛을 내는 수밖에 없다. 고급스러운 후와노와 과실주, 그리고 채소를 넉넉히 사용하지 않았으면 참으로 변변찮은 요리라며 낙심했을 정도였다.

그런 가운데 아스타가 만드는 요리는 뛰어나게 맛있었다.

아리아와 타라파, 먀무밖에 넣지 않은 포장마차 요리도 훌륭했지만, 거기서 고향의 맛인 타우유까지 사용하다니 도무지 흠잡을 데라고는 없는 요리였다.

그리고 기바 고기도 고급스러운 식재료였을 것이다. 처음에 불쾌하게 느꼈던 것은 잘게 다져 둥글게 뭉친다는 생소한 조리법이 원인이었다. 평범하게 썬 기바 고기는 키뮤스와 카론보다 훨씬 맛있고 만족스러웠다.

풍미는 약간 셀지도 모른다. 그러나 먀무와 타우유로 양념을 진하게 하면 전혀 거슬리지 않았고, 기바 고기에 익숙해지자 그 풍미까지 좋게 느껴졌다. 기름기가 풍부해 씹을 때 너무 질기거나 연하지 않고 딱 알맞게 씹는 맛이 좋았다. 나중에는 흠잡을 말조차 찾지 못했다.

'이것 참, 괘씸하군.'

바란 입장에서는 뭔가에 진 기분이었다.

원래 바란은 아스타와 숲가의 백성에 깊이 관여할 생각도 없었다.

그런데 아스타는 일부러 바란을 불러 새 요리를 시식하게 했다.

바란은 실컷 불평을 하고 두 번 다시 포장마차에 가지 않겠다고 다짐했건만 일부러 사람을 통해 '시식을 부탁하고 싶다'는 말을 전한 것이다.

그『먀무구이』라는 이름의 새 요리의 맛에 놀라 자빠진 바란을 앞에 두고 아스타는 검은 눈동자를 반짝이며 미소 지었다.

"맛없다는 말을 들었을 때는 몹시 분하기도 했지만요. 그 덕분에 머리를 더 짜내야겠다는 생각이 들었거든요. 손님에게는 그저 감사할 따름입니다."

아스타는 그렇게 말했다.

자신의 마음을 전하려 고심하는 듯 보였다.

자갈 백성은 머릿속 생각이 얼굴에 고스란히 드러나는 반면, 다른 사람들은 마음을 전하기 위해 이렇게 고심해야 한다.

그날부터 바란도 아스타의 포장마차에 매일 드나들게 되었다.

그때가 아나 초록 달에서 파란 달로 넘어갈 무렵이었으니 딱한 달간이나 아스타의 요리를 먹은 셈이다.

그사이 바란은 다른 숲가의 백성들과도 조금씩 정을 쌓았다. 포장마차를 돕던 처녀들뿐만 아니라 사납게 생긴 사냥꾼까지

자주 모습을 드러내게 되었다.

그것은 숲가의 대죄인이 역참 마을을 위협했기 때문이다. 파란 달 중순에는 그 대죄인이 마을 한복판에서 칼에 베이기도 했다.

그리하여 바란은 숲가의 백성을 더 깊이 알게 되었다.

그들 중에는 시무 백성 정도가 아니라 자갈 백성에도 필적할 만한 솔직하고 직설적인 사람도 있었다.

역시 편협하고 고집 센 면이 있는 듯하지만 그 점에 대해서는 자갈 백성도 비난할 만한 입장이 아니다. 그들이 수다스럽게 말하지 않는 것은 점잔 빼는 것이 아니라 자신이 옳다는 것을 믿고 자긍심 있게 행동하기 때문인 것 같았다.

그리고 처음에는 무뚝뚝했던 포장마차 처녀들도 시간이 흐를수록 웃고 있을 때가 많아진 듯하다. 아름다운 외모에 일까지 잘하는 처녀들이었다. 마지막에는 고향에 있는 아들도 이런 처녀와 혼인했으면 좋았을 것을, 하는 어리석은 상념까지 들고 말았다.

바란 일행이 수수께끼로 가득했던 숲가의 백성의 정체를 알기 시작했을 무렵에 파란 달은 끝을 맞이했다.

창문에서 불어오는 바람에 머리와 수염을 나부끼며 바란은 누구에게랄 것도 없이 "흥!" 하고 콧김을 내뿜었다.

그 탓에 잠이 깼는지 깔개 위에 누워 있던 동료 한 명이 느릿느릿 몸을 일으켰다.

"뭐야, 반장은 계속 안 자고 있었던 거야? 아침 댓바람부터 움직였는데 기운이 넘치네."

이 무리의 부반장을 맡고 있는 알다스였다. 바란과 같은 고향 출신으로, 벌써 10년 넘게 함께 일을 해온 끈끈한 사이다.

"아아, 아직도 머리가 무겁네. 어제 너무 마셔댔나."

"흥. 제노스에서 번 동전을 하룻밤에 다 써버리는 줄 알고 어찌나 조마조마하던지."

"호들갑 떨기는. 과실주 열 병, 스무 병에 어떻게 될 벌이가 아니잖아."

알다스는 벽에 기대어 호방하게 웃었다.

몸집이 작은 사람이 많은 남쪽 백성 중에서도 알다스는 덩치가 크다. 손끝도 야무져 일류 건축상에 속한다.

"꼬박 한 달 반을 일했어. 마지막 날 밤쯤은 취해서 야단법석 좀 떨어줘도 되잖아. ……그나저나 아스타의 요리, 정말 맛있었는데. 어제는 여관에서 우리가 기바 요리를 죄다 먹어치웠잖아."

"……흥."

"아아, 생각했더니 배가 고프네. 슬슬 해가 중천에 뜰 무렵인가? 오늘은 급한 일정도 없으니 불을 피워놓고 느긋하게 배를 채워두고 싶은데."

바란이 대답하기도 전에 알다스는 마부대를 향해 "이봐!" 하고 외쳤다.

"슬슬 점심이나 먹지! 장소가 괜찮으면 불을 피우고 싶은데, 어때?"

"그렇군요. 이 부근이라면 위험하지 않을 겁니다."

토토스 운전을 맡은 청년이 쾌활하게 대답했다.

이윽고 짐수레가 돌의 가도 중간에서 멈췄다.

"어이, 일어나! 계속 자는 놈은 밥 안 준다!"

알다스의 우렁찬 목소리에 다른 사람들도 꾸물꾸물 움직이기 시작했다.

짐칸에서 내리자 돌의 가도의 오른편에는 황량한 모래땅이, 왼편에는 잡목림이 있었다.

잡목림 너머 북동쪽으로 모르가 산의 검은 위용이 엿보인다. 언제 봐도 위압적이고 불길한 풍경이다.

오른편은 수목이 깡그리 베여 죽어버린 토지이리라. 대지가 바싹 말라 갈라져 아무런 작물도 자라지 못할 것 같다.

"뭐야, 휴식인가? 참 우아한 여행이군."

높은 위치에서 남자 목소리가 들려왔다. 짐수레가 아닌 자신들의 토토스 위에 올라탄 호위역 사내들이다. 제노스와 네르위아를 연결하는 가도 일대는 특별히 위험한 구역은 아니지만 그래도 호위역 두 명을 고용했다.

"오늘은 날이 저물기 전에 다음 역참 마을에 도착할 수 있을 테니, 이런 날 정도는 점심을 느긋하게 먹어도 되지 않나? 마른 나뭇가지를 적당히 주워 올 테니 잠깐 기다리라고."

"그럼 한 명은 같이 가지. 썩은 고기를 먹는 문토가 나타나지 않으리라는 보장은 없으니 말이야."

호위역 한 명이 토토스에서 내려 알다스 일행과 같이 잡목림으로 나눠 들어갔다.

짐칸 두 대를 연결한 짐수레는 돌의 가도에서 잡목림 쪽으로 내려놓고, 토토스에게도 밥을 먹게 해줬다. 잡목림 잎을 오물오물 씹어 먹는 토토스들은 그야말로 태평해 보였다.

"아아, 이 부근은 한가롭군요. 제노스의 소란스러움이 거짓말처럼 말이에요."

토토스를 보살피는 일에서 해방된 청년이 끙 소리를 내며 늘어지게 기지개를 켰다.

정말 한가로웠다. 이 시간대는 가도를 오가는 여행인들도 모두 휴식을 취하는지 짐수레의 그림자 하나 얼씬하지 않는다. 활짝 갠 파란 하늘에는 들새가 날아다니고 바람이 산들산들 불어와 기분이 좋았다.

"그나저나 이번에는 참 즐거웠어요. 제노스를 떠나기가 아쉬운 건 처음이었다니까요."

"흥. 부모님 곁에서는 취해서 야단법석을 떨 수가 없으니."

"에이, 그보다는 기바 요리를 못 먹어서 안타깝죠."

그렇게 말하며 청년은 서운한 듯 한숨을 쉬었다.

"아무리 기바 고기라도 육포로 만들어버리면 카론 고기와 별차이 없잖아요. 아아, 자갈에서도 기바 고기를 먹을 수는 없을까요?"

"……여기서 가장 가까운 네르위아에서도 짐수레로 반달이나 걸리지. 육포가 싫으면 살아 있는 기바라도 가져오든가."

"헤헤. 아무래도 그건 좀, 사양하겠습니다."

이런 대화를 나누고 있는 사이 알다스 일행이 돌아왔다. 호위역을 제외한 여섯 명의 사내들이 두 팔에 마른 나뭇가지를 안고 있었다.

"이 정도면 충분하겠지? 어이, 쇠 냄비 좀 줘."

"네네."

청년이 짐칸으로 쑥 들어가 다른 동료에게 쇠 냄비를 건넸다.

"기바 육포는 이 자루 맞죠? 이 작은 건 뭐예요?"

"아아, 그건 아스타가 특별히 준비해준 육포야. 7일 내에 먹으라고 했으니 당장 먹어볼까."

땅바닥에 나뭇가지를 쌓고 그 주위를 돌로 에워쌌다. 돌 위에 쇠 냄비를 올리고 통 속의 물을 붓자 금방 김이 피어올랐다.

쇠 냄비에 말린 아리아와 포이탄을 집어넣은 뒤 작은 꾸러미를 연 알다스는 "으음?" 하고 두꺼운 목을 기울였다.

"그러고 보니 이건 그냥 씹어 먹어도 될 만큼 연한 육포라고 했지? 그럼 포이탄 국에 집어넣기엔 아까운데."

"아, 걸쭉한 포이탄 국에 넣으면 맛있는 고기도 맛없어지잖아요. 그런데 육포가 들어가지 않은 포이탄 국은 도저히 먹을 만한 게 못 되거든요."

"그럼 냄비에는 보통 육포를 반 인분씩 넣고 이 특별한 육포도 반 인분씩 먹으면 되겠네."

알다스의 말대로 하기로 하고 다른 동료가 보통 육포를 소도로 자르기 시작했다.

그것을 끓는 냄비 속에 넣자 또 다른 동료가 으깬 먀무를 냄비에 집어넣었다. 포이탄 국은 흙탕물처럼 아무 맛도 나지 않기 때문에 풍미가 강한 향초나 타우유라도 넣지 않으면 도저히 먹을 수가 없다.

"어이, 아까부터 기바니 어쩌니 하고 말하던데, 설마 그거 기바 육포는 아니겠지?"

호위역 한 명이 수상해하며 물었다.

그들은 《남쪽의 대수정》에서 소개받은 솜씨 좋은 검객이다. 다른 마을에서 흘러 들어온 서쪽 백성인데 둘 다 갈색 머리와 황색 피부를 지녔다. 원래 용병이었다고 하더니 가죽 가슴 가리개와 장검의 칼집의 만듦새가 제법 고급스러운 것이 역참 마을에 차고 넘치는 무법자들과는 때깔부터 다른 복장이었다.

"그래, 당신들도 한동안 제노스에서 지냈으니 기바 요리의 평판은 들었겠지? 우리는 매일 그 포장마차에서 신세를 졌거든."

"물론 소문은 들었지만 먹고 싶지는 않더군. 우리는 준비해온 육포로 점심을 먹겠네."

"흐음? 제노스 태생도 아닌데 기바를 싫어하나?"

"그야 뭐, 기바든 숲가의 백성이든 들려오는 소문이 죄다 영 좋지 않아서 말이네."

그 말에 바란은 불끈 화가 치밀었다.

"그럼 묻겠는데, 자네들은 기바나 숲가의 백성 때문에 피해를 입은 적이라도 있단 말인가? 그게 아니면 근거 없는 소문 탓에 기바 고기에 지레 겁먹고 꽁무니를 뺀 셈이 되는데?"

"딱히 그런 건 아니지만, 나서서 기바 고기를 먹어야 할 이유는 없지. 생소한 음식을 먹었다가 괜히 탈이라도 나면 맡은 일을 제대로 할 수가 없으니 말이야."

"흥! 그런 허약한 몸으로 호위역을 감당할 수나 있겠나? 참으로 미덥지 못하군."

이번에는 사내들이 눈살을 찌푸렸다.

그 모습을 보고 알다스가 "자, 자" 하고 끼어들었다.

"싫은데 억지로 먹으면 안 되지. 그쪽에서 먹는 육포 값도 정확히 계산해서 보수에 얹어주지. ……반장도 너무 정색할 필요 없잖아?"

"흥! 미덥지 못한 걸 솔직히 말하는 게 뭐가 나빠? 죽은 기바를 무서워하는 자들이 문토나 도적을 물리칠 수나 있겠나?"

"어이, 말이 너무 심한 거 아닌가?"

"그럼 잔말 말고 기바 고기나 먹어봐! 너무 맛있어서 기절초풍해도 책임은 못 지겠지만."

바란은 알다스의 손에서 꾸러미를 낚아채 특별 맞춤 육포를 손에 쥐어 보였다.

그런데 그 미끈미끈한 감촉에 움찔 놀라고 말았다. 그것은 마치 날고기 같은 축축한 기름기를 품고 있었다.

꾸러미를 살펴보니 안쪽에는 반들반들한 고누모키 잎으로 보호되어 있었다. 그런 것을 사용해야 할 만큼 이 육포는 기름기가 풍부한 것이다.

"그게 육포라고? 완전히 덜 건조되었지 않나?"

"그러니까 특별 맞춤이라는 거 아니겠나! 7일밖에 가지 않는 대신 본연의 맛을 유지하고 있단 말이다!"

말하자마자 바란은 육포 덩어리를 덥석 베어 물었다.

끓이지도 않았건만 그 육포는 정말 연해서 이로 베어 먹을 수 있었다. 기껏해야 구운 고기와 비슷한 정도의 단단함이었다.

그리고── 그 맛에 바란은 할 말을 잃었다.

엄청나게 짜다. 그리고 향초의 향이 배어 있다. 대량의 소금으로 수분을 뺀 다음 향초로 훈연한 것이다.

그런데 기바 고기의 맛은 전혀 손상되지 않았다.

손상되기는커녕 오히려 본연의 맛이 응축되어 있는 것 같았다. 씹을수록 기름이 촉촉이 배어 나와 비할 데 없는 환희를 가져다주었다.

이토록 소금기가 강한데 고기 본연의 맛도 남아 있다. 풍미가 강한 기바 고기이기 때문에 소금기와 향초에도 지지 않는 것이다. 카론과 키뮤스 고기로는 설령 똑같이 조리한다 해도 이런 맛은 내지 못할 것이다.

"반장, 왜 그래? 아스타가 특별히 준비해준 육포잖아. 설마 맛이 없는 건 아니겠지?"

"다……당연하지! 이봐, 좀 비켜봐!"

바란은 불 당번을 하고 있던 청년을 밀어내고 웅크려 앉았다. 그러고는 소도로 자신이 베어 먹던 고깃덩어리를 잘라내 칼끝에 꽂은 뒤 불에 구웠다.

기름이 배어 나와 뚝뚝 떨어졌다.

모닥불에서 치직 하고 기분 좋은 소리가 나더니 사방에 고소한 냄새가 진동하기 시작했다.

"아니, 반장, 그냥 고기 구울 때처럼 맛있어 죽겠는 냄새가 나는데?"

동료 중 한 명이 군침을 삼키며 말했다.

바란은 소도를 입으로 가져와 구운 육포를 후후 불고 나서 먹었다.

상상했던 대로 그냥 먹을 때보다 감칠맛이 풍부해졌다.

소금과 향초만 가지고 만든 육포이건만 다른 제대로 된 요리 못지않게 맛있다. 바란은 숨을 크게 쉬고 잠시 동안 말 한마디 하지 못했다.

"반장! 혼자만 먹지 말고 우리한테도 좀 나눠줘!"

"어어이, 누가 쇠꼬챙이 좀 가져와!"

건축상 동료들은 앞다투어 특별 맞춤 육포를 자르기 시작했다.

어느덧 쇠 냄비는 옆으로 치워지고 쇠꼬챙이 여러 개가 불 위에 올려졌다. 그 광경을 호위역 사내들은 어이없다는 눈초리로 지켜보고 있었다.

"우와, 진짜 맛있는데!"

"이건 여관에서 돈 내고 먹어야 할 정도잖아. 아아, 과실주 마시고 싶다."

"이봐, 자네들, 너무 많이 먹는 거 아냐? 첫날에 남김없이 먹어치울 셈이야?"

그렇게 타이르는 알다스도 얼굴에 웃음이 가득하다.

정신을 차린 바란은 육포 꾸러미를 다시 빼앗아 어린아이처럼 신나게 떠드는 동료들을 곁눈질하며 호위역 사내들 쪽으로 걸어갔다.

"……아까는 심하게 말해서 미안하군. 자갈의 방식이라 생각하고 용서해주면 좋겠는데."

"아, 뭐 상관은 없는데……."

"이왕 이렇게 된 거, 자네들도 이걸 먹어보면 어떻겠나? 보다시피 내일이면 흔적도 없이 다 사라질 테니 이걸 먹을 기회는 지금밖에 없어. 시도할 가치는 있을 텐데."

사내들은 당황한 기색으로 눈빛을 교환했다.

바란은 그런 두 사람을 보면서 남쪽 백성 특유의 솔직함으로 해맑게 웃었다.

"숲가의 백성은 서쪽 백성이다. 자네들 입장에서는 동포가 아닌가? 동포가 이렇게 맛있는 걸 만들어줬는데 먹지도 않고 싫어하는 건 어리석은 짓이야. 먹어보고 맛없으면 얼마든지 날 탓해도 좋아. 우선 속는 셈치고 먹어보게."

"…………."

"나는 자네들이 부러워. 우리를 네르위아까지 바래다준 뒤 다시 제노스로 돌아올 수 있지 않나? 그게 얼마나 행복한 일인지 이걸 먹어보고 확인해보게."

바란은 사내들에게 꾸러미를 억지로 건네고 동료들을 돌아봤다.

"어이, 실컷 먹었으면 쇠 냄비를 다시 불에 올려! 거기에 들어간 것도 기바 고기라고. 마지막 한 방울까지 남김없이 먹어줘야지!"

오오, 하는 흥겨운 목소리와 함께 동료들이 팔을 번쩍 들었다.

내년에 아스타 일행 곁을 찾아갈 때까지 바란 일행이 기바 고기가 얼마나 맛있었는지를 잊는 일은 없으리라. 그렇게 1년이 지나면 그 젊은 아스타의 실력은 얼마나 향상되어 있을까. 지금은 그것을 상상하면서 기바 고기가 들어간 포이탄 국을 후루룩 마시는 것이 바란 일행에게 제시된 유일한 길이었다.

후기

《이세계 요리의 길》9권을 읽어주셔서 정말 감사합니다.

이 작품에서는 특히 '~~편'이라는 구분을 짓지는 않았지만, '숲가의 마을 편', '제노스의 역참 마을 편'에 이어 마침내 9권부터 '사이크레우스 편'에 돌입했습니다.

그동안 이름만 등장했던 그 나쁜 놈과의 전면 대결이 시작된 겁니다.

하지만 주인공 아스타는 어디까지나 요리사입니다. 손에 쥔 주방칼을 바스타드 소드나 미늘창으로 바꾸는 일 없이 자신이 맡은 일을 완수하길 바랐습니다.

그리고 9권에서는 새로운 캐릭터가 속속 등장했습니다.

슈미랄과 바란 반장 일행이 제노스를 떠나기 때문에 그 대신 다양한 캐릭터가 새로 등장합니다.

모두 예사롭지 않아 보이는 캐릭터들입니다. 그들이 아스타와 숲가의 백성들과 어떤 인연을 맺어나가는지 지켜봐주시면 감사하겠습니다.

마침 오늘 흑백 일러스트 완성품을 받아보았습니다. 사이크레우스와 새 캐릭터들이 어떤 디자인으로 그려졌는지 확인할 수 있었습니다.

저는 세세한 부분까지 주문하는 기질이기 때문에, 일러스트레이터 코치모 님께서 언제나 대단히 많은 수고를 해주고 계십니다. 애써주신 보람이 있어 이번에도 훌륭한 일러스트가 완성되었습니다. 코치모 님께 머리 숙여 깊이 감사드립니다.

그리고 번외편인 입가심은 제목에서도 알 수 있듯이 남쪽 백성 반장 일행의 에피소드를 그렸습니다.

처음에는 신 루와 라라 루의 달콤한 이야기로 마무리하려고 써 내려갔지만, 페이지 수도 그렇고 이런저런 관계로 단념하고 말았습니다. 그쪽은 또 기회가 있을 테니 그때는 꼭 쓰겠습니다.

웹상의 연재에서도 반장 일행은 아직 재등장하지 않았기 때문에 정말 1년 만에 그들을 다시 쓰게 되었습니다. '중년 남성에게 빛이 있으라'입니다.

어느덧 벌써 페이지가 다 채워졌습니다.

사실 이 후기라는 것은 제본상에서 남는 페이지를 이용해 쓰는 겁니다. 후기를 더 길게 쓰고 싶단 말이에요! 하고 우기면 16페이지나 추가됩니다. 큰일이 아닐 수 없죠.

그럼, 그럼. 매번 똑같은 마무리를 하자면, 하비재팬 편집부 담당자님, 일러스트레이터 코치모 님, 이 작품의 출판에 힘써주신 모든 분들과 그리고 이 책을 읽어주신 분들께 다시 한 번 감사의 말씀을 드립니다.

다음 권은 드디어 두 자릿수로 올라섰습니다. 그럼 10권에서 또 만나요!

2016년 11월 EDA

포이탄

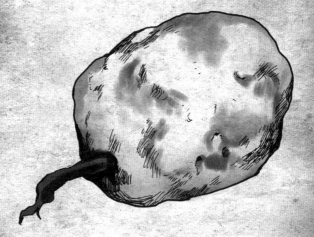

♨ 가격 ♨··· 적동화 한 닢 : 네 개

크기, 모양은 감자와 아주 비슷하다. 색은 크림색
으로, 감자처럼 껍질과 알맹이로 구분되어 있지는
않다. 익히지 않고 날로 먹는 것은 적합하지 않다.
삶으면 액상으로 뭉크러지는데, 그것을 국물로 먹
는 것이 일반적이다.
두 개쯤 먹으면 하루에 필요한 탄수화물을 섭취할
수 있다고 알려졌다. 아리아와 마찬가지로 매우 저
렴하기 때문에 숲가에서 주식으로 먹는다.

Cooking with wild game.

아리아

❧ 가격 ❧ … **적동화 한 닢 : 다섯 개**

크기, 모양, 맛이 양파와 아주 비슷하다. 색은 연한
녹색. 영양가가 매우 높아 세 개쯤 먹으면 하루에
필요한 비타민류를 섭취할 수 있다고 알려졌다.

ISEKAI RYOURIDOU 9
© EDA
Originally published in Japan in 2016 by HOBBY JAPAN CO., Ltd.

이세계 요리의 길 9

2020년 3월 8일 1판 1쇄 인쇄
2020년 3월 15일 1판 1쇄 발행

저　　　자	EDA
일 러 스 트	코치모
옮 긴 이	이정민
발 행 인	유재옥
본 부 장	조병권
담당편집자	김민지
편 집 1팀	정영길 김민지 조찬희
편 집 2팀	김다솜 이본느
편 집 3팀	박상섭 김효연
미　　　술	강혜린 박은정
라이츠담당	김슬비
디 지 털	박지혜 이성호
인쇄제작처	코리아피앤피
발 행 처	㈜소미미디어
등　　　록	제2015-000008호
주　　　소	서울시 마포구 토정로222, 403호 (신수동, 한국출판콘텐츠센터)
판　　　매	㈜소미미디어
마 케 팅	한민지 한주원
물　　　류	허석용 최태욱
전　　　화	편집부 (070)4164-3962, 3963 기획실 (02)567-3388
	판매 및 마케팅 (070)4165-6888, Fax (02)322-7665

ISBN 979-11-6507-133-2 04830
ISBN 979-11-5710-233-4 (세트)